動く標的

ロス・マクドナルド

私立探偵リュー・アーチャーは、石油業界の大物サンプソンの夫人から、消えた夫を捜してほしいという依頼を受けた。ロスアンジェルスの空港からお抱えパイロットをまいて失踪したというのだ。その後、夫人宛に本人の署名入りの手紙が届く。取引きに必要な十万ドルを用意せよと。誘拐か？　だとしたら誰がなぜ？　彼の安否は？　怪しげな聖人、往年の映画女優、ピアノ弾きの女、バー経営者らとの関係は？　連続する殺人事件は何を語る？　マーロウ、スペイドとともにハードボイルド史上不滅の探偵リュー・アーチャー初登場の記念碑的名作、新訳版。

登場人物

リュー・アーチャー（私）……私立探偵
ラルフ・サンプソン……石油業界の大物
エレイン・サンプソン……ラルフの妻（後妻）
ミランダ・サンプソン……ラルフの娘（先妻との間の）
アラン・タガート……ラルフのお抱えパイロット
アルバート・グレイヴズ……弁護士、元検事
フェイ・イースタブルック……往年の映画女優
ドワイト・トロイ……バーの経営者
パドラー……トロイの部下
クロード……宗教家
ハンフリーズ……地方検事
ジョー・スパナー……保安官
エディ・ラシター……運転手
ベティ・フレイリー……ピアノ弾き

動く標的

ロス・マクドナルド
田口俊樹訳

創元推理文庫

THE MOVING TARGET

by

Ross Macdonald

This book is published in Japan
by TOKYO SOGENSHA Co., Ltd.,
by arrangement with Margaret Millar Charitable
Remainder Unitrust u/a 4/12/82
c/o Harold Ober Associates Inc., New York
through Tuttle-Mori Agency, Inc., Tokyo

動く標的

1

車は国道一〇一号線を離れると、海のほうに向かった。道は弧《こ》を描いて茶色い丘の裾《すそ》を這《は》い、オークの低木が並んで生えている峡谷へと続いていた。

「カブリロ峡谷です」と運転手が言った。

見渡すかぎり、人家はなかった。「このあたりの人はみんな洞穴にでも住んでるのかい？」

「まさか。お屋敷はみんな海沿いにあるんです」

しばらくすると、海のにおいがしはじめた。もうひとつカーヴを曲がると、海沿いの涼しさが感じられる一帯にはいった。道路脇に看板が出ていた。「私有地――通り抜け禁止とさせてもらうこともあります」

よく手入れされたヤシの木とモントレーイトスギの生垣がオークの低木に取って代わった。スプリンクラーで水が撒《ま》かれている芝生と、奥行きのある白いポーチと、緑青《ろくしょう》の浮いた銅と赤いタイルを葺《ふ》いた屋根がちらっと見えた。可愛い女が運転するロールスロイスが疾風《はやて》のように、私が乗っているタクシーを追い越していった。なんだか現実ならざるものを見たような気分になった。

　下の峡谷には、ゆっくりと燃える紙幣が立てる煙のような淡いブルーの靄《もや》がかかっていた。その靄を通して見ると、海さえ何か高価なもののように見えた。峡谷の口にしっかりと打ち込まれ、宝石のように青く明るく輝く楔《くさび》のように。上等な服はいつまでも色落ちしないのと同様、豪勢なところに住む人々は、その豪勢な暮らしぶりをいつまでも誇示しつづけるのだろう。太平洋がこれほど小さく見えたのは初めてだった。

　番兵のようなイチイの木にはさまれた私道を進み、そのあとしばらく〝私有のハイウェイ網〟を走ると、ハワイまで深く広く延びている海の上に出た。その屋敷は峡谷を背に断崖を少しくだったところに建っていた。細長くて屋根の低い屋敷だった。鈍い角度で交わる両翼が巨大な白い矢尻のように海に突き出していた。灌木《かんぼく》越しに白いテニスコートと青緑のプールが光って見えた。

　運転手は扇形の車まわしに乗り入れると、ガレージの脇に車を停めた。「ここが穴居人《けっきょじん》の住処です。通用口でいいんでしょ？」

「お高くとまるつもりはないからね」

「待ってましょうか？」

「そうしてもらおうか」

　青い麻のスモックを着た肥《ふと》った女性が通用口側のポーチに出てきて、私がタクシーを降りるのを見ていた。「ミスター・アーチャー?」

「そうです、ミセス・サンプソン?」

「ミセス・クロムバーグです。こちらのお屋敷のメイドです」畝《うね》のある畑に陽が射したように、皺《しわ》のある顔に笑みが浮かんだ。「タクシーは帰してもらってけっこうです。用事がすんだら、フェリックスが街までお送りしますから」

私は運転手に料金を払い、トランクから鞄《かばん》を出した。この仕事が一時間ですむものなのかも、ひと月かかるものなのかもわからないのに、そんなものを持ってきたのはなんだか決まりが悪かった。

「お鞄は物置きに入れておきましょう」とメイドが言った。「すぐにお入り用になるとも思えないんで」

彼女はクロムと磁器のキッチンを抜け、寺院のような丸天井のひんやりとした廊下を通り、〝箱〟の中まで私を案内した。彼女がボタンを押すと、その箱は私たちを二階まで連れていってくれた。

「まさに文明の利器だね」と私は背中越しに彼女に言った。

「奥さまが脚を悪くされたんで、つくらなくちゃならなかったんです。七千五百ドルもかかったんですよ」

それが私を黙らせるためのことばだったとしたら、その効果は充分あった。エレヴェーターを降りると、彼女は廊下をはさんで向かい側にあるドアをノックした。応答はなかった。もう一度ノックしてから彼女はドアを開けた。女性の居場所にしては天井が高すぎ、広すぎ、飾り気がなさすぎる白い部屋だった。巨大なベッドの枕側の壁に、化粧台に並べた時計と地図と女性の帽子を描いた絵が掛かっていた。時間と空間と性。歌川国芳の絵のようだった。ベッドは使われたままの状態で、誰もいなかった。「奥さま！」とメイドが呼ばわった。

落ち着いた声が返ってきた。「サンデッキよ。なんなの？」

「ミスター・アーチャーがお見えです――奥さまが電報で呼ばれた方です」

「デッキに出てくるように言って。それからコーヒーをもう少し持ってきて」

「そのフレンチドアからどうぞ」とメイドは私に言うと、立ち去った。

デッキに出ると、ミセス・サンプソンは読んでいた本から顔を起こした。体にタオルを一枚掛け、寝椅子に半分寝そべるようにして遅い朝の陽射しに背を向けていた。その脇に車椅子があったが、彼女は障害者のようには見えなかった。とてもすらりとしていて、よく日に焼けた茶色い肌をしていた。肉体が固く見えそうなほど濃い茶色だった。髪も陽射しに漂白されたようで、きつくカールし、細長い頭の上にホイップクリームの塊のようにのっていた。マホガニーに彫《ほ》られた像ほどにも年齢不詳だった。

彼女は腹の上に本を置くと、私のほうに手を差し出して言った。「あなたのことは人から聞いたんです。ミリセント・ドルーがクライドと別れたとき、とっても役に立ってくれたって。本人がそう言ってたわ。詳《くわ》しい内容までは言わなかったけど」

「話すと長くなります」と私は言った。「それに浅ましい話にも」

「ミリセントもクライドもそれはもう浅ましい人たちなんだから当然よ。そう思わない？　あの見てくれのことしか考えてない男たち！　クライドの愛人というのは女じゃないんじゃないかってわたしはずっと思ってるんだけど」

「私は依頼人のことはあまり考えないことにしてるんです」そう言って、私はうぶな少年のような笑みを浮かべてみせた。使いすぎていささかくたびれた笑みながら。

「それは言い換えれば、依頼人についてはあまり人に話さないことにしているということ？」

「そうです。たとえ相手が新たな依頼人であっても」

彼女の声は明瞭で生き生きとしていた。が、病はその笑い声に表われた。ビブラートがついた笑い声で、どこかしら苦々しさがあった。私は彼女の眼を見下ろした。何かに怯《おび》えているようなところのある眼と、茶色の肉体の中に隠れている病を見下ろした。彼女は眼を伏せた。

「坐って、ミスター・アーチャー。どうして呼ばれたのか、考えておられるでしょうね。それともそんなことは考えないことにしてるの？」

私は寝椅子の横のデッキチェアに腰をおろして言った。「考えますよ。あれこれ想像もします。私の仕事の大半は離婚がらみだけれど。お見かけどおり、私は離婚をしたがっている人たちの便利屋なんで」

「ずいぶんと自分を卑下《ひげ》なさるのね、ミスター・アーチャー。あなたの話し方を聞くかぎり、あまり探偵らしくないけれど。でも、離婚のことをまず言ってくださったのはよかったわ。最初に言っておきますけど、わたしがあなたを呼んだのは離婚したいからではありません。むしろわたしはこの結婚生活が長続きすることを望んでいます。わかるかしら、わたしは夫より長生きするつもりよ」

私は何も言わず、彼女が続けるのを待った。よく見ると、彼女の茶色の肌は少し荒れていてかさついていた。陽射しがそんな彼女の銅色の脚を容赦なく叩き、私の頭も容赦なく叩いていた。彼女のマニキュアもペディキュアも同じ血のような赤だった。

「適者生存ということにはたぶんならないから。ご存知と思うけれど、わたしの脚はもう役には立たないけれど、わたしは主人より二十歳も若いんだから、わたしのほうが長生きするわ」

その声音《こわね》からは苦々しさがにじみだし、その苦々しさがスズメバチのようにぶんぶんうなっていた。

その音は彼女にも聞こえたのだろう。苦々しさを一息に呑み込むと彼女は言った。「ここはまるで竈《かまど》ね。男性だけが上着を着ていなくちゃいけないなんて不公平だわ。どうぞご遠慮なく」

「いや、大丈夫です」

「紳士なのね」

「ショルダー・ホルスターをつけてるんですよ。それとまだ考えてるんですが、電報であなたはアルバート・グレイヴズの名前を出しておられましたね」

「彼にあなたを紹介されたの。彼はラルフの――主人の――弁護士のひとりなの。あなたの報酬についてはあとで彼と話すといいわ」

「ミスター・グレイヴズはもう地方検事じゃないんですね？」

「戦争が終わったあとは」

「四〇年から四一年にかけて彼の下で仕事をしたことがあるんですが、それ以来会っていません」

「彼が言ってくれたの。あなたは人捜しの名人だって」彼女は白い歯を見せた。日に焼けた顔にちょっとぎょっとするような肉食的な笑みが浮かんだ。「あなた、人捜しの名人なの、ミスター・アーチャー？」

「失踪人捜しと言っていただいたほうがいいかもしれない。ご主人は失踪されたんですか？」

「正確に言えば、失踪ではないわね。ひとりでどこかへ行っちゃったのよ。あるいは誰かと。だから警察の失踪人課に届けたりしたら、あの人、きっとかんかんになるでしょう」

「なるほど。つまりご主人を見つけ、できれば誰と一緒にいるのかわかればいいんですね？そのあとは？」

「あの人がどこにいるのか、誰といるのか、教えてくれればそれでいいわ。あとは自分でやるから」わたしは病気で、脚も不自由だけど、と言わんばかりのどこか拗《す》ねたような心の声が聞こえてきそうだった。

「いついなくなったんです？」

「昨日の午後」

「どこで？」

「ロスアンジェルスで。ラスヴェガスにいたんだけど――ヴェガスのはずれに別荘があるのよ

――昨日の午後、アランとロスアンジェルスに飛んだみたい。アランというのはあの人のお抱えパイロット。ラルフは空港でアランをまいてどこかへ消えちゃったのよ」

「理由は?」

「たぶん酔ってたんだと思う」彼女はさも蔑《さげす》むように赤い唇をへの字に曲げた。「アランの話から、飲んでいたことはまちがいなさそうだから」

「つまり酔って浮かれていなくなった。そういうことはよくあるんですか?」

「よくでもないけど、ないこともない。酔うと、抑制が利かなくなる人なのよ」

「たとえばセックスに対してとか?」

「男は誰でもそうなんじゃないの? でも、わたしが心配しているのはそういうことじゃない。彼はお金に関して自制心をなくしてしまうのよ。二、三か月前にもそういうことがあって、その件では山をひとつなくしちゃったわ」

「山?」

「猟小屋のあるとてもいい山よ」

「どこかの女にやってしまったんですか?」

「それならまだよかったかもしれない。男にあげちゃったのよ。でも、今あなたが思ったようなことじゃないわ。白いものの交じった長いひげのあるロスアンジェルスの聖人にあげちゃったの」

「すぐに人を信じてしまう人なんですか?」

「ラルフが？　そんなことを面と向かって言ったら、あの人、激怒するでしょうね。彼は石油業界で山師みたいな商売をしてのし上がった人よ。どういうタイプかわかるでしょ、半分人間で、半分ワニで、半分クマの罠で、心臓のあるべきところに豚の貯金箱があるような人よ。素面《しらふ》のときにはね。でも、アルコールがはいると、そうヌケ作みたいになっちゃうの。ここ何年かは。ちょっと飲むと、小さな少年に戻りたくなるのね。で、母親タイプを探し求めるのよ。あるいは父親タイプを。悪さをしたら顔をひっぱたいてくれて、そのあと涙を拭いてくれる人を。わたしの言い方、冷たすぎる？　わたしはただ客観的に言ってるつもりだけど」

「ええ」と私は応じた。「いずれにしろ、ご主人がもう一山誰かにやってしまうまえにご主人を見つければいいいんですね？」生死にかかわらず。内心そう思ったが、私は彼女の精神分析に呼ばれたわけではない。

「もし女と一緒なら、わたしとしても当然興味があるから、その女の人のことをすべて知りたいわ。そんなチャンスを逃すなんてとてもできない」

この女性はどんな精神分析医に相談しているのだろう、と私はふと思った。

「誰か心あたりでもいるんですか？」

「ラルフはわたしには秘密を打ち明けたりしないわ――わたしよりむしろミランダと近しいのよ。でも、わたしには主人のことをあれこれ穿鑿《せんさく》する術《すべ》がない。だからあなたを雇ったのよ」

「はっきり言えば」

「わたしはいつでも物事ははっきり言うことにしてるの」

2

白いジャケットを着たフィリピン人の使用人がフレンチドアの戸口に現われた。「奥さま、コーヒーをお持ちしました」

そう言って、コーヒーをセットした銀のトレーを寝椅子の横のローテーブルに置いた。すばしこそうな小男だった。まっすぐにしてグリースで固めたような黒い髪が小さな丸い頭を覆っていた。

「ありがとう、フェリックス」彼女は使用人には愛想がよかった。あるいは、そういった印象を私に与えようとしているのか。「お飲みになる、ミスター・アーチャー?」

「いや、けっこうです」

「それよりアルコールがいいかしら」

「昼食まえには飲みません。私は新しいタイプの探偵でね」

彼女は微笑み、コーヒーを一口飲んだ。私は立ち上がってデッキの海側のへりまで歩いた。下にはテラスの緑の長い階段が崖のへりまで延びているのが見えた。階段はさらに急な崖を浜辺まで続いているのだろう。

家の角のほうから水が撥《は》ねた音が聞こえ、手すりから身を乗り出して見た。ブルーのタイルのテラスにプールが設けられ、青々とした楕円形の水が見えた。若い男と若い女が鬼ごっこをして遊んでおり、アザラシのように水を切って泳いでいた。女のほうが男を追っていて、見ていると、男はわざと女に捕まった。

そこで男と女は一組の男女になり、太陽の下、それまで動いていた景色が静止した。ただ、水と女の手だけが動いていた。女は男の背後に立って、腕を男の腰にまわしていた。ハープ奏者のように指で男の脇腹をやさしくまさぐると、そのあとは男の胸の真ん中に生えている胸毛をしっかりとつかんだ。男の背に隠れて女の顔は見えなかった。男のほうは盲目のブロンズ像のような誇りと怒りをその顔にたたえていた。

女の手を払ったかと思うと、女から数歩遠ざかった。女はひどく傷つきやすそうな裏表のない顔をしていた。目的を失ったかのように、両手を脇に垂らすと、プールのへりに腰をおろし、足を水に浸けてぶらぶらさせはじめた。

よく陽に焼けたその男は飛び込み台から一回転半の飛び込みをしてみせた。女は見もしなかった。髪についた水滴が涙のように女の胸に垂れていた。

ミセス・サンプソンが私を名前で呼んでから言った。「昼食はまだなんでしょ?」

「ええ」

「だったらパティオに三人分ね、フェリックス。わたしはいつもと同じ。ここで食べるわ」

フェリックスは一礼すると、立ち去りかけた。夫人が呼び止めた。「衣裳室からミスター・サンプソンの写真を持ってきて。主人がどんな顔をしているのか、知っておかなくちゃならないでしょ、ミスター・アーチャー？」

革の写真入れに収められたその写真の主は肉のたるんだ顔をしていた。薄くなった灰色の髪に心配事がにじんでいるような口元。太い鼻は豪胆さを演じようとし、結果的に頑固に見せることに成功していた。つくり笑いが顔に貼りついていて、ぶ厚い瞼《まぶた》と垂れ下がった頬に皺ができていた。私は死体仮置場で同じような笑みを死者の仮面の中に見たことがある。見る者に自分もまた年を取り、いつかは死んでいく身であることを思い出させる笑みだ。

「あまりぱっとしないけれど、これがわたしの夫よ」とミセス・サンプソンは言った。

フェリックスは嘲《あざけ》りとも不満ともため息とも取れる声を洩らした。その彼の反応につけ加えることばなど、私には何ひとつ思い浮かばなかった。


フェリックスは、屋敷と丘とのあいだに設《しつら》えられた赤いタイル敷きの三角形のパティオで、昼食の給仕をした。石の擁壁の向こうの斜面――砕けることのない青みがかった緑の波――にはカッコウアザミと匍匐《ほふく》性のロベリアが植えられていた。

フェリックスに案内されてパティオに出ると、さきほどのよく陽に焼けた男がいた。誇りと怒りはどこかにしまい込み、薄手のスーツに着替えて、見るからにくつろいでいた。立ち上がると、こっちが寸足らずに思えてしまうほど背が高かった――六フィート三インチか四インチはあるだろう。そして、その握手は力強かった。

「アラン・タガート。サンプソン家のパイロットです」

「リュー・アーチャー」

手に持った飲みもののグラスをまわしながら、彼は言った。「何を飲みます?」

「ミルクを」

「嘘でしょ? あんたは探偵だって聞いたけど」

「馬乳酒を。それでけっこう」

タガートは白い歯を見せて陽気に笑った。「おれはジン&ビターズを飲んでるんだけど。パプアニューギニアのポート・モレスビーで覚えてしまってね」

「もう相当飛んでるんだろうね?」

「出撃五十五回。二千時間といったところだね」

「どこで?」

「だいたいフィリピンのカロリン諸島で。P-38に乗ってたんだ」

彼はまるでその名を女性の名前さながら愛おしく懐かしむように言った。

そのとき女が出てきた。しかるべきところはぴったりとし、それ以外はゆったりとした黒のストライプのワンピースに着替えていた。ブラシをかけられ、乾かされた黒みを帯びた赤毛が頭のまわりで跳ねていた。まばゆいばかりのグリーンの大きな眼をしており、茶色い顔にその色が奇妙に思えた。インディオが薄い色の眼をしているような奇妙さだった。

タガートが彼女を紹介してくれた。サンプソンの娘のミランダだった。彼女はわれわれふたりを金属のテーブルに着かせた。テーブルの中央に鉄の柱が立っていて、キャンヴァス地のパラソルを支えていた。マヨネーズソース風味のサーモンを食べながら、私は彼女を観察した。体の動きに奇妙な魅力を備えた背の高い女だった。成長は遅かったが、待った甲斐はあったとでもいったタイプだ。十五歳の頃に思春期を迎え、二十か二十一で最初の結婚か情事を経験し、二十八から三十のときに完璧ないい女になるタイプ。今の歳は二十一ぐらいだろうか。ミセス・サンプソンの娘にしては大きすぎた。

「わたしの義母は——」と彼女は言った。「——わたしの義母はなんでもいつでも極端なのよ」

「それは私のことかな、ミス・サンプソン？ 私は知らず知らず声に出して考えていたのか。そんな気分になった。

「あなたってことじゃないけど。でも、やることなすこと彼女はすべてが極端なのよ。ほかの人なら馬から落ちても下半身不随になることなんてないのに、エレインはちがうの。精神的なものだと思う。昔のようにもう絶世の美女ではなくなったから、競争から身を引いたのよ。落馬というのはそのための絶好のチャンスになった。もしかしたら、彼女はわざと落馬したんじゃないかしら」

タガートが短く笑って言った。「おいおい、ミランダ。きみは本の読みすぎだよ」

ミランダは高慢な眼をタガートに向けた。「読書というのは咎《とが》められなくちゃならないようなことじゃないわ」

「私がここにいることも心理学的に説明がつくんだろうか？」と私は言ってみた。

「あなたがどうしてここにいるのか正確な理由は知らないけれど、父の居場所を突き止めるとか、何かそういうことでしょ？」

「まあ、そういうことだね」

「たぶん彼女は父の弱みを握りたいのよ。いずれにしろ、これだけは認めてほしいわ、ミスター・アーチャー。大の男が一晩帰ってこなかっただけで、探偵を呼ぶなんて、どう考えても極端だということだけは」

「めだたないようにやるよ。そういうことを心配しているのなら」

「わたしは何も心配してないわ」と彼女はむしろ嬉しそうに言った。「わたしはただ心理学的見解を言っただけよ」

フェリックスがひかえめにパティオをやって来た。笑みを顔に貼りつかせて。その笑みはどう見ても仮面だった。その仮面の陰から、痣《あざ》のように見える深くて黒い眼でこっそり観察しているのだろう。私がしゃべったことはそのとがった耳ですべて聞き取っているのだろう。私が息をした数も数え、天気がよければ私の心臓の鼓動も拾っているのではないか。そんな気さえした。

ミランダに反論されて、タガートはいくらか居心地が悪くなったらしく、唐突に話題を変えた。「でも、本物の探偵さんに会ったのはこれが初めてじゃないかな」

「だったらサインをしてもいいよ。ただ〝X〟と書くだけだけど」

「真面目な話、探偵業には興味があるんだよ。一時期探偵になろうかと考えたこともあるほどでね。飛行機に乗るまえのことだけど。でも、そういうことはたいていの子供が一度は考えるんじゃないかな」

「それでもその夢に固執はしない、たいていの子供は」

「どうして？　あんたは自分の仕事が気に入ってないとか？」

「この仕事をしているかぎり、いたずらをしなくてもすむ。それより教えてもらいたい。サンプソンがいなくなったとき、きみは彼と一緒だったんだね？」

「そう」

「彼の服装は？」

「スポーティな恰好だった。ハリス・ツイードのジャケットに茶色のウールのシャツ、茶褐色のズボンに爪先をパンチング加工した短靴。帽子はかぶってなかった」

「正確な時間はわかるかな？」

「ほぼ三時半——昨日の午後、バーバンクの飛行場に着陸した時間だ。われわれの飛行機を駐機させるのに、管制官はまえのポンコツ飛行機を移動させなきゃならなかった。おれはいつも自分で駐機するんだよ。盗まれたりしないように特別な仕掛けをするんだ。ミスター・サンプソンは、そのあいだにホテルにリムジンの手配をさせる電話をしに行った」

「ホテルの名は？」

「〈バレリオ〉」

「ウィルシャー通りのはずれにあるホテル？」

「父は〈バレリオ〉にバンガロー・タイプの家を一軒持ってるのよ」とミランダが言った。

「そこはとても静かで、父のお気に入りなの」

「飛行機を降りて、飛行場の正面入口まで行ったときには、もういなくなってたんだ」とタガートが続けた。「でも、そのことについてはあまり深くは考えなかった。なにしろミスター・サンプソンはかなり酔ってたんでね。それは珍しいことでもなんでもないから。と言って、それほどひどい状態でもなかった。こっちとしては腹が立ったけど。彼が五分すら待てなかったせいで、こっちはバーバンクで立ち往生なんだから。〈バレリオ〉まではタクシーで三ドルの距離だけれど、そのときにはそれだけの持ち合わせがなくてさ」

彼は自分がしゃべりすぎていないかどうか確かめるようにミランダを見やった。彼女はむしろ愉《たの》しんでいるように見えた。

「いずれにしろ」と彼は続けた。「ホテルまでバスで行ったんだ、三つのバスを乗り継いで。ひとつのバスに三十分ばかりかけて。でも、彼はホテルにいなかった。けっこう暗くなるまで待ったけど、そこにいても埒《らち》が明かないんで、またひとりで飛行機で帰ってきたというわけ」

「結局、サンプソンは〈バレリオ〉には姿を現わさなかった？」

「ああ、まるでね」

「荷物は？」

「何も持ってなかった」

「ということは、そこに一晩泊まるつもりじゃなかったわけだ」

「ともかぎらないわ」とミランダが言った。「父は〈バレリオ〉のバンガローに必要なものはなんでもそろえてるから」

「だったら、もしかしたらお父さんは今そこにいるのかもしれない」

「いいえ。エレインは一時間ごとに電話してるみたいだけど」

私はタガートに尋ねた。「サンプソンは自分の予定については何も言ってなかったのか？」

「〈バレリオ〉に一泊するとは言っていた」

「きみが駐機しているあいだ、サンプソンはどれぐらいひとりでいたことになる？」

「十五分かそこらだと思う。長くても二十分は超えてなかったはずだよ」

「だとすれば、ホテルからのリムジンはやけに早く着いたことになる。あるいは、サンプソンはそもそもホテルに電話などしなかったのか」

「誰かと飛行場で会ったのかもしれないわね」とミランダが言った。

「お父さんはロスアンジェルスに友達は多いんだろうか？」

「たいていは仕事関係の知り合いね。父は人づきあいのいいほうじゃないから」

「その知り合いの名前はわかるかな？」

まるで知り合いの名前が飛んできた虫ででもあるかのように、彼女は手で顔のまえを払うような仕種《しぐさ》をして言った。「そういうことはアルバート・グレイヴズに訊くといいわ。わたしのほうから彼のオフィスに電話をして、あなたが訪ねていくことを伝えておくわ。そこまではフエリックスに送らせるわね。そのあとロスアンジェルスに戻るといいんじゃない？」

「手始めに向かう場所としてはいちばんよさそうだ」

「アランが飛行機で送ってくれるかも」ミランダは立ち上がると、覚えたての尊大さをちらつかせて言った。「アランのほうで今日の午後は特に用事がないようなら。どうなの、アラン？」

「喜んで」とタガートは言った。「やることがあれば退屈しないですむ」

ミランダはぷいとタガートに背中を向けると、屋敷に向かった。怒れる麗《うるわ》しき娘。

「いい加減勘弁してやれよ」と私はタガートに言った。

彼は立ち上がると、そびえ立つようにして私を見下ろした。「どういう意味だ？」

彼にはひとりよがりで高慢な高校生のようなところがあった。私はわざと彼を刺激した。

「彼女には自分の背丈に見合った背の高い男が必要だ。その点、きみたちはお似合いだ」

「やっぱりあんたもか」彼はそう言って首を左右に振って否定の意を示した。「おれとミランダのことに関しちゃ、たいていの人間が結論に飛びつきたがる」

「そのたいていの人間にはミランダも含まれるのかな？」

「悪いが、おれのほうはもっと別の人に関心があってね。だけど、それはあんたにはなんの関係もないことだ。ついでに言えば、そこにいるぼんくらにも」

彼は戸口に立っているフェリックスのことを言っていた。フェリックスはそのタガートのことばにそそくさと姿を消した。

「あのクソ野郎、どうにも神経に触る」とタガートは言った。「あいつはいつもそこらをうろうろして、聞き耳を立ててるんだよ」

「ただの好奇心かもしれない」

タガートは鼻を鳴らして言った。「この屋敷に対する不満はいくつもあるけど、あの男もそのひとつだね。食事はここの家族と一緒にとらせてもらってるけど、だからと言って、おれは自分がここの使用人じゃないとは思ってないよ。何かがあったときにはそれがはっきりする。所詮、お抱えパイロットなんだから」

ミランダに対してはそうでもない。と私は思ったが、あえて言わなかった。「でも、それはそう大変な仕事でもないんだろ？　サンプソンがそうしょっちゅう飛行機を利用しているとも思えない」

「飛行機を操縦することについちゃなんの文句もないよ。そもそも好きなことなんだから。どうにも我慢がならないのは老人のお守《も》りをさせられることだ」

「サンプソンにはお守りが必要なのか？」

「飲むと手がつけられなくなることがあるんだよ。ミランダのまえじゃ言えなかったけれど、先週砂漠に行ったときなんか、この人は死のうとしてるんじゃないかと思ったほどだ。一日一ガロン半も飲んでた。そんなふうになると、誇大妄想になるみたいでさ。あのたわごとにはほとほとうんざりさせられる。かと思えば、急にセンティメンタルになったりもしてね。おれを養子にして、航空路線をひとつ買ってやるなんて言いだすんだよ」彼は酔っぱらった老人の声音を情け容赦なく、だらしなく、ユーモアのかけらもなく真似て言った。「〝アラン・ボーイ、おまえの面倒はおれがみてやる。航空路線を一本買ってやる〟なんてね」

「あるいは山とか？」

「航空路線の話はまんざら嘘でもない。彼だったら買おうと思えば買えるだろう。だけど、素面のときにはとことんけちになる。ビタ一セントだってただじゃくれない」

「精神が分裂してるんだな」と私は言った。「でも、どうしてそんなふうになってしまうんだ?」

「確かなことはおれにも言えないけど、今、階上《うえ》にいる人は誰でも狂わせちまう人だからね。それに戦争で息子を亡くしたことも大きいんだろう。この屋敷にはいり込む余地がおれにあったのはそのせいだよ。息子のロバートがパイロットだったんだ。でも、サカシマ上空で撃ち落とされた。ミランダはそのことが親父さんの心を破壊しちまったと思ってる」

「ミランダとサンプソンの仲は?」

「すごくいい。反目し合ってることもあるが。ミスター・サンプソンは彼女に早く結婚させたがってるんだよ」

「相手は決まってるのか?」

「アルバート・グレイヴズ」と彼はどんな表情も浮かべずに言った。そのことに賛意を示すでもなく、異を唱えるでもなく、ただそう言った。

3

国道は海に近い街の底の部分でサンタテレサにはいり、そのあとわれわれはスラムを一マイルほど走った。壊れかけた小屋に、店舗のまえの仮小屋、歩道があるべきところを這っている未舗装路、黒と茶色の子供たちが泥だらけになって遊んでいた。目抜き通りに近づくと、ボール紙でつくったケーキの砂糖衣のような、ネオンを掲げたホテルが現われ、赤壁のチリ屋、呑んだくれが集まるみすぼらしい酒場が続いた。通りにいる男たちの半分が小柄なインディオの体型で、モロッコ人のような顔をしていた。カブリロ峡谷を訪ねたあとでは、なんだか自分が別の惑星からやって来たような気がした。乗っているキャディラックが地上すれすれを飛んでいる宇宙船のように思えた。

フェリックスは目抜き通りを左に曲がって海から離れた。海抜が上がると、景色が変わった。色物のシャツにサッカー地のスーツ姿の男たちや、腹部を露出したトップスにスラックスという恰好の女たちが、カリフォルニアのスペイン風の店やオフィスビルを出たりはいったりしていた。街のすぐそばにそびえる山々を見上げている者はひとりもいなかったが、そこに山があることに変わりはなく、山と対比すると、街の人間誰もがどこかしら愚かしく見えた。

タガートは押し黙っていた。そのハンサムな顔にはどんな表情も浮かべていなかったが、だしぬけに訊いてきた。「ここは気に入ったかい?」

「気に入らなきゃならない理由はことさらないな。きみは?」

「金が目当てなら、ここはなんにもならないところだよ。人はここへ死にに来るのさ、ゾウみたいに。それでもしばらくは生きる——でもって、それが人生だなんて言うわけ」

「だったらきみは戦争前のここを見るべきだったな。そのときと比べたら、今は活気にあふれている。昔はクーポンを切っちゃ小銭をケチり、庭師の助手の賃金さえ値切るような金持ちの婆さんしかいなかったんだから」

「あんたがこの街のことを知ってるとは知らなかったな」

「バート・グレイヴズと仕事をしたことがあるんだよ——彼がまだ地方検事だった頃に」

フェリックスは、オフィス・ビルの中庭まで続いている黄色いスタッコ仕上げのアーチ道のまえで車を停めた。そして、ガラスの仕切りを開けて言った。「ミスター・グレイヴズのオフィスは二階です。エレヴェーターがあります」

「おれは外で待ってるよ」とタガートは言った。

グレイヴズのオフィスは、彼が訴訟業務をこなしていた裁判所の中の薄汚れた小部屋とは似ても似つかないところだった。待合室の内装は涼しげなグリーンの布と漂白した木で仕上げられており、これまた涼しげなグリーンの眼をしたブロンドの受付嬢がその内装の色使いの総仕上げをしていた。彼女は言った。

「ご予約をいただいておりますでしょうか?」

「リュー・アーチャーが来たと言ってくれ」

「ミスター・グレイヴズは只今接客中です」

「だったら待つよ」

私は重厚な椅子に坐って、サンプソンのことを考えた。ブロンド嬢の白い指がタイプライターのキーの上で躍《おど》っていた。私はなんだか落ち着かない気分だった。どんな人物なのか、まるで想像のつかない男を捜すために雇われたことについて、今もまだ現実味が感じられなかった。聖なる男と仲よしで、酒を死ぬほど飲む石油業界の大物。私はポケットから彼の写真を取り出して改めて見た。その男が私を見返してきた。

プライヴェート・オフィスのドアが開き、年配の女性が高らかに笑いながら跳ねるようにして出てきた。その老女のかぶっている帽子は、海辺に打ち上げられていたのを拾ってきたような代物だったが、紫のシルクの胸元にピンでとめた時計にはダイアがあしらわれていた。

グレイヴズはその老女をドアの外まで送り出した。老女は彼に、あなたはなんて賢いんでしょう、なんて賢くて役に立つ人なんでしょうと繰り返していた。彼はそのことばを真面目に聞いているふりをしていたが、私が立ち上がると、老女の帽子越しに私に片眼をつぶってみせた。

帽子がいなくなると、戸口から戻ってきて、彼は言った。「会えて嬉しいよ、リュー」

背中を叩いてはこなかったが、彼の握手は相変わらず力強かった。髪の生えぎわは頭の両脇から後退しており、その小さな眼のまわりには何本もの小皺が刻まれていた。ひげの剃り跡の青々とした顎も下顎のつけ根から垂れ下がっていた。年は彼のほうが私より上だが、五歳しか離れていない。そのことを思い出し、私はいささか気分が萎えた。しかし、グレイヴズにしてもここまで来るにはいろいろとあったのだろう。そのひとつひとつが彼に年を取らせたのだろう。

私も会えて嬉しいと言った。嘘ではなかった。

「六年か、七年経つのかな」と彼は言った。

「それぐらいにはなるね。もう検事はやってないんだね」

「やっていられなくなってね」

「結婚は？」

「まだだ。このインフレではね」そう言って彼はにやりとした。「スーは元気か？」

「それは彼女の弁護士に訊いてくれ。彼女はもうおれとは一緒にいたくなくなったようでね」

「つまらないことを訊いて悪かった、リュー」

「いやいや」私は話題を変えて言った。「訴訟仕事は今でも多いのかな？」

「戦争以降はそうでもない。こういう街じゃ訴訟仕事は割りに合わない」

「ほかに割りの合うものがあるんだね」そう言って、私は部屋を見まわした。涼しげなブロンド娘が笑ってくれた。

「これは見せかけだよ。いまだにあくせくしてる。ただ、年配の女性との話し方は学んだがね」彼は皮肉っぽい笑みを浮かべた。「中にはいってくれ、リュー」

プライヴェート・オフィスはより大きく、より涼しく、家具もあれこれそろっていた。壁のふたつにはハンティングの様子を描いた版画が掛けてあり、残りのふたつには本がぎっしりと並んでいた。馬鹿でかい机の向こうに坐った彼がやけに小さく見えた。

「政治のほうはどうしたんだい？」と私は尋ねた。「あんたは知事への道を歩んでいた。まさか忘れちゃいないだろうが」

「カリフォルニアじゃ政党が瓦解してしまった。私なりに政治はもう充分やったよ。軍政権下のドイツのバイエルン州の町で二年」

「渡り政治屋をやってた？　おれは情報部にしばらくいた。ラルフ・サンプソンとはどういう関係なんだ？」

「ミセス・サンプソンとはもう話したのか？」

「ああ。なかなかの体験だったよ。だけど、どうにもこの仕事の意味がよくわからないんだ。あんたはわかってるんだろうか？」

「わからなきゃいけない立場にいるわけだからね。私がそうすべきだって彼女に勧めたんだよ」

「どうして？」

「サンプソンは保護を必要としているかもしれないからだ。五百万ドルもの資産のある人間があんな危なっかしいことをしていちゃいけないよ。彼はアルコール依存なんだ、リュー。息子が戦死してからというもの、それがどんどんひどくなってる。時々、気がふれてしまうんじゃないかと心配になるほどだ。ミセス・サンプソンからクロードの話は聞いたか？　ミスター・サンプソンが猟小屋をやってしまった男だ」

「クロードは人畜無害の男のようだが、この次の相手もそうとはかぎらない。ロスアンジェルスがどんなところか、きみには話す必要もないだろう。呑んだくれの老人がひとりでいて安全な場所とはとても言えない」

「ああ。聖なる男だね」

「ああ」と私は言った。「そういう話は必要ないよ。でも、ミセス・サンプソンは旦那がお愉しみ目当てに出ていったと思っているようだが」

「私がそう思わせたのさ。亭主の身を守るためだけだとしたら、彼女は金を出さなかったかもしれなかったんでね」

「でも、あんたは出す」

「出所《でどころ》は彼女だ。私は彼の弁護士にすぎない。もちろん、あの爺さんのことは嫌いじゃないが」

だから、できれば義理の息子になれればと思っている――

「彼女にはいくらぐらい出す用意があるんだね？」

「きみの言う額でいいよ。一日五十ドルに経費では？」

「七十五ドル。どうもこの件は先の見えないところが気に入らないんで」

「だったら六十五ということで」と言って彼は笑った。「私としても依頼人の利益は守らなきゃならないんでね」

「それでいいよ。だいたいこれは事件でもなんでもない可能性もあるわけだからね。サンプソンは今頃友達と一緒にいるのかもしれない」

「友達はあたったよ。こっちにはそんなに友達はいないんだ。あとでそのリストを渡すよ。ただ、そういうことにあまり時間を浪費したくはない。ほかに方法がなければしかたがないが。彼のほんとうの友達はだいたいテキサスにいるんだよ。彼が財産をつくったのがそっちだからね」

「いずれにしろ、あんたはこの件をかなり深刻に受け止めてる。だったらもう一歩先に行って、警察に届けるという手もあると思うけど」

「自分から仕事を棒に振るというのか？」

「まあね」

「それができないんだ、リュー。もし警察に見つけられたら、彼は即刻私を馘《くび》にするだろう。それに女性と一緒ではないと決まったものでもない。去年見つけたのはサンフランシスコの淫売宿だった」

「あんたはそこで何をしてたんだ？」

「もちろん彼を捜してたんだよ」

「どんどん離婚のにおいが強くなっている気がするけど」と私は言った。「でも、ミセス・サンプソンはそうじゃないと断言していた。その点がどうもよくわからない――あるいは彼女のことが」

「そういうことはあまり期待しないほうがいい。彼女のことは何年もまえから知っているが、私にもいまだによくわからない。それでも対処はできなくない。ある程度は。もし彼女のことで何か厄介な問題が出てきたら、私のところに持ってきてくれ。彼女の行動原理はいくつかあるけれど、大きいのは欲と見栄だ。このふたつを忘れなければ、彼女の対処はそうむずかしいことじゃない。彼女は離婚を望んでない。むしろ旦那の遺産をまるごと相続できるまで待とうとしてる——実際には半分になるにしろ。半分はミランダに行くからね」

「欲と見栄。そのふたつがこれまでずっと彼女の行動原理だったのか？」

「私が彼女を知ってからはずっとだな。つまり彼女がサンプソンと結婚したあとはずっとということだ。結婚するまではいろいろと試したようだが——ダンスとか絵とか服飾デザインとか——どれもものにならなかった。で、しばらくはサンプソンの愛人だったんだが、だんだん彼を頼るようになって、最後の手段として彼と結婚したんだよ。それが六年前のことだ」

「脚はどうしたんだ？」

「馬の調教をしようとしていて落馬して石に頭をぶつけたんだ。それ以来歩けなくなった」

「ほんとうは彼女は歩きたくなくなったんだとミランダは言ってたが」

「ミランダとも話したのか？」彼の顔が明るくなった。「魅力的な娘《こ》だろ？」

「確かに」そう言って、私は立ち上がった。「おめでとう」

彼は顔を赤くしたが、何も言わなかった。私はグレイヴズが顔を赤くするのを初めて見たような気がして、なんだかこっちも気恥ずかしくなった。

階下《した》に降りるエレヴェーターの中で彼が訊いてきた。「彼女、私のことを何か言ってなかったか？」

「いや、特に何も。でも、雰囲気でわかった」

「ほんとうにすばらしい娘だよ」と彼は繰り返した。四十にして彼は恋に酔っていた。

が、車に近づいたところで酔いから醒《さ》めた。ミランダがタガートと一緒に後部座席に坐っていたのだ。「あとを追ってきたの。わたしもあなたとロスアンジェルスに飛ぶわ。こんにちは、バート」

「やあ、ミランダ」

グレイヴズはどこかしら傷ついたような顔をした。ミランダはタガートを見つめていた。タガートはことさらどこも見ていなかった。明らかな三角関係だった。が、それは正三角形ではなかった。

4

われわれは海に向かって吹いている風に乗り、飛行場から山々の頂《いただき》のほうに向かって飛んだ。サンタテレサの街が山々の膝元に広げられた航空写真地図のようだった。波止場に舫《もや》われた帆船が浴槽にぼんやりと浮かぶ石鹸の泡のように見えた。空気は澄んでいた。鋭くとがった山々の頂が指で突けば穴があく張り子細工のようにも見えた。尾根を越すと、空気が冷たくなった。山の自然が五十マイル先の海岸線まで続いていた。

飛行機は徐々に機体を傾け、海に出た。夜間飛行の装備のある四人乗りの飛行機で、私は後部座席に坐っていた。ミランダはまえに――タガートの右側に坐り、操縦桿《そうじゅうかん》に慎重に置かれた彼の右手を見ていた。タガートは飛行機を静かに安定させて操縦しているのがいかにも誇らしげだった。

下降気流にぶつかって機体が百フィートほど下降すると、彼女は左手で彼の膝をつかんだ。彼はつかまれたままに任せた。

私にとって明らかなことはアルバート・グレイヴズにとっても明らかにちがいない。ミランダはタガートがその気にさえなれば彼のものになる。身も心も。グレイヴズはただ時間を浪費しているだけだ。手ひどい失望に自分を追いやってるだけのことだった。

それぐらい彼にもわからないわけがない。それでも、彼女は彼が夢見てきたことのすべてなのだろう――金、若さ、花のつぼみのような形をした胸、これからさらに美しくなる美女。そんな彼女に照準を合わせた以上、彼としてはなんとしても自分のものにしなければならないのだろう。これまでの人生で心に決めたものはすべて手に入れてきた彼としては。

彼はそもそもオハイオの農夫の息子だったのだが、十四歳か十五歳のときに父親が農場を失い、ほどなく死んでしまったあとは、六年間、ゴム工場でタイヤをつくって母親を養った。その母親も亡くなると、大学にはいり、優秀な成績で卒業し、三十になるまえにミシガン大学で法律の学位を取った。その後、デトロイトの法律事務所に一年勤めると、西に移る決心をし、サンタテレサに身を落ち着けた。その理由はそれまで山を見たことがなく、海で泳いだことがなかったからだ。彼の父親はカリフォルニアで隠居生活を送ることをずっと夢見た人だった。その中西部の夢を彼は受け継ぎ、その夢にはテキサスの石油長者の娘も含まれた。そういうことなのだろう。

それはこれまで彼がなかなか実現できなかった夢だった。仕事が忙しすぎて、どんな女性とも一緒に過ごす時間が持てなかったのだ。地方検事補、市の顧問弁護士、地方検事と歴任し、社会の礎《いしずえ》を築くがごとく、訴訟の準備に明け暮れる毎日だった。そのことを私が知っているのは彼の下で働いたことがあるからだ。彼の法廷での仕事ぶりは、州の最高裁判事のひとりから法執行の手本とまで言われたことがある。そして今、四十にして自分の頭を打ちつけて壁を壊すような難題に挑む決意をしたのだろう。

しかし、壁というのは乗り越えることもできれば、壁のほうから勝手に崩れることもあるものだ。ハエを払う馬のようにタガートが脚を揺すった。機体が上昇し、もとの針路に戻った。ミランダは彼の膝から手を離した。

いくらか腹を立てたように耳まで赤くし、タガートは操縦桿を引き、機体を上昇させた。彼女をあとに残し、自分ひとりで空の中心に向かおうとするかのように。天井に取り付けられた温度計が摂氏四度以下になった。八千フィートの上空からサンタカタリナ島がはるか下の右手に見え、その数分後、飛行機は白いしみのようなロスアンジェルスに向けて左に旋回した。

私は飛行機のエンジン音に逆らって大声で言った。「飛行機をバーバンクに降ろしてくれるか？　そこでいくつか訊いてみたい」

「最初からそのつもりだよ」

旋回すると、峡谷の夏の熱気に迎えられた。熱気はゴミの散らかる空き地や原っぱや、造成途中の郊外を細かい灰のように覆い、道路を走る小さな車の速度を遅らせ、外気を遮断しているかのようだった。蝕知できないその白い灰は私の鼻孔にはいり込み、咽喉《のど》をからからにした。いつものこの感覚に、たった半日の留守ながら、私はまたこの街に帰ってきたと改めて思った。

飛行場のタクシーの配車係は、赤い縞のシャツの袖をまくり、針金のアームバンドでとめていた。黄色い帽子が白髪交じりの後頭部にほとんど垂直にのっていた。年じゅう太陽の季節であることと、客から言われる文句のせいか、怒ったような赤い顔をしていたが、物腰はいたって柔らかだった。

写真を見せると、サンプソンのことを覚えていた。

「ええ、昨日ここに見えましたよ。ちょっと酔ってるみたいなことはすぐにわかったな。いえ、へべれけってわけじゃないです。だったら警備員を呼んでましたよ。まあ、二、三杯飲みすぎたみたいな感じで」

「なるほど」と私は言った。「誰かと一緒じゃなかったんだね?」

「いえ、見たかぎり、おひとりでしたね」

暑さのせいで死んでしまったみたいに見えるキツネを二匹首に巻いた女が、列から離れ、まえに出てきた。「わたし、今すぐダウンタウンに行かなくちゃならないの」

「すみません、奥さん。順番を待っていただかなきゃなりません」

「急いでるって言ってるんだけど」

「順番をお待ちください」と配車係は抑揚のない口調で言った。「今ちょっと台数が不足してるんです」

男は私のほうに向き直って言った。「ほかに何か？　この写真の人、なにかトラブルに巻き込まれたんですか？」

「それがわからないんだ。ここからは何に乗って出ていったんだ？」

「そりゃ車ですよ――黒いリムジン。すぐに気づいたのはタクシー会社のマークがなかったからだね。たぶんホテルの車でしょう」

「彼のほかに乗っていたのは？」

「運転手だけです」

「あんたの知ってる人？」

「いいえ。ホテルの運転手は何人か知ってるけど、しょっちゅう人が変わりますからね。ただ、ちっちゃな男だったな。ちょっと顔色の悪い人でした」

「車種とかプレートナンバーとかは覚えちゃいないだろうね？」

「眼はしっかり開けてますけど、私も天才じゃないんでね」

「ありがとう」そう言って、私は彼に一ドル手渡した。「それはこっちも同じだ」

階上《うえ》のカクテル・バーに行くと、ミランダとタガートがその場にたまたま放り込まれた他人同士のような風情で坐っていた。

「〈バレリオ〉に電話したよ」とタガートが言った。「すぐにもリムジンが来る」

やって来たリムジンを運転していたのは、野球のアンパイアのようなてらてらとした青いサージのスーツに、布製の帽子という恰好の青白い顔をした男だった。タクシーの配車係は、昨日サンプソンを乗せていったのはその男ではないと言った。

私が前部座席に乗り込むと、その運転手はいかにも神経質そうにすばやく私のほうを向いた。青白い顔に窪んだ胸に凸レンズのような眼。「お客さん、なんです?」彼のことばはそのあと続かず、卑屈で弱々しい質問のまま終わった。

「これから〈バレリオ〉に行ってもらうが、きみは昨日も出迎えの仕事をしてたのか?」

「はい、お客さま」そう言って、男はギアを入れた。

「同じ仕事をしていた者はほかにはいなかった?」

「ええ、いません。夜間のシフトの者がいますが、そいつの勤務は六時からです」

「きみは昨日バーバンク飛行場に客を迎えには来なかった?」

「ええ」心配げな表情が運転手の眼に浮かび、その表情は運転手の眼によく似合った。「来なかったと思いますけど」

「でも、それは確かじゃない」

「いいえ、確かです。こっち方面には来てません」

「ラルフ・サンプソンは知ってるね?」

「〈バレリオ〉のですか?　ええ、存じております。ええ、もちろん」

「最近彼に会ったことは?」

「いいえ、お客さま。ここ数週間は会ってないと思います」

「なるほど。客を迎えに行く指示は誰から受けるんだね?」

「交換係です。何か問題があるわけじゃありませんよね? あなたはミスター・サンプソンのお友達なんですか?」

「いや」と私は答えた。「彼に雇われてる者だ」

そのあとはいささか堅苦しい沈黙の道中になった。運転手は無駄に〝お客さま〟と連呼したことを後悔しているはずだった。そのせいだろう、チップの一ドルを渡すと、戸惑ったような顔をした。リムジンの料金はミランダが払った。

「バンガローを見たい」と私は彼女に言った。「ただ、そのまえに電話の交換係にちょっと訊いてくる」

「じゃあ、バンガローの鍵をもらって待ってるわ」

交換嬢は夜には男を夢見て、昼には男を憎む冷ややかな感じのおぼこ娘だった。「はい?」

「昨日、きみはバーバンク飛行場にリムジンを手配するよう連絡を受けたね」

「そういうご質問にはお答えできません」

「私が言ったのは疑問文じゃない。平叙文だ」

「今立て込んでまして……」その女の声音には小銭をこすり合わせたような固い響きがあった。とても小さなその眼はきつく、十セント銅貨のように光っていた。

私は一ドル札を女の肘のそばに置いた。女は怪訝《けげん》な顔で私を見上げた。「支配人を呼ばなくちゃなりません」

「わかった。私はミスター・サンプソンのところで働いてる者だ」

「ミスター・ラルフ・サンプソンですか？」声音がまるで変わり、小鳥のさえずりのようになった。

「そうだ」

「ミスター・サンプソンご本人が飛行場にリムジンをまわすように電話してきたんです！」

「知ってる。そのあと何があったんだ？」

「キャンセルなさったんです。最初の電話のあとすぐに。わたしが運転手に連絡するまえに。予定を変更なさったんでしょうか？」

「そのようだね。電話の声は二度とも彼の声だった？」

「ええ、それはまちがいありません」と交換嬢は言った。「ミスター・サンプソンのことはよく存じ上げてます。こちらにはもう何年もまえからお越しですから」

彼女は自分の机が汚染されないよう、薄汚れた一ドル札を取り上げると、安っぽいビニールのハンドバッグにしまった。そして、交換台のほうを向いた。三つのランプが赤く点灯していた。

私はふかふかの絨毯《じゅうたん》が敷かれ、重厚な椅子が並べられ、藤色のお仕着せを来たベルボーイが直立不動で立っている、静かでゴージャスなロビーに戻った。ミランダが立ち上がり、美術館の若いニンフ像みたいな動きでやって来た。「父はもうひと月近くここへ来てないみたい。副支配人に訊いたんだけど」

「鍵は？」

「もちろんもらえたわ。アランが今バンガローを開けに行ったところよ」

私は彼女について錬鉄製の扉のところまで廊下を歩いた。そこから先がホテルの建物の裏手で、小径が何本か交差し、その小径の両脇に芝の台地と花壇に囲まれたバンガローが建ち並んでいた。刑務所のように高い石塀に囲まれた広がりは、そこだけでひとつの街の様相を呈していた。ただ、そこの囚《とら》われ人には十全的な暮らしができた。テニスコートにプール、レストランにバーにナイトクラブ。そこに住むにはぶ厚い財布か、何も書かれていない小切手か、そのどちらかがあればそれでよかった。

サンプソンのバンガローは大半のバンガローより大きく、テラスも広かった。脇のドアが開いていた。いかにも坐り心地の悪そうなスペイン風の椅子が乱雑に置かれた玄関ホールを抜けて、高い天井にオークの梁《はり》が渡された広々とした部屋にはいった。

使われていない暖炉のまえに置かれた大型ソファに坐り、タガートが背を丸めて電話帳を見ていた。「友達に電話をかけようと思って」半笑いを浮かべて、彼はミランダに言った。「どっちみち時間つぶしをしなきゃならなくなりそうなんで」

「わたしと一緒にいてくれるんだと思ってたけど」彼女の声は甲高《かんだか》くて弱々しかった。

私は部屋を見まわした。たいていのホテルがそうだが、そこも大量生産されたなんの個性もない部屋だった。「お父さんは私物をどこにしまってる?」

「寝室だと思うけど。といっても、そんなにたくさんは持ってきてなかったわね。着替えが数着だったと思う」

彼女は玄関ホールの反対側にある寝室のドアまで私を案内し、明かりをつけるなり言った。

「いったいなんなの、この部屋?」

そこは十二角形の窓のない部屋だった。間接照明は赤。壁にはぶ厚く赤い壁掛けが天井から床まで垂れていた。重厚な肘掛け椅子と部屋の中央に置かれているベッドにも同じような暗い赤い布が使われていた。そんな部屋にとどめを刺しているのが天井に設《しつら》えられた丸い鏡で、部屋を上下逆さに映し出していた。無理に記憶をたどってみても、その部屋と肩を並べられそうなところは、事件の調査でメキシコシティに行ったときに出くわしたイタリア風の売春宿ぐらいしか思いつかなかった。

「ここで寝なきゃならないんだとしたら、お父さんが酒を飲むようになったのもわからなくはないな」

「まえはこんなふうじゃなかったわ」と彼女は言った。「改装したのよ」

私は部屋の中をざっと歩いてみた。十二面の壁にはそれぞれ射手座《アーチャー》や牡牛座や双子座といった星占いの十二宮が金糸で縫い取りされていた。

「お父さんは星占いに凝《こ》ってたのか?」

「ええ、そうなの」と彼女は恥ずかしそうに言った。「そのことでは話し合ったこともあるんだけど、父は聞く耳を持たなかった。ロバートが死んで深みにはまってしまったのよ。でも、それがここまで進んでるとは思わなかった」

「誰か特別な占い師がいるんだろうか？　そういう世界には有象無象《うぞうむぞう》がいっぱいいると思うけれど」

「さあ、わからない」

折りたたみ式の衝立《ついたて》の向こうがクロゼットになっていて、スーツやシャツや靴、ゴルフウェアからイヴニングドレスまであった。私はそれらのポケットを残らず調べた。ジャケットの胸のポケットに財布がはいっており、その中には二十ドル札の束が収められていた。それに写真が一枚。

その写真をクロゼットの電球の明かりにかざしてみた。哀愁を帯びた黒い眼に垂れ下がったぶ厚い唇の謎めいた顔が写っていた。顔の両脇の黒い髪は黒いドレスのネックラインまでまっすぐに垂れていて、その黒いドレスは写真の下の人工的な影の中に溶けていた。影になったその部分に白いインクで書かれていた。女性っぽい筆跡だった――〝フェイからラルフへ祝福のことばとともに〟。

どこかで見たような顔だった。哀愁を帯びた眼に見覚えがあった。が、ほかに思いあたるものはなかった。財布はサンプソンのジャケットに戻し、写真はすでに持っているサンプソンの写真に加えた。

「見て」クロゼットから出ると、ミランダが言った。ベッドに横たわっていた。スカートが膝のところまでまくれ上がっていた。バラ色の照明のせいで体が燃えているように見えた。眼を閉じて彼女が言った。「この部屋はあなたにどんなことを思わせる?」

　彼女の髪もへりのところが燃えていた。仰向けのまま眼を閉じた彼女の顔は死人の顔のようだった。すらりとした彼女の体そのものが燃えていた。祭壇の上の生贄《いけにえ》のように。

　私は部屋を横切り、彼女の肩に手を置いた。その手を通じて、赤い光が伝わり、そのことが私に自分もまた生身の人間であることを思い出させた。「眼を開けなさい」

　彼女は眼を開け、にやりとして言った。「見たでしょ?　異教徒の祭壇の生贄みたいだったでしょ?――サランボー（古代カルタゴを描いた同名のフロベールの小説のヒロインの名）みたいだったでしょ?」

「きみは小説の読みすぎだ」と私は言った。

　私の手はまだ彼女の肩にあった。陽に焼けた肌がどうしても意識された。彼女は上体を起こすと、私を引き寄せた。彼女の熱い唇が私の顔に触れた。

「何をしてるんだい?」戸口からタガートの声がした。赤い照明を受けたその顔は一瞬、怒っているようにも見えたが、実のところ、彼はあの半笑いを浮かべているのだった。眼のまえの珍事をむしろ愉しんでいた。

　私は上体を起こして上着を直した。私のほうはとても愉しめなかった。ミランダは私がここ何日ものあいだで触れたなによりも生き生きとしたものだった。私はコースを走る競走馬並みに血をたぎらせられていた。

「この上着の下の中の固いものはなんなの?」とミランダは問わずもがなの質問をした。

「銃を持ってる」

私はそう言って、黒で統一された女の写真を取り出し、ふたりに見せた。「この女性に見覚えは？　〝フェイ〟と署名されている」

「いや、ないね」とタガートは言った。

「わたしも」とミランダも言い、ひそかに横目で彼に微笑みかけた。ひとつポイントを取ったかのように。

彼女は彼の気を惹《ひ》くために私を利用したのだった。そう思うと、腹が立った。赤い部屋も腹立たしかった。そこは外を見る眼を持たない病んだ頭脳の内部のようだった。その中で見られるのは逆さになった自分の姿だけだ。私は部屋を出た。

5

ベルを押すと、すぐに女性の野太い声が伝声管伝いに聞こえてきた。「どちらさまでしょう？」

「リュー・アーチャーです。モリスはいますか？」

「ええ。どうぞ」ブザーが鳴り、アパートメントのロビーの内側のドアが開いた。

彼女は階段を上がりきったところで待っていた。幸せな結婚をした、褪《あ》せたブロンドの肥った女性。「久しぶりね」私は顔をわざとしかめてみせた。が、彼女は気づかなかったようだった。「モリスは朝になってから寝たんで、今、朝食を食べてるところ」

私は腕時計をちらっと見た。三時半。モリスは夜間の情報収集のために、あるコラムニストに雇われている男で、夜の七時から朝の七時までが彼の勤務時間なのだ。

彼の妻に案内され、新聞と本が散らかり、使ったままのベッドが置かれた居間兼寝室を抜けた。モリスはバスローブのままキッチンテーブルについて、皿から彼を見上げるふたつの目玉焼きとにらめっこをしていた。鋭い黒い眼をした肌の浅黒い男で、ぶ厚い眼鏡をかけていた。黒い眼の奥にはカードインデックスのような頭脳があり、ロスアンジェルスの重要な統計のすべてがそこに収められていた。

「おはよう、リュー」と彼は顔を起こすこともなく言った。

私は彼と向かい合って坐った。「もう午後も遅い時間だ」

「おれにはまだ朝だ。時間というのは相対的な概念だよ。夏には太陽が頭上で黄色く輝いてる時間にベッドにはいる――作家のロバート・ルイス・スティーヴンソンのことばだ。おれののの頭葉が入り用なんだい、今朝は?」

彼は最後のことばを強調した。ミセス・クラムはコーヒーを私に注いでくれることでそのことばを脇から強調した。そのせいで私もサンプソン一家の夢から覚めたばかりのような気分になりかけた。もっとも、サンプソン一家のことがすべて夢であっても一向にさしつかえはなかったが。

私は〝フェイ〟とサインされた写真を彼に見せた。「この顔に見覚えはないかな？　どこかで見たような気がするんだ。もしかしたら映画だったかもしれない。なんだかわざとらしい顔つきをしてみせているところを見ると」

彼は写真をじっと見てから言った。「定年退職したヴァンパイア。これは四十ぐらいの頃の写真かな。映画は戦前のものだから、十年ぐらいまえの写真だろう。フェイ・イースタブルックだ」

「知ってるのか？」

彼は目玉焼きの黄身を割り、黄色い中身が皿に広がるのを見つめながら言った。「よく見かけたよ。パールホワイト時代にはスターだった」

「今は何をしてるんだ？」

「たいしたことは何も。おとなしい暮らしをしてるんじゃないかな。一度か二度結婚してるはずだが」彼はようやく決心がついたように食べはじめた。

「今は？」

「知らないけど、最後の結婚が今も続いてる気はしないな。暮らしのほうは端役《はやく》をやってちょこちょこ稼いでるようだ。シメオン・カンツが自分の映画で彼女の役をつくってやってるんだよ。昔のよしみで」

「副業に星占いをやったりはしてないかな？」

「ありうるね」彼は悪意を込めて二個目の卵をつついた。今の質問にきちんと答えられなかったことが彼には屈辱だったらしい。「リュー、おれは彼女の伝記作家じゃないんだからね。彼女は今ではもう重要な存在じゃないよ。それでもなんらかの収入源はあるはずだ。そこそこ散財してるところを見ると。レストランの〈チェイスンズ〉で彼女を見かけたことがある」

「彼女はひとりだった。それはまちがいないな」

彼はラクダみたいに顎を横にずらして咀嚼《そしゃく》しながら、その真面目くさった小さな顔をしかめた。「ご入り用なのはどうやらおれの全部の頭葉みたいだな。脳を酷使しておれには何か見返りがあるんだろうか？」

「五ドルだ」と私は言った。「これは必要経費付きの仕事でね」ミセス・クラムがその大きな胸を押しつけるようにして、コーヒーを注ぎ足してくれた。

「見るからに有閑階級といった男と一緒のところを一度見かけたことがある」

「その男の風体《ふうてい》は？」

「白髪で――若白髪のようだが――眼はブルーかグレー。体格は並みだが、筋骨は逞《たくま》しそうだった。身なりもよくて、年を取ったコーラスボーイが好みならハンサムと言えなくもない」

「おれがそういうやつが好みなのはよく知ってるだろ？　そいつ以外には？」彼にサンプソンの写真を見せるわけにはいかなかった。大金持ちのサンプソンの名前を出すわけにも。モリスは名前を集め、その名前を選り分けることで生計を立てている男だが、大金を稼いでいるわけではない。

「少なくとも一度、十ドル札を身にまとったような旅行者タイプの男と遅い夕食をとっていたよ。そいつはもうへべれけでね。帰るときにはドアまで人の手を借りなければならなかった。それが数か月前のことで、それ以来見かけてないな」

「彼女の住所はわからないよな?」

「街の外だと思う。おれの縄張りじゃない。いずれにしろ、五ドル分の仕事はもうしたと思うけど」

「それは否定しないよ。でも、あとひとつ訊かせてくれ。シメオン・カンツは今でも仕事をしてるのか?」

「〈テレピクチャーズ〉の地所内で独立してやってる。もしかしたら彼女はそこにいるかもしれない。またふたりで撮影してるって話を聞いたから」

私は彼に五ドル札を渡した。彼はそれにキスをしてみせたあと、煙草の火をつけるのにその札を使うような真似をした。ミセス・カンツがすかさず彼の手から札をひったくった。私が辞去したときにはふたりはキッチンで追いかけっこをしていた。大声で笑いながら。頭のいかれた陽気な夫婦よろしく。

乗ってきたタクシーはアパートメントハウスのまえで待っていた。それに乗って、いったん家に帰り、ロスアンジェルスとその近郊の電話帳を調べた。フェイ・イースタブルックの名前は出ていなかった。

ユニヴァーサル・シティの〈テレピクチャーズ〉に電話して、フェイ・イースタブルックを呼び出してもらった。交換嬢は彼女が来ているかどうかわからず、確かめなければならなかった。さほど広い撮影所ではない。こういうことからも、映画の世界で彼女が過去の人間になっていることは明らかだった。

交換嬢は電話口に戻ってくると言った。「ミス・イースタブルックはこちらにおられます。でも、今撮影中です。伝言を承《うけたまわ》りましょうか?」

「そっちへ行くよ。スタジオはどこだね?」

「第三スタジオです」

「監督はシメオン・カンツ?」

「そうです。でも、入所するには許可証が要りますけど」

「許可証なら持ってる」と私は嘘をついた。

家を出るとき、ホルスターをはずして、玄関のクロゼットに銃をしまうというへまを私はやらかした。暑い盛り、ホルスターはつけ心地が悪いのと、銃など必要になるとは思わなかったからだ。クロゼットの中には使い古しのゴルフのクラブを入れたバッグがあった。私はガレージに行くと、それを車の後部座席に放り込んだ。

ユニヴァーサル・シティというのは、黄ばんだ紙の襟のような化粧漆喰《しっくい》でうわべを飾り立てた街だ。〈テレピクチャーズ〉の建物はほかより新しかったが、大通りのくたびれた酒場やみすぼらしいレストランの中にあっても、場ちがいな感じはしなかった。漆喰もまるでゼリーでできているかのようで、そもそも長持ちすることを誰も期待していないような建物だった。

私は住宅地区の角の近くに車を停めると、スタジオの入口までゴルフバッグを持っていった。

キャスティング・オフィスのまえに十人から十二人ほどの男女が背もたれのまっすぐな椅子に坐り、無頓着《むとんちゃく》を装い、引く手あまたである自分を演じていた。着古してけば立った黒いスーツをうまく着こなしている若い女がいて、手袋をはずしたりはめたりしていた。ピンクのシルクを着てぐずついている険しい顔つきの女の子を膝にのせた、子供と同じ険しい顔つきをした女もいた。どこででも見られる役にあぶれた俳優の群れだ。でぶに痩せ、ひげづらにひげを剃ったのっぺり顔、タキシードにソンブレロ、病人にアル中、それに老人がどこまでも尊厳を保ち、無意味に何かを待っていた。

私は自分をそうした華やかな場から引き離すと、陰気な廊下をスウィングドアのところまで歩いた。青い警備員の制服を着て、ハムのへたみたいな肉厚の顎をした男がゲートの脇の椅子に坐っていた。頭にはヴァイザー付きの帽子をかぶり、腰には黒いホルスターをつけていた。私はそのゲートのところで立ち止まると、自分にはとても価値のあるもののように、ゴルフバッグを抱え直した。警備員は半分眼を開くと、私を品定めした。

私は彼が疑念を口にするまえに言った。「ミスター・カンツからこれをすぐに届けるように言われたんですけど」

これが大映画会社のスタジオの警備員なら、パスポートとヴィザを求め、手榴弾《しゅりゅうだん》を隠し持っていないか、体の穴をゾンデで調べる以外あらゆることをする。インディペンデント系だとそれがだいぶゆるくなる。私はそれに賭《か》けたということだ。

警備員はゲートを押し開け、手を振って私を中に入れてくれた。迷路の入口のような焼けた白いコンクリートの路地にはいると、名もない建物群の中で右も左もわからなくなった。とりあえず〝ウェスタン・メイン・ストリート〟と表示が出ている未舗装の道を歩いた。しばらく歩くと、スウィングドアはあっても中身のない、風雨にさらされて歪んでしまった酒場のセットを描いているふたりの絵描きに出くわした。

「第三スタジオは？」

「右に曲がって、最初の曲がり角を左だ。〝ニューヨークの安ホテル〟まで行けば、通りの反対側に表示板が見えるよ」

私は右に曲がり、〝ロンドン・ストリート〟と〝開拓者の丸太小屋〟のまえを通り、それから左に曲がって、コンティネンタル・ホテルのまえに出た。遠くから見ると、つくりもののホテルの入口はとてもリアルに見えたが、近くで見ると、醜くて実に薄っぺらで、私としては自分がリアルと思っているものに改めて疑念を抱かざるをえなかった。一瞬、ゴルフバッグを放り出して、コンティネンタル・ホテルにはいり、ほかの幽霊と一緒に偽の飲みものを飲みたくなった。しかし、幽霊には汗腺はなくても、私のほうはすでに汗みずくになっていた。もっと軽いものにするのだった。バドミントンのラケットか何かに。

第三スタジオにたどり着くと、ランプが点灯していて、防音扉が閉められていた。ゴルフバッグを壁に立て掛けて待った。しばらくするとランプが消え、ドアが開き、バニーガールの衣裳をつけたコーラスガールの一団が出てきて、ぞろぞろと道を歩いていった。私は最後の二人組のためにドアを開けて支えてから中にはいった。

第三スタジオの中は劇場に造り変えられていた。赤いビロードの観客席にボックス席、それにロココ調の金メッキの装飾。オーケストラピットには誰もおらず、舞台にも何も置かれていなかったが、前列から数列の席に数人の観客役の男女が坐っていた。シャツの袖をまくった若い男が頭上でベビースポットの調整をしていた。その若者がなにやら合図をすると、最前列の真ん中に坐ってカメラと向かい合っている女の頭に、ベビースポットの照明があたった。私は脇の通路を歩いた。明かりが消える直前、その女がフェイであることがわかった。

ライトがまたついて、ブザーが鳴ると、スタジオ内は水を打ったように静まり返った。女の太い声がその静寂を破った。

「あの子ってすばらしくない？」

そう言って、彼女は隣りに坐っている白いものの交じる口ひげをたくわえた男の腕を揺すった。男は微笑み、うなずいた。

「カット！」淡いブルーのギャバジンを見事に着こなした、くたびれた顔の頭の禿《は》げた小男が叫んだ。男はカメラのうしろで立ち上がると、上体をフェイ・イースタブルックのほうに傾《かし》げて言った。「なあ、フェイ。きみは彼の母親なんだぜ。息子が今舞台できみに対する自分の心を歌い上げたわけだ。これは彼の最初のビッグチャンスで、きみ自身何年もこの日が来るのを願い、待ち望んでいたわけだ」

中央ヨーロッパの訛《なま》りのある彼の感情のこもった声には実に説得力があり、私は思わず舞台のほうを見やった。もちろん誰もいなかった。

「あの子ってすばらしくない?!」と彼女は力を込めて言った。

「よくなった、今のほうがいい。でも、これはほんとうは疑問文じゃない。いわゆる修辞疑問だ。だからアクセントは〝すばらしくない?〟に」

「あの子ってすばらしくない?!」と彼女はまた叫んだ。

「もっとアクセントをつけて。もっと心を込めて、フェイ。フットライトの向こうで、今実の息子が神々《こうごう》しいまでに歌い上げたところなんだから。もう一度」

「あの子ってすばらしくない!」と彼女はむしろ突き放すように言った。

「ちがう! この台詞《せりふ》に小細工は要らない。自分の解釈を持ち込まないでくれ。単純でいいんだ。温かくてやさしい単純さだ。わかってくれたかな、フェイ?」

彼女は怒っているようにも狼狽《ろうばい》しているようにも見えた。スタジオ内の誰もが——助監督から小道具係まで——彼女に期待の眼差しを向けていた。「あの子ってすばらしくない?」と彼女はしゃがれ声で言った。

「ずっとよくなった、ずっと」と小男は言い、ライトとカメラを要求した。

「あの子ってすばらしくない?」と彼女は繰り返した。白いものが交じる口ひげの男は微笑み、何度もうなずき、彼女の手に自分の手を重ねた。ふたりは互いの眼を見て微笑み合った。

「カット!」

微笑みが消え、疲労と退屈が取って代わった。ライトが消され、小男は「シーン77」と呼ばわった。「今日はもう帰っていいよ、フェイ。明日は八時に。今夜はぐっすり寝てくれ、ダーリン」彼の物言いはあまり快いものではなかった。

彼女は何も言わなかった。舞台の袖に役者の一団が集まりだし、カメラはそっちに移動した。彼女は立ち上がると、中央の通路を出口に向かって歩きはじめた。私はそのあとについて倉庫のように陰気な部屋から陽射しの中に出た。

戸口で立ち止まった。歩き去る彼女の足取りはのろかった。体の動きも予測不能で、行きあたりばったりに見えた。野暮《やぼ》ったいその衣裳では――未亡人のヴェール付きの黒い帽子に地味な黒い上着――彼女の大柄で、堂々たる体軀《たいく》も無骨でぶざまに見えた。まぶしさのせいか、あるいはロマンティシズムのせいか、無臭ガスのようにスタジオ内に充満している邪悪さが、誰もいないつくりものの通りをふらふらと歩く、がっしりとした黒い人影に凝縮されているような気がした。

コンティネンタル・ホテルの角を曲がり、彼女の姿が見えなくなったところで、私はゴルフバッグを抱え、彼女のあとを追った。また汗が出てきた。決してプロ選手にはなれなかった年老いたキャディにでもなった気分だった。

見ると、彼女は中央出入口をめざす五、六人の女たちの一団と合流していた。女たちは年齢もさまざまならサイズもさまざまだった。出入口の手前で彼女たちは路地にはいった。私は路地まで小走りで行った。彼女らは〝衣裳室〟と書かれたスタッコ仕上げのアーチの下に姿を消した。

私は警備員の脇のスウィングドアを押して外に出た。そのまま歩きかけると、私とゴルフバッグを覚えていた警備員が声をかけてきた。
「ゴルフはもう要らないって？」
「バドミントンに代えるんだそうだ」

6

私は出入口近くの黄色い縁石沿いに車を停め、エンジンは切らずに彼女を待った。彼女は歩道を反対方向に歩きだした。仕立てのいいダークスーツに着替え、小さな帽子を傾げてかぶっていた。意志の力のせいか、シルエットをきれいに見せる下着の力のせいか、立ち姿が整っていた。うしろからだと十歳は若く見えた。

半ブロックほど先で、黒いセダンの脇で立ち止まると、鍵を使ってドアを開け、乗り込んだ。私は車の流れに乗ったまま、彼女の車を車線に出させ、そのうしろについた。フェイ・イースタブルックのセダンはビュイックの新車だった。彼女が私の車に気づく心配はなかった。ブルーのコンヴァーティブルなどロスアンジェルス郡にはごまんとある。さらに大通りの交通は万華鏡をまわしたような状態だった。

その万華鏡に彼女は彼女で彩《いろど》りを添えていた。怒ったように、そして巧みに、さかんに車線を変えた。高架道では、彼女の車を視野にとらえるためには時速七十マイルは出さなければならなかった。と言って、それは私の尾行に気づいたからとは思えなかった。彼女はただ愉しんでいるのだ。サンセット大通りにはいると、打って変わってずっと堅実な時速五十マイルで走り、海をめざした。ベヴァリーヒルズのカーヴは五十五マイルから六十マイルで走った。彼女の重厚な車もタイヤを焦がしてはいたが、私の軽い車だと、カーヴのたびに遠心力を相手に五分五分の賭《か》けをしているようなものだった。私の車のタイヤは悲鳴をあげて震えていた。

パシフィック・パリセーズ地区に降りる曲がりくねった最後の長い坂では、危うく見失いそうになった。それでも直線コースになると、また視野にとらえられた。その直後、彼女は大通りを離れて右に曲がった。

私は彼女のあとを追い、丘のまわりを這っている〝ウッドローン通り〟と表示された道路を走った。カーヴを抜けると、彼女が大きくハンドルを切って私道にはいったのが見えた。私はブレーキをかけ、ユーカリの木の下に車を停めた。

歩道沿いに植えられたツバキの垣根越しに、彼女が白い家の石段を玄関まで上がり、ドアの鍵を開け、中にはいるのが見えた。家は二階建てで、通りからかなり間隔を空けて、木々に囲まれたところに建てられていた。丘の中腹にあるガレージが隣接していた。落ち目の女優の家にしてはなかなか豪勢な家だ。

そのうち二度と開かないドアを眺めているのに飽きてきた。上着を脱ぎ、ネクタイをはずして後部座席に放り、シャツの袖をまくった。そして、トランクに入れてあった長い注ぎ口のある油差しを取り出すと、ビュイックの脇を通って私道を歩き、ガレージのところまで行った。

そこのドアは開いていた。

ガレージはビュイックを入れても、そのあと二トントラックぐらい収められそうなほど広かったが、奇妙なのは、実際、そうした大型トラックが最近そこに停められていたように見えることだった。コンクリートの地面に大きなタイヤ跡があり、ところどころべったりとオイルが垂れてもいたのだ。

ガレージの奥の壁に切られた小さな高い窓からは、まわりよりいくらか高台になっている裏庭が見渡せた。肩のがっしりした男が私に背を向けてキャンヴァスチェアに坐っていた。深紅のスポーツシャツを着ており、その短い髪はラルフ・サンプソンの髪にしては、濃すぎ、黒すぎた。私は爪先立ちして窓ガラスに顔を押しつけた。表面に汚れがこびりついたガラス越しにも絵のようにはっきりと見えた。私が見ていることに気づいていない肩幅の広いその男は、ゴルフボールぐらいにしか成長していない暗い緑の実をつけたオレンジの木の下で、塩で味つけしたピーナツを入れたボウルを脇の芝生に置いて、茶色い瓶のビールを飲んでいた。

体を傾げて大きな手の指先でピーナツを入れたボウルを探していた。時々、探しそこねては不器用なエビのように芝を掻《か》いていた。そこで顔を起こしたので、横顔が見えた。ラルフ・サンプソンではなかった。赤いスポーツシャツを着るような男の顔でもなかった。原始時代の彫刻家が石に彫ったような顔で、その顔は二十世紀のありふれた物語を語っていた——過剰な戦いと過剰な蛮勇と足りない頭脳という物語だ。

タイヤ跡がついているところに戻り、膝をついて仔細に調べた。自分がそのときいた場所にとどまる以外、何をするにも遅すぎた。私道から地面をこするような足音が聞こえた。

赤いシャツを着た男が戸口から言った。「ここで何にじゃれついてんだ？　ここにはおまえがじゃれついていいようなものは何もないはずだがな」

私は油差しを斜めに構えて壁にオイルをかけた。「邪魔しないでくれ、頼むよ」

「なんだと？」と男は怪訝な顔で言った。上唇がふくれ上がり、唇自体がマウスピースのようになった。

私より背が高いわけではなかった。体の幅もドアほどあるわけではない。それでもそういう印象を人に与える男だ。いるだけで相手を威圧する男。初めて対面するブルドッグとその飼い主の地所で話をしているような気分にさせる男。私は立ち上がって言った。

「そう、ちゃんとやったから」

男が私のほうに近づいてくる歩き方がどうにも気に入らなかった。顎を引き、左肩をまえに出して歩いていた。まるで一日というものは、三分一ラウンドが二十ラウンドある一時間で等分されているかのような歩き方だった。

「なんなんだ、ちゃんとやったというのは？　何もやってもらってないぞ。妙なものをここらで売り歩くと、ろくなことにはならないぞ」

「シロアリだよ」と私は口早に言った。男はすでに息のにおいが嗅げるほど近くに来ていた。ビールと塩味のピーナツと虫歯のにおいだ。「ミセス・ゴールドスミスに伝えてくれ。ちゃんと駆除できたって」

「シロアリ?」男は前傾姿勢ではなく、ただ突っ立っていた。今ならノックダウンできるかもしれない。しかし、ずっと倒れたままではいてくれないだろう。

「木を食うちっちゃな虫だよ」そう言って、私はさらにオイルを壁にかけた。「くそ嫌なやつだよ」

「その缶の中には何がはいってんだ? その缶だ」

「これ?」

「そうだ」男とのあいだにすでに信頼関係が築けていたとは。

「シロアリ駆除液だよ」と私は言った。「こいつを食うとアリは死んじまうんだ。ミセス・ゴールドスミスに言ってくれないかな、もう問題はないって」

「おれはミセス・ゴールドスミスなんか知らないがな」

「この家の奥さんだよ。奥さんから本部のほうに連絡があったんだ。調べてくれって」

「本部?」と男は疑わしげに言った。傷痕《きずあと》のあるげじげじ眉が深みも何もない小さな眼の上にシャッターのように降りてきた。

「シロアリ駆除本部。〈キラーバグ〉社の南カリフォルニア地区シロアリ駆除本部だ」

「ほう」男には私の言ったことがまだ呑み込めていなかった。「そうか。だけど、ここにはミセス・ゴールドスミスなんていないぜ」

「ここはユーカリ通りじゃないのか?」

「ちがう。ここはウッドローン通りだ。おまえ、場所をまちがえたんだよ」

「これは申し訳ない」と私は言った。「ここがユーカリ通りだと思い込んでたよ」

「ちがう。ウッドローンだ」私の愚かな過ちに男は笑みを広げた。

「それじゃすぐ行かないと。ミセス・ゴールドスミスが首を長くして待ってるはずだ」

「そのようだな。だけど、ちょいと待ちな」

男は左手をすばやく伸ばして私のシャツの襟をつかんだ。さらに右手を曲げて構えてみせた。

「なあ、もうこのあたりをうろうろするんじゃないぜ。ここはおまえがうろうろしなきゃならないようなところじゃないんだから」

男の顔がみるみる赤くなった。眼もぎらつき、危ない眼つきになった。たるんだ口角の隙間から唾が洩れて光った。パンチドランカーになったボクサーというのはブルドッグより予測不能で、ブルドッグの二倍は危険だ。

「なあ」と私は言って油差しを持ち上げた。「こいつを浴びると眼が見えなくなるぞ」

言うなり、私は男の眼にオイルを浴びせた。男は痛くもないのに反射的に苦悶《くもん》の叫びを発した。私は横に飛んだ。男の右のパンチが飛んできて私の耳をかすめ、耳がかっと熱くなった。握った男の左手からちぎれた私のシャツの襟が垂れていた。男はオイルを浴びせられた眼を覆い、赤ん坊みたいにうめいた。失明というのは原始人にしても恐ろしいことにちがいない。

私道を半分ほど走ったところで、背後で玄関のドアが開いた気配があったが、振り返って顔を見られるような愚は犯さなかった。垣根の角を曲がると、停めた車の反対方向に走りつづけ、ブロックを一周した。

コンヴァーティブルを停めたところに戻ったときには、通りには誰もいなかった。ガレージのドアは閉められていたが、ビュイックはまだ私道に停められたままだった。まだ早い夕暮れの光の中、木々に囲まれた白い家は平和そのものだった。なんの屈託もなくそこに建っていた。そんな家の女主人がまだら模様のオセロットの上着を着て家から出てきたときには、あたりは暗くなりかけていた。私はビュイックが出てくるまえに私道の入口のまえを通り過ぎ、サンセット大通りで待った。彼女は家に帰ってきたときより怒っていた。ウェストウッド、ベレア、ベヴァリーヒルズと通ってハリウッドに戻るあいだ、彼女の運転はずっと荒っぽいままだった。私はそんな彼女を視野にとらえつづけた。

すべてが終わり、多くの偉大なことが始まるハリウッド通りとヴァイン通りの交差点に近づくと、彼女は契約車両しか停められない駐車場に車を乗り入れ、そこで車を降りた。私は通りに二重駐車して、彼女がレストランの〈スウィフツ〉にはいるのを見届けた。そのときの彼女は意気揚々とした派手な女に見えた。私は家に帰ってシャツを着替えた。

クロゼットにしまった銃に気持ちが向いたが、身に着けることはしなかった。ホルスターから取り出すと、車のグラヴボックスにしまった。

7

〈スウィフツ〉の奥の部屋の壁には黒いオークが張られており、それがよく磨かれた真鍮《しんちゅう》のシャンデリアの明かりを反射して鈍く光っていた。ふたつの壁ぎわが革張りのボックス席になっていて、それ以外の場所は一面にテーブルが並べられていた。ボックス席のすべて、テーブル席の大半に目一杯着飾った客が坐っており、料理を食べるか、給仕されるのを待つかしていた。女性客の大半は、体を維持できないほど節食しているせいで、肌がぴんと張ったように見える女たちだった。一方、男の客はその大半が形容するのがよりむずかしいハリウッド的な男らしさを備えた男たちだった。いずれにしろ、その大きな声にも大げさなジェスチャーにも執拗な自意識が感じられた。彼らと百万ドルの契約を結ぼうとしている神さまに品定めされているかのように。

フェイ・イースタブルックは奥のボックス席にいた。向かいにフランネルの上着を着た男が坐っており、テーブルについたその男の肘《ひじ》が見えた。男の肘と背中以外の部分は仕切りにさえぎられて見えなかった。

私は三番目の壁に沿って設えられたバーまで行き、ビールを注文した。

「バスペール・エール、ブラック・ホース、カルタ・ブランカ、それともギネス・スタウト、どれになさいます？　六時以降は国産ビールはお出ししてないんです」

私はバスペールを頼み、一ドル渡して、釣りは取っておいてくれと言った。実際のところ釣りはなかった。バーテンダーは私のまえから立ち去った。

前屈みになって、バーカウンターの中の鏡を見た。フェイ・イーースタブルックの顔が四分の三ほど見えた。真面目で緊張した顔をしていた。口がかなりの速さで動いていた。そのとき男が立ち上がった。

普段はもっと若い女の相手をしていそうな男に見えた。こざっぱりとして年齢不詳、毎年どこかから金をひねり出してくるのだが、その出所は誰にもわからない。そんなタイプの男だ。こいつがおそらくモリス・クラムが言っていた年を取ったコーラスボーイだろう。ブルーの上着は体にフィットし、咽喉元の白いスカーフが白髪を引き立てていた。

男はボックス席のそばに立っている赤毛の男と握手をしていた。赤毛の男が振り返り、店の中央のテーブル席に戻ったところで、私にはその男が誰かわかった。ラッセル・ハントというメトロ社の契約作家だった。

白髪の男はフェイ・イーースタブルックに手を振って別れを告げ、出口に向かった。私は鏡越しに男を観察した。無駄な動きのないきびきびとした歩き方だった。まわりには誰もいないかのようにまっすぐにまえを見すえていた。実際、男にとってはそうだったのだろう。男に向かって手を上げた者も、歯を見せて笑みを向けた者もいなかった。ただ、男が出ていくと、何人かがそちらを向いて眉《まゆ》を吊り上げた。フェイ・イーースタブルックはただひとりボックス席に残された。誰もそばにはやって来なかった。まるで男に伝染病をうつされたでもしたかのように。彼女に近づくとその伝染病がうつるかのように。

私はグラスを持ってラッセル・ハントのテーブルまで行った。ハントは先が上向いた丸くて醜い鼻に、いかにもエージェントを思わせるよく光る小さな眼をした男と一緒だった。

「ことばの世界の景気はどうだい、ラッセル？」

「やあ、リュー」

彼は私と会っても嬉しそうな顔はしなかった。私は仕事がはいれば週に三百ドルは稼ぐ。それでも彼から見れば貧乏人なのだろう。週に千五百ドル稼いでいる彼にしてみれば。シカゴの元新聞記者で、処女作をメトロ社に売ったところまではよかったが、それ以降たいしたものは何も書いていない。前途有望な新人から、今は水が怖くて泳げもしないのに自宅にプールを持っている片頭痛持ちの因業爺《いんごうじじい》になりかけている男だ。私はそんな彼が二番目の妻から三番目の妻に乗り換えるときに手を貸したのだ。その三番目の妻もはずれだったが。

「坐ってくれ、坐ってくれ」私が立ち去ろうとしないのを見て取ると彼は言った。「飲んでくれ。飲めば憂さも晴れる。おれ自身は憂さを晴らすために飲んだりはしないがね。憂さは自分で晴らすから」

「ちょっと待った」とエージェントの眼をした男が言った。「あんたが創造性豊かな作家なら坐ってくれてもいい。そうじゃないのなら、時間を浪費する余裕は私にはないいんだがね」

「ティモシーはおれのエージェントなんだ」とラッセルは言った。「つまり、おれは彼のために金の卵を産むガチョウというわけ。ステーキナイフを弄《もてあそ》んでるこの男の神経質そうな指を見てみろよ。それに物欲しそうにおれの咽喉に釘づけになってる彼の眼。小生、思うにこれはあまりいい予兆ではないな」

「それはあくまで〝小生〟の考えだ」とティモシーは言った。「あんたも作家なのかい？」

私は椅子に腰をおろし、彼らの業界用語につきあって言った。「おれは行動の人間だね。すなわち捜索犬だ」

「リューは探偵なんだ」とラッセルが言った。「他人の背徳の秘密を暴いて、醜聞《しゅうぶん》だらけの世間にさらすのが仕事だ」

「そんなことをやってたんじゃ、たいした稼ぎにはならないんじゃないのか？」とティモシーはむしろ嬉々として言った。

不愉快な冷やかしだった。が、私は情報を求めてきたのであって、取っ組み合いの喧嘩に飢えているわけではない。ティモシーは私の顔色を読むと、彼の椅子のそばに立っていたウェイターのほうを向いた。

「さっきあんたが握手をしてたのは誰だい？」と私はラッセルに尋ねた。

「スカーフを巻いてたあの伊達男《だておとこ》？　フェイはトロイという名の男だって言ってたがね。以前ふたりは結婚していたことがあるんだよ。だから、彼女ならもっと知ってるだろう」

「何をしてるんだ、彼は？」

「確かなことはわからない。でも、よく会うよ。パームスプリングスとかラスヴェガスとかテの娘よ。猿の伯父さんはレイボーイ・フアナとかで」

「だったと思うけど。フェイによれば、貿易商ということだが、彼が貿易商なら、おれは猿の伯父さんでもおかしくない」そこで作家たる自分の社会的役割を思い出したのだろう。「奇妙なことを言うようだが、実際、おれは猿の伯父さんなんだよ。そりゃ驚いたよ。おっぱいが三つある妹がこのまえの精霊降臨節に、誰も見たことがないくらいキュートなチンパンジーの赤ん坊を生んだときには。知ってると思うけれど、この妹は最初の結婚でグレイストーク伯爵夫人になった女だ（グレイストークはターザンの祖父の名）」

彼のおしゃべりは突然やんだ。陰気でみじめったらしい顔にまた戻った。「おかわりだ」と彼はウェイターに言った。「スコッチのダブル。このふたりにも同じものを」

「少々お待ちください」黒い画鋲《がびょう》のような眼をした、年老いてしなびたウェイターは言った。「今、こちらのお客さまの注文を承っているところですので」

「おれには給仕をしてくれないらしい」そう言って、彼は両腕を広げ、バーレスクの道化みたいに大げさに嘆きのジェスチャーをしてみせた。「また出禁扱《できん》いだ」

ウェイターはティモシーが言っていることを聞いていたが、実際にはただ聞いているふりをしているだけだった。

「フレンチ・フライド・ポテトは要らないんだよ。オー・グラタン・ポテトが欲しいんだ」とティモシーは言っていた。

「オー・グラタン・ポテトは置いておりません」

「それぐらいつくれるだろうが、ええ?」とティモシーは天井を向いた鼻の穴をふくらませて言った。

「三十五分から四十五分ぐらいかかりますが」

「まったく!」とティモシーは言った。「なんたる安レストランなんだ、ここは! ラッセル、〈チェイスンズ〉に行こう。なんとしてもオー・グラタン・ポテトが食べたくなってきた」

ウェイターは黙ってティモシーを見ていた。はるか遠くから眺めるように。私はふたりから眼をそらしてフェイ・イースタブルックを見た。まだテーブルについており、せっせとワインボトルを空けていた。

「〈チェイスンズ〉もおれは出禁なんだよ」とラッセルは言った。「おれはコミンフォルムの手先ってことで。ナチを悪党にした映画の脚本を書いたから。だからおれはコミンフォルムの手先なんだよ。諸君、実際おれが金をもらってるところがそこだ。おれはモスクワから汚れたお宝をもらってるのさ」

「だぼらはいいから」と私は言った。「あんたはフェイ・イースタブルックを知ってるか?」

「ちょっとは。数年前、まだ上り調子のときにおれは彼女を追い越した。これから何年か経ったら、下り坂で彼女を追い越すだろうよ」

「紹介してくれ」

「どうして?」

「まえから彼女に会いたかったんだ」

「わからないね、リュー。彼女はあんたの女房にしてもいいくらいの年だぜ」

私は彼女にも理解できる言語で言った。「彼女に対してはセンティメンタルな思いがあってね。記憶をさかのぼってもたどれない廃《すた》れた時代が呼び覚ます感情と言えばいいだろうか」

「彼が紹介してもらいたがってるのなら紹介してやれよ」とティモシーが言った。「捜索犬がそばにいるとどうにも落ち着かない。オー・グラタン・ポテトは心おだやかに食いたい」

ラッセルはまるで赤毛の頭で天井を支えているかのように、見るからに大儀そうに立ち上がった。

「じゃあ」と私はティモシーに言った。「せいぜいウェイターをからかって愉しんでるといい。いずれ店から放り出されるまでのことにしろ」

私はグラスを取り上げ、ラッセルの先に立って歩きながら、彼に耳打ちした。「おれの仕事のことについては彼女には何も言わないでくれ」

「あんたの汚れた下着を人前でさらすような真似をおれがすると思うか？　まあ、ふたりだけなら別だが。ふたりだけなら喜んでさらしてやるよ。おれにとっちゃそういうのは呪物崇拝の儀式みたいなもんだ」

「汚れたらすぐ捨てるよ」

「もったいない。おれの将来のために取っておいてくれ。クラフト・エビング（ドイツの医者。性的倒錯の研究で知られる）気付でおれに送ってくれ。精神病院に」

ミセス・イースタブルックは黒いサーチライトのような眼でわれわれを見上げた。

「フェイ、こちらはリュー・アーチャー。エージェントだ。つまり〈共産主義インターナショナル〉の手先だ。でも、心の秘密の場所ではきみの長年の崇拝者なんだそうだ」

「あらら、嬉しいことを言ってくれるのね！」と彼女は母親役を演じるのに酷使した声で言った。「坐らない？」

「ありがとう」私は彼女と向かい合い、革張りの椅子に腰をおろした。

「すまないが」とラッセルは言った。「おれはティモシーの面倒を見なきゃならないんで。あの男、ウェイターと階級闘争を始めたところでね。これで明日の夜はあいつがおれの面倒を見る番だ。わーい、わーい！」彼は自分でつくったことばの迷路に迷ったまま立ち去った。

「こんなふうに時々思い出してもらえるのって素敵なことよ」とフェイは言った。「わたしの友達の大半はもう亡くなってしまっていて、全員がもう忘れ去られてしまってるんだから。ヘレンもフローレンスもメイも——みんないなくなって忘れ去られちゃった」

　ワインに促された彼女のセンティメンタリズムは、半分は本物で半分はいんちきなのだろうが、ラッセルの作家ぶったわけのわからない話のあとでは、実に心地よい気分転換になった。

私は自分の台詞を言う合図を得た思いで言った。

「現世の栄華の移ろい《シック・トランジット・グロリア・ムンディ》はかくのごとし。全盛期のヘレン・チャドウィックは偉大な女優だった。でも、あなたはまだ今もがんばってる」

「腕が鈍らないようにしてるだけよ、アーチャー。でも、ハリウッドはもう死んでしまったわ。

映画づくりにはわたしたちはそれはもう細心の注意を払ったものよ──ほんとうにね。わたしは絶頂期には週に三千ドル稼いでいたけれど、でも、わたしたちが働いていたのはお金のためじゃなかった」

「劇こそまさにそのもの」引用をするのがそれほど気恥ずかしくなくなった(『ハムレット』の中のハムレットの詞台)。

「芝居こそまさにそのものだった。今はもうそうじゃなくなった。ハリウッドは真剣さをなくしてしまった。ハリウッドに命はもう残ってないわ。ハリウッドにも、わたしにも」

彼女はハーフボトルからシェリー酒の最後の一オンスをグラスに注ぐと、長々とむしろ苦しげに飲んだ。私は自分の飲みものをちびちびとやった。

「でも、あなたはよくやってる」私ははだけたコートから垣間《かいま》見えている彼女の堂々たる体軀に眼を走らせて言った。実際、年を考えるとなかなかの肢体だった。ウェストは引き締まり、胸にも張りがあり、ヒップも古代ギリシアの卵型の壺《アンフォラ》のような形を保っていた。そして、生命力にあふれていた。執拗《しつよう》な女性的なパワーがあった。動物のプライド──猫のプライド──のようなものを秘めた体だった。

「わたし、あなたが好きよ、アーチャー。あなたって共感性のある人ね。教えて。いつ生まれたの?」

「生まれた年のこと?」

「いいえ、生まれた日」

「六月二日」

「ほんとうに？　双子座とは思わなかったわね。双子座には心がないのよ。双子座には文字どおり双子のようにふたつの心があるの。そして、ふたつの人生を生きるの。あなたって冷酷な人なの、アーチャー？」

彼女は身を乗り出すと、焦点の合わない眼を大きく見開いて私を見た。私をからかってふざけているのか、それとも自分をからかってふざけているのか、私にはどちらとも判断がつかなかった。

「おれはみんなの友達だな」と私は呪縛を解くようにして言った。「子供と犬なんかには崇拝されてる。花を育てたり、庭いじりするのも得意だし」

「あなたって皮肉屋ね」と彼女はどこか拗ねたように言った。「あなたは共感性のある人だって思ったけど。星座で言えば、あなたは風で、わたしは水だものね」

「それならきみとおれで空と海のすばらしいレスキュー隊が組める」

彼女は微笑み、たしなめるように言った。「あなたは星座を信じない？」

「きみは信じてる？」

「もちろん。もちろん信じてる。あくまで科学的にね。証拠を見たら、あなたも否定できなくなるはずよ。たとえば、わたしは蟹座で、誰が見てもわたしは蟹座タイプよ。感受性が強くて創造性があって、愛がなければ何もできない。だから自分が愛した人の言いなりになることもあるけど、動いちゃいけないときには梃子《てこ》でも動かない。結婚に関しては幸運とは言えなかったけど。蟹座のご多分に洩れず。あなたは結婚してるの？」

「今はしてない」

「ということは、以前はしてたということね。あなたはまた結婚するわ。双子座はいつもそうなのよ。それと双子座の男の人はよく年上の女性と結婚するの。知ってた、そのこと？」

「いや」彼女のいささか押しつけがましい声音がだんだんうるさくなってきた。会話だけでなく、会話の相手も支配しようとする、そんな声音だった。

「わたしが言っていることは真実よ」

「プロになるといい。ことば巧みに相手を説得できる術というのは金《かね》になるものだ」

彼女の率直な眼が砦《とりで》ののぞき穴のような黒くて細長いふたつの穴になった。そんな眼で私をじっと見た。そして、戦略的な結論を出すと、その眼を大きく見開いた。また暗いプールのような無邪気な眼になった。毒が注がれた井戸のような。

「とんでもない」と彼女は言った。「星占いを商売にしたことなんて一度もないわ。ただの特技、才能よ――蟹座には物事を霊的に考える傾向があるけど――こうした才能を駆使するのは自分の義務だと思ってる。でも、それはお金のためじゃない。友達のためにしてるのよ」

「しかし、働かなくても生活に困らない収入があるというのは運のいいことだ」

彼女が持っていた薄手のグラスが彼女の手から落ちてテーブルの上でふたつに割れた。「そういうことを言うところが双子座の双子座である所以《ゆえん》よ」と彼女は言った。「常に事実を求めたがるところがね」

彼女は私をうまく言いあてており、そのことはいささか気になったが、肩をすくめて忘れることにした。ただやみくもに撃った弾丸《たま》がたまたま命中しただけのことだと思うことに。「別に穿鑿するつもりはないよ」と私は言った。

「ええ、もちろん。わかってるわ」そう言うと、彼女はいきなり立ち上がった。そばに立たれただけで、私は彼女の体の重みを感じた。「出ましょう、アーチャー。手にしたものをまた落としはじめちゃった。お話ができる場所に行きましょう」

「いいとも」

彼女は高額紙幣を一枚テーブルに置くと、重々しい威厳をあたりに払いながら店を出た。私はそんな彼女のあとに続いた。順調なすべり出しに気をよくしながらも、同時に雌《めす》のクモに食われる運命にある雄《おす》のクモになったような気もしていた。

ラッセルはさきほどのテーブルに突っ伏していた。ティモシーは給仕頭を相手にまだ吠えていた。無防備な小動物を隅に追いつめたテリアさながら。オー・グラタン・ポテトはあと十五分でお出しできます。給仕頭はそう言っていた。

8

ハリウッド・ローズヴェルト・ホテルのバーでは、彼女は空気が悪いと文句を言った。さらに自分がみじめで年老いて感じられるとも。考えすぎだと私は言ったが、結局、われわれは〈ゼブラ・ルーム〉に移動した。彼女は飲みものをアイリッシュ・ウィスキーに替え、それをストレートで飲んだ。〈ゼブラ・ルーム〉では彼女を蔑んだような眼で見たという理由で、隣のテーブルにいた男に難癖をつけた。私は外の空気を吸うことを提案した。彼女は別次元に突っ込もうかと言わんばかりの勢いで、ウィルシャー通りを飛ばした。アンバサダー・ホテルの駐車場に停めるときには私が運転を代わらなければならなかった。私の車は〈スウィフツ〉に置いてきた。

彼女は〈アンバサダー〉のバーテンダーとも口論をした。背中を向けて彼が彼女を嘲笑《あざわら》ったということで。私はハントゥーン・パーク・ホテルの地下のバーに彼女を連れていった。そこはあまり混まないバーだ。どこへ行っても、彼女のことを知っている人間がいたが、われわれに加わってきた者はひとりもおらず、彼女を見て立ち上がって挨拶をしてきた者もいなかった。ウェイターにさえ彼女はちやほやされなかった。彼女が落ち目の女優であることが改めて明らかになった。

バーカウンターの奥のほうで互いに身を寄せ合っているカップル以外、〈ハントゥーン・パーク〉のバーに客はいなかった。ぶ厚い絨毯が敷かれ、柔らかな照明に照らされたその地下のバーは、われわれが葬った夜が棺《ひつぎ》に入れられた葬儀場のようなところだった。ミセス・イースタブルックの顔色も死人のように青かった。が、彼女は少なくとも横たわってはいなかった。見ることもでき、話すこともでき、飲むこともでき、たぶん考えることもできた。

私は極力話題を〈バレリオ〉に向かうようにした。彼女のほうからその名を口にすることを期待した。あと何杯か飲ませれば、私のほうからその名前を出す危険も冒《おか》せそうな気はしたが。私も彼女と同じように飲んでいたが、酔いがまわるほどではなく、どうでもいい話ばかりをした。彼女がそのことに気づいた気配はなかった。私は待っていた。彼女が頭に浮かんだことならなんでも口にするようになるのを。神々しい双子でもあり、忘れ去られていたものに息吹《いぶき》を与える助産婦役でもあるアーチャーになろうとしていた。

バーカウンターの中の鏡に映っている自分を見た。あまり好きになれない顔をしていた。痩せ細った略奪者の顔をしていた。鼻は細すぎ、耳は頭蓋にくっつきすぎていた。瞼は外側が垂れ下がり、それでたいていは眼の形が自分でも気に入っている三角形になるのだが、今夜の私の眼は瞼のあいだに押し込まれた小さな石の楔のようだった。

彼女はカウンターの上に身を乗り出し、手のひらに顎をのせて、半分空《から》になった自分の飲みもののグラスを上から見下ろした。ぴんと伸びた背すじと整った表情を彼女に与えていたプライドは、すでにどこかに滲《し》み出てしまっていた。今は背中を丸め、人生の苦さを味わいながら、哀歌をぶつぶつと歌っていた。

「あの人は自分で自分の面倒が見られない人だったけど、レスラーの体とインディアンの酋《しゅう》長《ちょう》の頭を持ってる人だった。実際、インディアンの血が流れていたのよ。でも、卑しいところなんか微塵《みじん》もなかった。ほんとにやさしい人だった。もの静かで、一緒にいて気楽で。口数の少ない人だった。でも、情熱的で、わたしが会った中で、ただひとりの女しか求めない最後の人だった。なのに、結核になっちゃって、ある年の夏に逝《い》っちゃったのよ。わたしはもうずたずただった。あれっきりわたしはもう立ち直れなくなった。彼だけよ、わたしがこれまでに愛した男は」

「名前はなんだっけ？」

「ビル」そう言って、彼女はいたずらっぽい眼で私を見た。「名前はまだ言ってなかったけど。わたしの親方みたいな男だった。その頃、わたしは谷でいちばん広い地所を持ってたのよ。一緒にいたのは一年だけだけど。たった一年で死んじゃったのよ。二十五年もまえの話。でも、それ以来ずっとわたしは自分もまた死んじゃったような気分でいるわけ」

彼女は涙の浮かんでいない大きな眼を上げて、鏡越しに私と眼を合わせた。私としても彼女のその憂《うれ》いに満ちた眼には応じてやりたい気がしたが、いったいどんな顔をすればいいのか、皆目《かいもく》わからなかった。

で、自分を鼓舞するためにも微笑もうとした。結局のところ、私も気のいい男ということだ。荒くれや売女《ばいた》、悪党やカモとつきあったりもすれば、不倫の寝室のドアの鍵穴からこっそり中をのぞいたりもする。嫉妬に報いる情報屋にもなれば、壁裏のネズミにもなる。日当五十ドルを払ってくれるなら誰の用心棒にもなる。そういう人種でいながら、私もまた気のいい男なのだ、結局のところ。だから、今も眼尻と鼻の脇に皺をつくることができた。唇をめくれ上がらせ、歯を見せることとさえできた。それでも笑みにはならなかった。なんとか取り繕《つくろ》えたのはコヨーテの冷笑のような、痩せ細った表情だった。笑みをつくるにはこの顔はあまりに多くのバーを、安ホテルを、みすぼらしい愛の巣を、法廷を、刑務所を、死体仮置場を、警察の面通しを、いじめられた虫けらのように神経終末が悶える現場を見すぎていた。そういう顔を赤の他人に見出しても、私はそいつを信用しないだろう。気づいたら、ふとこんなことを思っていた——ミランダ・サンプソンはそんな私の顔をどんなふうに見ているのだろう？

「三日続きのパーティなんてクソ食らえよ」とミセス・イースタブルックが言っていた。「馬もエメラルドもクルーザーもクソ食らえよ。そんなものよりただひとりでも親友がいたほうがいい。わたしにはそんな友達がひとりもいない。カンツは自分じゃわたしの友達だって言ってるけど。だから今、わたしの最後の映画を撮ってるんだって言ってるけど。二十五年前、わたしは人生を謳歌《おうか》していた。今はもう身も心もぼろぼろよ。あなただってわたしなんかと関わりになりたいとは思わないでしょ、アーチャー？」

それはそのとおりだった。それでも、私は仕事とは関係なく彼女に興味を覚えていた。彼女は高みから転げ落ちる旅の途上にあった。そして、苦悩のなんたるかを知っていた。今の彼女の声音からは、いんちきな正しい発声も発音もアクセントも消えていた。スタジオの諸先生から学んだあらゆることが消えていた。耳に心地よいざらついただみ声になっていた。その声が彼女をデトロイトかシカゴかインディアナポリスの子供時代に引き戻していた——今世紀の初頭に。加えて、街のまちがった側に。

彼女は酒を咽喉に流し込むと立ち上がった。「家まで送って、アーチャー」

私はジゴロの腰の軽さでストゥールからすべり降りると、彼女の腕を取って言った。「こんなふうじゃ家には帰れない。もう一杯ひっかけてしゃんとしないと」

「あら、やさしいのね」そのことばの皮肉を感じずにすむほど私の面《つら》の皮は厚くなかった。

「でも、ここみたいな店は絶対嫌よ。ここってまるで死体置場じゃないの。まったく！」彼女はバーテンダーに向かって怒鳴った。「どんちゃん騒ぎが好きな人はどこへ行っちゃったの？」

「あなたはちがうんですか、マダム？」

私は新たな口論から彼女を引き剝《は》がし、階段をのぼって外に出た。薄い霧が出ており、ネオンがぼやけて見えた。ビルのてっぺんの上に星のないどんよりとした低い空が広がっていた。彼女は震えていた。その震えが腕から伝わってきた。

「一本北に行った通りにホテルがあって、そこにいい店がある」と私はいった。

「〈バレリオ〉？」

「そういう名だったと思う」

「いいわ。もう一杯だけね。そこで一杯だけ飲んだら家に帰るわ」

私は彼女の車のドアを開け、彼女を乗せた。彼女の胸が重く私の肩に押しつけられた。私は身を引いた。好みを言えば、クッションはもっとシンプルなものがいい。羽根が詰められているような。思い出や苛立ちではなく。

〈バレリオ〉の酒場《カンティーナ》のウェイトレスは彼女を名前で呼び、われわれをボックス席に案内して灰皿を空《から》にした。バーテンダー――ひげのない若いギリシア人――がわざわざカウンターの中から出てきて彼女に挨拶をし、サンプソンのことを訊いてきた。

「あの人はまだネヴァダよ」と彼女は答え、私が彼女の顔を見ているのに気づくと私に言った。「サンプソンというのはわたしのいいお友達。彼、こっちに来たときにはここに泊まるのよ」

二ブロック走ったこと、あるいは歓迎されたことが彼女にはプラスに働いたようで、陽気になっていた。ここを選んだのは失敗だったかもしれない。

「立派な方ですよね」とバーテンダーは言った。「いらっしゃらないと私どもも淋しいです」

「ラルフはすばらしい人よ。ほんとうに」とミセス・イースタブルックは言った。「やさしい人よ」

バーテンダーはわれわれの注文を取ると立ち去った。

「その人の星占いもやったのかい？」と私は言った。「その友達の？」

「どうしてわかったの？　彼は山羊座。やさしい性格だけど、とても支配的でもある。彼の場合、悲劇も体験してるけど。ひとり息子を戦争で亡くしたのよ。そのとき彼の星は冥王星《めいおうせい》と直角の位置にあったの。それが山羊座の人にどういう意味があるのか、あなたにはわからないと思うけど」

「ああ。でも、彼には意味がある？」

「そう、とてもね。それ以降、ラルフは自分の精神的な面を発展させてきた。冥王星は彼にやさしくないけど、でも、ほかの惑星が彼に味方してる。冥王星との反目はそのことを彼に教えてくれた」彼女は内緒話でもするように身を乗り出して言った。「わたし、彼のために部屋を改装してあげたんだけど、それをできればあなたに見せたいところね。このホテルのバンガローにあるんだけど、わたしたちはそこにははいれない」

「彼は今ここに滞在してるのかい？」

「いいえ、今はネヴァダよ。砂漠にとても素敵な家を持ってるの」

「行ったことがあるんだね？」

「あなたって質問の塊《かたまり》なのね」そう言って、彼女は微笑み、ぞっとするような色気を流し目ににじませた。「あなた、妬《や》いてるんじゃないでしょうね？」

「自分には友達はいないってさっきは言ってたけど」

「そんなこと言った？　だったらラルフのことを忘れてたのよ」

バーテンダーがわれわれの飲みものを持ってきた。私は自分の飲みものに口をつけ、部屋の奥に眼をやった。誰も弾いていないグランドピアノの横にドアがあり、〈バレリオ〉のロビーにつながっていた。アラン・タガートとミランダがそのドアからバーにはいってきた。

「失礼」と私は言って立ち上がった。

ミランダが私に気づき、私のほうにやって来ようとした。私は口に一本指を立て、もう一方の手でさがっているように示した。彼女は口を大きく開け、戸惑いながらもうしろにさがった。タガートのほうは察しがよかった。ミランダの腕を取ると、はいってきたドアからまた出ていった。私はふたりのあとに続いた。バーテンダーはカクテルをつくっていた。ウェイトレスはほかの客の給仕をしていた。ミセス・イースタブルックはうつむいていた。私はバーを出るとドアを閉めた。

ミランダが私に食ってかかるように言った。「わからないんだけど。あなたは父を捜さなくちゃいけないんじゃないの?」

「だからお父さんを知っている人と会ってるんだ。今は邪魔をしないでほしい」

「でも、わたし、ずっとあなたに連絡を取ろうとしてたのよ」と彼女はこわばった声で言った。下手をすると、今にも涙声になりそうだった。

私はタガートに言った。「おれの夜の仕事の邪魔にならないよう彼女をどこかに連れていってくれ。できれば街から出ていってくれ」フェイ・イースタブルックと三時間つきあったせいで、こっちも神経がとがっていた。

「ミセス・サンプソンが何度もあんたに電話してきてるんだけど」とタガートは言った。

フィリピン人のベルボーイが壁にもたれて立っており、われわれのやりとりの一部始終を聞いていた。私はふたりを連れて角を曲がり、照明を落としたロビーにはいった。「用件は?」

「父から連絡があったのよ」とミランダがその眼を牝ジカのように琥珀《こはく》色に光らせて言った。「特別配達の手紙が届いたの。父は彼女にお金を送るように言ってきた。正確には送るように、じゃなくて、用意するようにってことだったけど」

「額は?」

「十万ドル」

「なんだって?」

「十万ドル分の債権を現金にするように言ってきたのよ」

「ミセス・サンプソンはそんな額を持ってるのか?」

「彼女は持ってはいなくても調達はできる。バート・グレイヴズが父の代理権を持ってるから」

「そんな大金をミセス・サンプソンにどうしろって?」

「また連絡するか、伝言を伝える。父はそう言ってきてる」

「その手紙がお父さんのものだというのは確かなんだね?」

「エレインは父の筆跡だって言ってる」

「お父さんが今どこにいるかは——?」

「——書いてなかった。でも、手紙の消印はサンタマリアになっていた。だから少なくとも今日、父はそこにいたはずよ」

「とはかぎらないが。で、ミセス・サンプソンは私にどうしろと?」

「何も。たぶんあなたのアドヴァイスを聞きたがってるんだと思う」

「わかった。だったらこうしよう。ミセス・サンプソンには金を用意するように言ってくれ。でも、お父さんが生きている確証が得られないかぎり、誰にも渡さないようにと」

「父は死んでると思うの?」そう言って、彼女はワンピースのネックラインに手をやった。

「当て推量をしてる暇はない」私はタガートに向かって言った。「今夜、ミランダを飛行機で送れるかな?」

「さっき飛行場に電話したんだが、霧が濃くて今夜は飛べない。明日の朝一番ならなんとかなりそうだけど」

「じゃあ、ミセス・サンプソンにはこう伝えてくれ。手がかりが得られたんでアーチャーはその線を追ってると。それからグレイヴズには内密に警察と連絡を取るように伝えてほしい。地元の警察とロスアンジェルスの警察両方に。それからFBIにも」

「FBI?」とミランダが声をひそめて言った。

「そう」と私は答えた。「誘拐の捜査というのは彼らの仕事だ」

9

バーに戻ると、タキシード姿のメキシコ人の若い男がピアノにもたれて、ギターを抱えていた。哀調を帯びたスペインの闘牛の歌を小さなテノール・ギターで静かに奏《かな》でていた。指そのものは弦の上で激しく動いていたが。ミセス・イースタブルックはそのギタリストを一心に見つめており、私が坐っても気づかなかった。

そして、曲が終わると、盛大に拍手をして、自分たちのボックス席に来るようギタリストに手招きをした。「『ババル』をお願い。ねえ、お願い」そう言って、彼女はギタリストに一ドル渡した。

ギタリストは笑みを浮かべ、お辞儀すると、また演奏に戻った。

「ラルフのお気に入りの曲なのよ。ドミンゴのこの曲は最高よ。彼には本物のスペインの血が流れてるのよ」

「きみの友達のラルフのことだけど」

「彼がどうかした?」

「おれとふたりでこんなところにいて、怒らないかな?」

「ばかばかしい。いつか会わせてあげたいわ。きっとあなたも好きになるはずよ」

「彼は何をしてる人?」

「今はもうほぼ隠居の身ね。お金持ちなのよ」

「でも、きみは彼とは結婚しない?」

彼女はざらついた笑い声をあげた。「わたし、亭主持ちだってまだ言ってなかったっけ?でも、彼のことならなんの心配も要《い》らないわ。彼とは純然たる商売のつきあいだから」

「きみが商売をしているとは知らなかったな」

「言わなかった?」彼女はまた声をあげて笑った。が、今度の笑いはいかにも唐突だった。話題を変えて彼女は言った。「でも、どうしてラルフと結婚しないのかなんて、面白いことを言うのね。あいにくわたしたちはふたりとも別の人と結婚してるのよ。それよりわたしたちの友情は普通とはちがう段階にある友情ね。わかるかしら、より精神的なものなのよ」

こちらの思惑とは裏腹に、彼女の酔いが浅くなってきていた。私は自分のグラスを掲《かか》げて言った。「友情に。普通とはちがう段階にある友情に」

彼女がまだ飲んでいるあいだに私は指を二本立ててウェイトレスに示してみせた。その二杯目が彼女には効いた。

表情が崩れてきた。顔のそれぞれの部分の重さに耐えかねるように。眼はとろんとしているのに、まばたきをしなくなった。口をあんぐりと開けていた。あくびをしたまま固まってしまったかのようだった。緋色の唇が口の中の白とピンクと対照的だった。彼女はその口をなんとか動かして囁《ささや》いた。「気分が悪くなってきた」

「家に送るよ」

「やさしいのね」

私は彼女を立たせた。ウェイトレスがドアを開けて支えてくれた。ミセス・イースタブルックには同情するような眼を向け、私には鋭い視線を浴びせながら。歩道に出たところで、ミセス・イースタブルックは実際にはそこにない杖に寄りかかろうとした老婆のように転《ころ》びかけた。私は麻酔をかけられてしまったような彼女を支えながら、どうにか車のところまで歩いた。

彼女を車に乗せるのは石炭袋を積み込むのと変わらなかった。頭がぐらりと揺れて、座席の背もたれとドアのあいだの隅にはさまった。私はエンジンをかけ、パシフィック・パリセーズ地区をめざした。

しばらくすると、車の振動を受けて生き返った彼女がもの憂げに言った。「家に帰らなくちゃ。わたしの家、知ってるの?」

「さっき教えてくれた」

「明日の朝はまたつまらない仕事をしなくちゃならない。もううんざり! でも、彼にほっぽり出されたら、わたし、きっと泣いたりするわね。生活の手段はほかにちゃんとあっても」

「きみはなかなかのビジネスウーマンに見える」と私は慰めを言った。

「あなたってやさしいのね、アーチャー」その台詞を聞くたび、こっちはよけいに気が滅入った。「わたしみたいなお婆ちゃんの面倒をみてくれて。でも、わたしがどうやってお金を稼いでいるか話したら、あなたはわたしを嫌いになるかも」

「試してみたら?」

「言わない」そう言って、彼女は耳ざわりでだらしのない低い笑い声をあげた。それには自嘲の響きもあったような気もしたが、ただそんな気がしただけかもしれない。「あなたってやさしすぎるくらいの人ね」

そうとも、と私は心の中で自分につぶやいた。こざっぱりしたアメリカン・ボーイ。溝に顔から突っ込みそうになったご婦人には、いつでも喜んで手を貸して突っ込ませてあげることにしている。

今回のご婦人はまた眠りこけた。少なくともそのあとはもう何も言わなくなった。半分意識をなくした彼女の体を乗せて深夜の通りを走る孤独なドライヴになった。まだら模様の上着の主に横で意識を失われると、年を食ったヒョウかヤマネコが横で眠っているような気分になった。彼女はそれほどの年ではないが——せいぜい五十といったところだろうが——それでもその年数をフルに生き、その結果、ありあまる悪い思い出が彼女の中で醱酵《はっこう》しているのだろう。自分のことをあれこれ話しはしたが、私の知りたいことは何も言わなかった。もっと探りを入れたかったが、そうするにはすでにこっちが彼女という人間に食傷気味になっていた。ただひとつ彼女に関してわかったのは――本人がそう言ったわけではないが――彼女という人間は、サンプソンにしろ誰にしろ、無分別なご仁には有害な相手だということだ。彼女とつきあいのある男たち――ひとりは野蛮人、もうひとりは伊達男――も危険な輩《やから》だ。サンプソンの身に何か起きたら、きっと彼女はそれを知るだろう。あるいは知ろうとするだろう。

彼女の家のまえに車を停めると、彼女は眼を覚ました。「私道に停めてくれる？　お願い」

私はバックで私道に車を乗り入れた。彼女は私が支えなければ玄関までの階段すらのぼれず、私にドアの鍵を渡して言った。「寄ってってよ。今は何が飲みたい気分かってずっと考えてたの」

「そんなことを言って大丈夫なのかい？　旦那さんがいるんじゃないのか？」

彼女は咽喉の奥から声を出して笑った。「もう何年も一緒に住んでないのよ」

私は彼女について玄関ホールにはいった。暗闇の中、彼女のふたつのにおいが濃厚になった。ジャコウの香りとアルコールのにおい。獣と人間のにおいが半分半分。ワックスがけされた床に私は思わず足をすべらせた。今度こそ彼女は転ぶのではないかと思ったが、自分の家だからだろうか、夢遊病者のような歩き方ながら、その足運びに迷いはなかった。私はそんな彼女のうしろを手探りしながら歩き、左側の部屋にはいった。彼女が明かりをつけた。

明かりで露わになったその部屋は、彼女がラルフ・サンプソンのために改装したいかれた赤い部屋とは似ても似つかなかった。ブラインドが降りていても、夜でさえも、居心地のいい明るさが感じられる大きな部屋だった。壁には後期印象派の複製画、本が並んだ造りつけの本棚、ラジオ付きレコードプレイヤー、レコード・キャビネット、光沢のある煉瓦《れんが》でできた暖炉、そのまえには湾曲した組み立て式大型ソファ。ただひとつ、大型ソファと電気スタンドのそばの肘掛け椅子に掛けられた掛布の模様だけは奇異な感じがしたが。白い砂漠の空を背景に鮮やかな緑の熱帯植物が描かれているのだが、その木々の葉のあいだから、片眼がこっちをのぞいているのだ。その模様は見る角度によって変わり、眼が消えたりまた現われたりした。私はそんな眼の上に腰をおろした。

暖炉の脇の一隅に設えられた移動式バーのそばに立って彼女が言った。「何を飲む？」

「できればウィスキーの水割りを」

彼女は私の飲みものを持ってきた。来る途中、半分はこぼした。明るい緑の絨毯に黒っぽい染みができた。ソファのクッションをへこませながら、私の横にどっかと坐ると、彼女はその黒い髪の頭を私のほうに傾げ、私の肩の上で休ませた。髪を染めたように見せないためだろう、美容師があえて残したわずかな白髪が見えた。

「わたしは何が飲みたいのかわからない」と彼女は猫撫で声で言った。「わたしが床に倒れちゃったりしないようちゃんと支えててね」

私は片腕を彼女の肩にまわした。彼女の肩幅は私とほぼ変わらなかった。彼女が私のほうにもたれかかってきた。その震えるような息づかいが感じられたが、それも徐々に遅くなった。

「わたしには何もしないでよ、ハニー、今夜はわたし、もう死んじゃったから。また今度ね……」彼女の声はやさしく、どこかしら少女じみていた。不明瞭ではあったが。彼女の眼の底に沈む若さの輝き同様。

彼女は眼を閉じた。心臓の鼓動に合わせ、萎《しお》れた瞼の血管の中の血の震えが見えた。カールした睫《まつげ》毛はまさに若さと美しさの名残《なご》りだった。それがかえって彼女の老いの姿を情け容赦なく露見させていた。ただ、眠っている彼女に同情するのはさほどむずかしくはなかった。

眠っているのを確かめるために、私は彼女の片方の瞼をそっと押し上げてみた。大理石のような白眼が私を見つめていた。私は腕を離し、彼女の体をソファのクッションに沈ませた。彼女の胸が横に傾いだ。ストッキングはねじれていた。そのうち彼女はいびきをかきはじめた。

私は隣の部屋にはいってドアを閉め、明かりをつけた。天井の明かりがマホガニーの細長いテーブルを照らした。テーブルの真ん中には造花が飾られていた。部屋の一方に陶磁器戸棚、もう一方に造りつけの食器戸棚、壁に背をつけて置かれた重厚な椅子が六脚。私は明かりを消してキッチンにはいった。清潔で設備の整ったキッチンだった。

一瞬、私はミセス・イースタブルックを誤解しているのではないかと思った。正直な星占い師もいれば人畜無害の酔っぱらいも大勢いる。彼女の家はロスアンジェルスにある何十万というほかの家と変わらなかった。かえって嘘めいて見えるほど典型的な室内だった。ただ、大きすぎるガレージとそのガレージの番をしているブルドッグを除くと。

パステルブルーのタイルにブルーの浴槽のバスルーム。洗面台の上のキャビネットにはヘアトニックに売薬、スキンクリームに化粧品、パウダー、ネンブタール、ヴェロナールといったものがぎっしりと詰まっていた。洗面台の奥と洗濯かご、便器の上にまで心気症の治療薬の瓶と箱が散らばっていた。洗濯かごの中の服はどれも女物だった。ホルダーには歯ブラシが一本。剃刀《かみそり》はあったが、シェーヴィングクリームはなかった。男の気配はどこにもなかった。

バスルームの隣の寝室は、戦前のセンティメンタルな希望さながら、花とピンクで飾られ、ベッドサイドテーブルには星座に関する本が置かれていた。クロゼットには高級デパートの〈サックス〉や〈マグニン〉のラベルのついた女物の服が大量に収められていた。チェストの引き出しにはいっていた下着や寝間着は、ピンクと淡いブルーに黒いレースのついたものばかりだった。

二番目の引き出しに乱雑に詰め込んだストッキングの下を調べると、この家の奇妙な核心のようなものが現われた。輪ゴムでとめた細長い包みの束。包みの中身は金で、一ドル、五ドル、十ドル、すべて札だった。大半は古くて汚れた紙幣だった。調べたひとつの包みとほかの包みがすべて同じなら、その引き出しの底には八千ドルから一万ドルの金がしまわれていることになる。

しゃがみ込んで、すべての金を見た。寝室のチェストの引き出しというのは金をしまっておくのに最適の場所とは言えない。しかし、自分の収入を声高にしゃべったりしないような人間にとっては、銀行より安全なところなのかもしれない。

電話のけたたましい音が歯医者のドリルのような音で静寂を破った。神経に触る音で、私は飛び上がった。引き出しを閉めてから、電話のある玄関ホールに行った。居間にいるミセス・

イーストブルックはうんともすんとも言わなかった。

私はネクタイを送話口に押しあてて言った。「もしもし」

「ミスター・トロイ？」女の声だった。

「ああ」

「フェイはいるかしら？」早口だが、歯切れのいいしゃべり方だった。「ベティだけど」

「いない」

「聞いて、ミスター・トロイ。一時間ほどまえのことだけど、フェイが〈バレリオ〉に来たそうよ。べろんべろんで。男と一緒だったそうだけど、もしかしたら私服かもしれない。その男はフェイを家まで送っていくって言ってたそうだけど、トラックが来るときにそんなやつにそばにいてほしくないでしょ？　酔っぱらっちゃうとフェイがどうなるかは言うまでもないと思うけど」

「ああ」と私は答えて、あえて危険を冒してみた。「あんたは今どこにいる？」

「〈ピアノ〉よ。もちろん」

「ラルフ・サンプソンもそこにいるかな？」

女は驚きの声ともしゃっくりともつかないような声をあげた。そして、そのあとしばらく黙りこくった。電話の向こうからは人々のざわめきと皿のぶつかる音が聞こえていた。どうやらレストランのようだった。

声を取り戻して、女は言った。「なんでそんなこと訊くの？　彼には最近会ってないわ」

「彼はどこにいる?」

「さあ。ねえ、誰なの、あなた? ミスター・トロイ?」

「そうだ。フェイの面倒はちゃんと見るよ」そう言って、私は電話を切った。

背後で玄関のドアのノブをまわす音がした。電話に手を置いたまま私は凍りついた。カットグラスのノブがまわり、居間からの明かりを受けてきらりと光った。いきなりドアが開いた。戸口に薄手のトップコートをはおった男が立っていた。白髪で、帽子はかぶっていなかった。ステージに上がる俳優のように中にはいってくると、左手で丁寧にドアを閉めた。右手はトップコートのポケットの中にあった。そのポケットは私のほうに向けられていた。

私は男と面と向かい合って言った。「誰だ、あんたは?」

「質問に質問で答えるというのはあまり礼に適《かな》ったことじゃないのは知っているが」男の柔らかな声音には、故郷を遠く離れてもイギリス南部の訛りがいくらか残っていた。「きみこそ誰だ?」

「強盗なら……」

男のポケットをふくらませているものが上下に動き、うなずいた。男はさらに尊大になって言った。「私が訊いたのはいたって単純な質問だ。単純な答を聞かせてくれ」

「アーチャーだ」と私は言った。「あんたは髪を洗うとき、青く染めたりしないのか? 私の伯母はとても効果的だと言ってるがね」

彼は顔色ひとつ変えなかった。ただ、さらに正確な物言いをすることで苛立ちを表に出した。

しないでくれ」

「不必要な暴力を使うのはあまり好きじゃないんだ。そういうものが必要になるような真似は

　彼の頭のてっぺんが見えた。髪を慎重に分けたところの地肌が光っていた。「あんたは私を怯えさせてる。イタリア系イギリス人は悪魔の化身なんて言われてるけど」

　その男のポケットの銃は小さくても、玄関ホールをひんやりとさせるだけの役割をちゃんと果たしていた。男の眼はとっくに氷のようになっていた。

「仕事は何をしてるんだ、ミスター・アーチャー？」

「保険屋だ。で、趣味はガンマンの引き立て役をやることだ」私はそう言って、財布に手を伸ばし、〝あらゆる保険承ります〟と書かれた名刺を取り出そうとした。

「やめておけ。手は私の見えるところに出しておいてくれ。それからよけいなことは言わなくていい。わかったか？」

「わかった。だけど、保険を売りつけられるんじゃないかなんて心配しないでくれ。銃を持ってロスアンジェルスを歩きまわっている人間というのは、保険屋にとってあまりいいお客さんとは言えないからね」

　そのことばの意味するところは充分伝わっただろうが、男はまったく無反応だった。「ここで何してる、ミスター・アーチャー？」

「フェイを送ってきたんだよ」

「彼女の友達なのか？」

「とりあえず。あんたも?」

「質問をするのは私だ。このあとどうするつもりなんだ?」

「タクシーを呼んで家に帰ろうと思ってたところだ」

「だったらそうすりゃいい」と男は言った。

私は受話器を取り上げ、〈イエローキャブ〉に電話した。男は身軽にまえに出てくると、左手で私の胸と腋《わき》の下と脇腹と腰を調べた。私は銃を車に置いてきたのはむしろ正解だったと思ったものの、男の手に触《さわ》られるのが不快であることに変わりはなかった。男は両性具有者のような手をしていた。

身体検査が終わると、うしろにさがって男は銃を見せた。ニッケルメッキされた三二口径か三八口径のリヴォルヴァーだった。隙《すき》を狙って男を襲い、その銃を奪おうとしたら、その試みの成功率はどれほどあるか考えた。

男は少しだけ身を強《こわ》ばらせた。銃の焦点が合った、眼のように。「無理だね」と男は私の心を読んだかのように言った。「私はのろまではないからね、ミスター・アーチャー。チャンスは万にひとつもないよ。向こうを向いてくれ」

私は言われたとおりにした。男は私の腎臓の少し上を銃でつついた。「寝室だ」

そう言って、私を明かりのついたままの寝室の中に入れると、ドアのほうを向いて立っているよう私に言った。寝室をすばやく歩く足音のあと、引き出しを開けて閉める音が続いた。また銃が腎臓に戻ってきた。

「ここで何をしていた？」

「ここにははいってないよ。フェイが明かりをつけただけだ」

「彼女はどこだ？」

「居間だ」

男はミセス・イースタブルックが寝ている居間に私を向かわせた。彼女の姿はソファの背もたれに隠れてすぐには見えなかったが、深い眠りに落ちており、まるで死人のようだった。口を開けていたが、もういびきはかいていなかった。片腕がソファから床に垂れていた。餌《えさ》を食べすぎた白いヘビのように。

男は嘲るような眼を——銀の輝きを持つ者がふやけた肉体に対して向ける軽蔑のまなざしを——彼女に向けた。

「酒に強くもないのに」

「ふたりではしごをしてしまってね」と私は言った。「ちょっと度を越してしまったんだ」

男は私に鋭い眼を向けて言った。「そのようだな。だけど、きみもどうしてこんな厄介な相手に興味を持ったんだ？」

「おれの愛する女性のことをそんなふうに——」

「私の妻だ」男の小鼻が少しだけふくらみ、それで男の顔も動くことがわかった。

「ほんとうに？」

「私は嫉妬深い男じゃないが、ミスター・アーチャー、彼女には関わらないようにとは言っておかないとな。彼女には彼女の小さな社会があるが、それはとてもきみがなじめるような社会じゃない。彼女はとても忍耐強い女だよ。それは言うまでもない。しかし、私はそうでもない。彼女の小さな社会の人間には忍耐心など端《はな》から持ち合わせていない者もいる」

「それでもあんたみたいに口数は多い？」

男は歯並びのいい小さな歯を見せて笑った。が、微妙に態度が変わった。上体を傾げ、同時に横に頭を傾げた。光の中でまた彼の頭が光った。なんとも不快な佇《たたず》まいになった。老人の仮面の陰に少年の抜け目なさと熱心さが垣間見えた。指を支点に拳銃をくるりとまわし、銃口を私の心臓に向けた。「彼らは彼らで私とはまたちがった表現方法を持っている。こう言えばわかってもらえるかな？」

「理解するのに苦労を要することじゃない」冷や汗が背中を伝った。

車のクラクションが聞こえた。男は玄関まで行くと、私のためにドアを開けて支えてくれた。外のほうが暖かかった。

10

「呼んでもらえてよかったですよ」と運転手は言った。「おかげで空車で帰らなくてすみました。マリブまで遠距離のお呼びがかかったんだけれど、これが売女の四人連れでね。水辺になんか近寄りもしないんです」

　そのタクシーの後部座席にはむっとするようなにおいがまだ残っていた。

「あの女たちの話、お客さんにも聞かせたかったですよ」運転手はサンセット大通りの赤信号でスピードをゆるめた。「街に帰るんですね？」

「ちょっと待ってくれ」運転手は車を停めた。

「〈ピアノ〉という店を知ってるか？」

「〈ワイルド・ピアノ〉ですか？」と運転手は訊き返した。「ウェスト・ハリウッドの。バーなら知ってますけど」

「その店の経営者は誰か知ってるか？」

「店の帳簿を見せてもらったことがないんでね」と運転手はギアを換えながら陽気に言った。

「そこへ行きますかい？」

「ああ、もちろん。まだ宵の口だからね」宵の口とは言えなかった。もう夜もだいぶふけて、肌寒くなり、夜の脈拍もだいぶゆっくりになっていた。タイヤが霧に濡れて光るアスファルトの道路の上で飢えた猫のような鳴き声をあげた。サンセット大通り沿いの不眠症のネオンが私を睨《にら》んでいた。

　もう宵の口でないことは〈ワイルド・ピアノ〉も変わらなかったが、その店の鼓動は人工的に亢進させられていた。古い二軒一棟の住宅がゴミだらけの路地をはさんで肩を寄せ合うように建っている、街灯もまばらな脇道にあり、看板も出ておらず、プラスティックと板ガラスの正面玄関の飾りもなかった。風雨にいたぶられ、かさぶたのように剝げかけた漆喰のアーチが、入口の上に弧を描いているだけだった。その上に錬鉄製の手すりのあるバルコニーがあり、その奥にぶ厚いカーテンを引いた窓が見えた。

アーチの下からお仕着せを着た黒人のドアマンがまえに出てきて、タクシーのドアを開けた。私はタクシーの料金を払うと、ドアマンのあとから店の中にはいった。ドアの上の薄暗い照明でも、ドアマンの青い上着のビロードの毛羽がすり切れ、繊維が剝《む》き出しになっているのがわかった。茶色の革張りのドアも、幾多の汗まみれの手のせいで把手《とって》のまわりが黒ずんでいた。店内はトンネルのように細長く、奥行きがあった。

ウェイターのジャケットを身に着け、腕にテーブルナプキンを掛けた別の黒人がドアのところまで来て、私を出迎えた。笑みに引き延ばされたウェイターの唇が、壁に取り付けられた青い照明のせいで藍色に見えた。壁にはさまざまなポーズを取った青一色のヌード写真が飾られていた。そんなふたつの壁沿いに、白いクロスを掛けたテーブルが並び、テーブルとテーブルのあいだが通路になっていた。部屋の奥の一段低くなったところで、女がピアノを弾いていた。煙草の煙越しに見ると、その女の姿はあまり現実的なものには見えなかった。固定されて動かない背骨と器用な手を持つからくり人形のようだった。

狭苦しいクロークルームにいたクローク嬢に帽子を渡して、ピアノの近くのテーブルを頼んだ。ウェイターが腕に掛けたナプキンを旗のようにはためかせ、私のまえをきびきびとすべるように歩いていた。客を幻惑させて店の忙しさを演出するかのように。実際はまるでちがっていた。テーブルの三分の二が空席で、残りのテーブルにはカップルが陣取っていた。男の客はみな高級な店ではクズ扱いされそうな者ばかりで、ただ家に帰るのを遅らせているだけのように見えた。肥っているか痩せているかのどちらかで、青い水族館のような照明の中、みな魚のような顔をして、牡蠣《かき》のような眼をしていた。

男の連れの大半は男から金をもらっているか、もらうのを待っているようだった。コーラスラインで見たことのあるブロンド娘が二、三人いた。そうしていればまるで時の流れを止められるかのように、おぼこ娘の笑みを顔に貼りつかせていた。まだ一年かそこらは宙に浮かんでいられそうな、豊満な体つきの年嵩《としかさ》の女もいた。その年嵩のほうはしきりと手と口と眼を動かして、真面目に仕事をしていた。〈ワイルド・ピアノ〉のレヴェルからも転落してしまうと、さらに落ちるところは相当劣悪なところなのだろう。

私の隣のテーブルにメキシコ人の若い娘が退屈そうな黄色い顔をして、ひとりで坐っていた。私をいったん見てからまた眼をそらした。

「スコッチになさいますか、それともバーボンになさいますか?」とウェイターが訊いてきた。

「バーボンと水を。自分で割るから」

「かしこまりました。サンドウィッチもございますが」

そう言われて、私は自分が空腹であることを思い出した。「じゃあ、チーズサンドを」

「かしこまりました」

私はピアノを見て、いささか単純すぎたかと思った。ベティと名乗った女はただ〈ピアノ〉

にいると言っただけだ。女性ピアニストが弾くそのピアノの音はやけにうら悲しく、時折起こる食卓の人たちの笑い声と対位法を成していた。よく磨かれた鍵盤押さえに、運命を生き急ぐかのように鍵盤を走るピアニストの指が映っていた。ピアノ自身が自ら演奏しており、ピアニストはそれに懸命についていっているかのようだった。ピアニストは薄くて形のいい肩を剝き出しにして、力を込めて弾いていた。垂れている黒い髪のせいでその肩がよけい白く見えた。顔は隠れて見えなかった。

「こんばんは、ハンサムさん。一杯おごってくれない?」

メキシコ娘が私の椅子のそばに立っており、顔を起こすと、勝手に坐った。丸い肩とほとんどふくらみのない尻をした娘で、体を鞭《むち》のように動かした。ローカットの長いドレスがなんとも不釣り合いだった。未開人が服を着たみたいなものだ。私に微笑んでみせようとしたが、木彫りのようなその顔はまだそういう技術を充分会得していなかった。

「ハンサムさん? おれはきみに酒じゃなくて、眼鏡を買ってやらなきゃならないようだな」

私がジョークを言ったことだけはメキシコ娘にも通じたようだった。が、それだけのことだった。「面白いことを言うのね。あたし、面白い人、好きよ」娘の声はざらついてどこか不自然だった。いかにも木彫りの顔から聞こえてきそうな声だった。

「きみはおれのことを好きになったりはしないだろうが、それでも一杯おごってあげるよ」

喜びを表わそうと、娘の眼が動いた。しかし、その動きは硬く、表情も樹脂ででもできているかのように変わらなかった。娘は手を私の腕に置いて撫ではじめた。「あたし、あんたのこと、好きよ、また何か面白いことを言って」

娘が私のことが好きでなければ、私も娘のことが好きではなかった。娘は身をまえに乗り出して、わざとドレスの中をのぞかせた。娘の胸は小さくて固そうで、乳首が鉛筆のようにとがっていた。腕と鼻の下には黒い毛が生えていた。

「考え直した。きみにはホルモンをおごってやるよ」と私は言った。

「それって食べるもの？　あたし、すごくお腹がすいてるの」そう言って、娘はそのことを示すつもりか、飢えた白い歯を見せた。

「おれを一口食ってみるか？」

「また可笑《おか》しなこと言っちゃって」と娘は拗ねたように言った。その間もずっと私の腕を撫でていた。

ウェイターがやって来たので、その機をとらえて、娘に撫でるのをやめさせた。ウェイターは皿に並べた小さなサンドウィッチと、グラスに注いだ水と、ティーカップの底に半インチほど注いだバーボンと、空《から》のティーポットと、テレパシーでも使ったのだろう、娘のための飲みものをトレーからテーブルに移した。

「六ドルでございます」

「なんだって？」

「飲みものがそれぞれ二ドル、サンドウィッチが二ドルでございます」

私はサンドウィッチのパンをめくってみた。金箔ほどにも薄くて貴重なチーズが鎮座していた。私は十ドル札で払い、釣りはそのままテーブルに置かれたままにした。発育不全の私の同伴者はフルーツジュースを飲むと、四枚の一ドル札をちらりと見て、また私の腕を撫ではじめた。

「きみはとっても情熱的な手をしてる」と私は言った。「ただ、おれはベティを待っててね」

「ベティ?」そう言って、娘はピアニストの背中に尊大な視線を向けた。「でも、ベティはアーティストよ。だから彼女は席に着いたりしないし――」それからあとはジェスチャーで文を終わらせた。

「おれにはそのベティがいいんだ」

娘は唾を吐くときのように赤い舌先を突き出して唇を閉じた。私はウェイターに合図して、ピアノを弾いている女性に一杯届けてくれと頼んだ。メキシコ娘のほうを振り向くと、もういなくなっていた。

ウェイターが飲みものをピアノの上に置いて私を指差した。ピアニストは振り向き、私を見た。楕円形の小さな顔をしていた。型を取って締めつけたような繊細な造作の顔だった。眼の色も表情もわからなかった。ベティはいささかの努力をすることもなく笑みを浮かべた。私は顎をしゃくって、招待の意を示した。ピアニストはすばやく首を横に振り、また鍵盤に向かった。

私は彼女の白い手がブギウギの人工のジャングルを歩きはじめるのを眺めた。音が金属の下生えをカサカサと音をたてながら歩く巨人の足取りのように、そのあとに続いた。その巨人の影が見え、はねハンマーのような巨人の心臓の鼓動が聞こえてくるかのようだった。彼女はいかしていた。

曲が変わった。左手で低音をドラムロールのように弾きつづけながら、右手で巧みなブルースを奏ではじめた。そして歌いはじめた。ほころびを見せながらも、歯擦音《しさつおん》をきわだたせた力強い声だった。どこかしら人の心を動かす声だった。

頭がわたしの胃袋で
心がわたしの口なのね、
北に行こうと思っても——
足は南を指している。
心と体のわたしのブルース。
ドクター、ドクター、ドクター、
わたしの頭を分析してよ。
どうかわたしを治してよ。
わたしの嘆きを取り除いてよ——
心と体のわたしのブルース。

彼女の歌い方は退廃的で知的だった。私は好きにはなれなかった。それでも、私の背後でおしゃべりをしている客よりもっとましな客に値する歌唱だった。歌が終わると、私は拍手をして、もう一杯彼女におごった。

彼女はその飲みものを私のテーブルまで持ってきて坐った。小さくて整ったタナグラ人形（古代ギリシアのタナグラでつくられた彩色したテラコッタの小像）のような体つきで、二十歳と三十歳のあいだで永遠に均衡を保っているような、そんな女だった。「わたしのピアノ、気に入ってくれたのね」と彼女は言った。そのあと、うつむき加減になり、その姿勢でわたしを見上げた。眼が自慢の女がよく使う手だ。茶色の斑点が散った中心のない光彩には、どこかしら不穏なところがあった。

「きみは五十丁目界隈の店にいるべきだ」

「いなかったって決めつけないで。でも、あなた、あのあたりにはしばらく行ってないのね？あの通りは今はもう掃《は》き溜《だ》めみたいになってるわ」

「この店にも見込みはないな。店じまいはもう時間の問題だろう。誰が見てもわかる。誰の店なんだね、ここは？」

「わたしの知ってる人の店。煙草、持ってる？」

火をつけてやると、彼女は深々と一服した。そのあと無意識に煙草の効き目を待っているような顔つきになったが、あまり効果はなかったようで、いくらかがっかりした顔になった。何もはいっていない瓶をくわえている年齢不詳の赤ん坊。そんな風情があった。小鼻のふちにまるで血の気がなかった。雪のように白かった。言っておくが、〝雪《スノー》のような〟というのは、フロイト的錯誤でたまたま私の口をついて出た比喩ではない。

「おれはリューというんだけど」と私は言った。「きみのことはどこかで聞いてるはずだ」

「わたしはベティ・フレイリー」その物言いには細くて黒いカードの縁取りのような悔恨の響きがあった。名前など私にはなんの意味もないが、彼女にはそうでもないのだろう。

「いや、きみのことは覚えてる」と私はさらに大胆な嘘をついた。「そう言えば、ついてなかったね、ベティ」麻薬常習者《スノーバード》には誰にも不運の傷痕が残っているものだ。

「まったくもってそのとおりよ。二年も病院に収容されて、その間《かん》ピアノはなしよ。みんなが結託して言っていた甘いことばはどれもでたらめだった。結局、彼らに証明できたのは、わたしにはあれが要るってことよ。わたしのためにやるんだって彼らは言ったけど、ほんとうは自分たちのためにやってたのよ！　要するに、宣伝がしたかっただけなのよ。あの頃、わたしの名前はまだけっこう知られていたから。今はもうそうでもないけど。でも、わたしがこの悪癖を断つことができたとしても、それはお国のおかげじゃない」彼女の唇が煙草の濡れた赤い部分の上で歪んだ。「ピアノなしの二年間なんて。まったく」

「ずっと練習してなかったわりにはなかなかのものだよ」

「そう思う？　だったら、あなたはわたしの絶頂期のシカゴでの演奏を聞くべきだったわね。シカゴじゃ、わたし、ピアノを天井の梁に乗っけて弾いたようなものだったんだから。わたしのレコードは聞いてるんでしょうね？」

「聞いてないやつがいるかね？」

「聞いたレコードはわたしが今言ったとおりだった？」

「すばらしかったよ！　今でも夢中だ」

しかし、ホットなピアノは私の好みではなかった。だから、まちがったことばを使ってしまったか、誉《ほ》めすぎてしまったのだろう。

苦々しさが彼女の口元から眼に、さらに声にまで広がった。「わたし、あなたを信じない。ひとつでも曲を言って」

「昔のことだからな」

「わたしの『ジン・ミル・ブルース』は好きだった？」

「もちろん」と私はほっとして言った。「きみの演奏は本家のジョーイ・サリヴァンを超えてるよ」

「あなたって嘘つきなのね、リュー。あの曲、わたしはレコーディングしてない。ねえ、どうしてわたしにあれこれしゃべらせようとしてるの？」

「きみの音楽が好きだからさ」

「ええ。あなたって音痴なのね」そう言って、彼女はまじまじと私の顔を見た。変わりやすい彼女の眼の中心が今はダイアモンドのように鋭く明るく光っていた。「あなたはお巡《まわ》りであってもおかしくない。そんなふうには見えないけど、それでもものを見るあなたの眼つきには何かある。そのものが欲しくても、でも、好きじゃないみたいな。そう、あなたの眼はお巡りの眼よ――人々が傷つくところを見たがってる眼よ」

「それはご挨拶だな、ベティ。でも、きみの霊感は半分は当たってる。おれは人々が傷つくところを見るのは別に好きじゃないよ。でも、お巡り《コップ》ではある」

「麻薬取締官なの？」彼女の顔が紅潮した。明らかに怯えていた。

「そんなんじゃない。探偵《プライヴェート・コップ》だ。だからと言って、きみに何かを求めてるわけじゃない。ただ、きみの音楽が気に入っただけだ」

「嘘つき」嫌悪と怯えにもかかわらず、彼女の声は囁き声になっていた。乾いたものがこすれるような声になっていた。「あなたなのね、フェイの家の電話に出て、自分はトロイだなんて言ったのは。いったい何が狙いなの？」

「サンプソンという男だ。聞いたこともない名前だなんて言わないでくれ。きみは聞いてるんだから」

「聞いたこともない名前よ」

「きみは電話ではそうは言わなかった」

「わかった。ここで会ったことがあるだけよ。ここのほかのお客とおんなじように。それだけでわたしは彼のお守りかなんかになっちゃうわけ？　わたしにとっちゃ酒場のただの客よ」

「きみのほうからテーブルに来たんだぜ。忘れたのか？」

彼女は磁場を広げるように嫌悪を発散させながら身を乗り出した。「ここから出て、もう近づかないで」

「おれはここにいるよ」

「それはあなたの考えよ」そう言うと、彼女は指をぴんと伸ばして手を上げ、ウェイターを呼んだ。ウェイターはすぐに飛んできた。「パドラーを呼んで。このヌケ作おやじ、探偵なんだって」

「落ち着けよ」と私は言った。

彼女は立ち上がると、ピアノのうしろのドアのところまで行って怒鳴《どな》った。「パドラー！」店の誰もが振り向いた。

ドアが勢いよく開き、深紅のシャツを着た男が現われた。その小さな眼がトラブルを探して左右に動いた。

私を指差して彼女が言った。「この男を連れ出して痛めつけて。こいつ、穿鑿屋よ。わたしからあれやこれや訊き出そうなんてしちゃって」

逃げ出す余裕はあった。が、そういう気分にはなれなかった。一日に三回も逃げ出すというのはどう考えても多すぎる。私は自分のほうからパドラーのところまで行くと、不意打ちのパンチを浴びせた。パドラーの傷だらけの頭は簡単にぐらついた。私は次に右のパンチを試した。パドラーはそれを前腕で受け止めると、自分のほうからまえに出てきた。

彼の鈍そうな眼が動いた。彼らにはおれがわかっていないのではないか、などという奇妙な感覚に襲われた。ボディにパンチを食らった。思わずガードが低くなった。パドラーの次のパンチが私の耳の下の首で炸裂《さくれつ》した。

脚がステージのへりにぶつかった。私はピアノに向かって倒れた。うるさい不協和音の中、意識がなくなり、私は巨人の影に呑み込まれた。

11

取るに足りないちっぽけな男が黒い箱の底で何か固いものに背中をあずけて坐っている。同じように固いものがその男の頬を打っている。まず下顎の一方の側を。続いてもう一方の側を。打たれるたびに男の頭は背後の固いものにぶつかって撥《は》ね返る。この気の滅入るような運動——殴打に続く撥ね返り——が単調に規則正しくかなり長いあいだ続いた。拳《こぶし》が顎に近づくたびに男は痛む歯でむなしく嚙みつこうとした。男の両腕は抵抗することなくだらりと両脇に垂れていた。脚も自分では動くことができないようで、この連続運動にまるで無関心だった。

路地の入口に背の高い人影が現われ、一瞬、コウノトリのように片脚で立ったあと、奇妙な恰好で足を引きずりながら、私とパドラーがいるほうにやって来た。パドラーは自分のしていることに集中するあまり、人影が近づいてきたことに気づいていなかった。人影はパドラーの背後で背すじを伸ばすと、片腕を高く振り上げた。腕の先に何か黒っぽいものがあった。その腕が振り下ろされると、クルミを割ったような気持ちのいい音がした。パドラーの頭がたてた音だ。パドラーは私のまえに膝をついた。彼の眼の表情を読むことはできなかった。白眼を剝いていたので。私はパドラーをうしろに押しやった。

アラン・タガートは脱いだ片方の靴を履くと、私の脇にしゃがみ込んだ。「すぐにずらかったほうがよさそうだ。それほどひどくはぶっ叩かなかったから」

「この次もっとひどくぶっ叩くときには教えてくれ。ぜひともその場に立ち会いたい」

唇が腫《は》れ上がっているのがわかった。脚はまさに反旗を翻《ひるがえ》した体の中の遠い植民地だった。そんな脚の委任統治をなんとか自分にあてがい、私は立ち上がった。それでも片脚では立てそうになかった。そんなことをしたら地面に倒れている男を蹴飛ばしてしまい、そのことを後悔しそうだった——数年後にでも。

タガートが私の腕を取り、路地の入口まで引っぱっていってくれた。タクシーが一台ドアを開け、歩道に寄せて停まっていた。通りの反対側の〈ワイルド・ピアノ〉の入口は閑散としていた。タガートは私をタクシーに押し込むと、自分もあとから乗ってきて言った。

「どこへ行く?」

一瞬、脳が真空状態になった。そこへ怒りがはいり込んできた。「家に帰ってベッドに倒れ込みたいところだが、まだだ。ハリウッド大通りの〈スウィフツ〉に行ってくれ」

「もう閉まってますよ」と運転手が言った。

「あそこの駐車場に車を停めたままなんだ」銃も車に置いたままになっている。

〈スウィフツ〉に向かう途中、ようやく脳が舌に追いついた。「いったいきみはどこから来たんだ?」と私はタガートに尋ねた。

「あらゆる場所からあそこへ」

私はうなるように言った。「つまらないジョークは要らないよ。今はそういう気分じゃない」

「すまん」と彼は真面目な顔になって言った。「おれもサンプソンを捜してたんだ。で、〈ワイルド・ピアノ〉という店があったのを思い出してさ。一度彼に連れていかれたことがあるんだよ。で、あそこで彼のことを訊いてみようと思ったわけ」

「おれも同じことを思ったんだがね。得られた答はもうわかっただろ？」

「あんたはどういう経緯であそこへ？」

いちいち説明している気分にはなれなかった。「たまたまはいったら、こういうざまだ」

「あんたが出てきたところを見かけたんだ」と彼は言った。

「おれは歩いてた？」

「とりあえずは。さっきの男に支えられて。で、タクシーの中でとりあえず様子をうかがおうと思ったんだけど、あの大男があんたを路地に連れ込んだところでタクシーから出てきたんだ」

「まだ礼を言ってなかったね」と私は言った。

「いいよ」彼はそう言い、私のほうに身を寄せると、声を落として真面目な口調で言った。「あんたはサンプソンはほんとうに誘拐されたんだと思うんだね？」

「今はそれほど確信がなくなった。あれこれ考えられる可能性のひとつにはちがいないが」

「誰が彼を誘拐するんだ？」

「イースタブルックという女性がいる。トロイという名の男も。その男に会ったことは？」

「ないけど、イースタブルックという女のことは聞いたことがある。ふた月ほどまえネヴァダでサンプソンと一緒だった」

「サンプソンとはどういう関係なんだ？」腫れた顔のせいで何か邪《よこしま》なことを考えているような顔つきになってしまっているような気がしたが、ことさら表情を整えようとも思わなかった。

「確かなことは知らない。ネヴァダへはそのときも彼女は車で行って、飛行機は使わなかった。飛行機はロスアンジェルスにあって、おれもロスアンジェルスにいたんだけど。会ったことはない。だけど、サンプソンから話は聞いたことがある。聞いたかぎりじゃ、ふたりは日光浴をしながら宗教について話し合ったそうだ。サンプソンが山をやってしまった聖人クロードの相棒みたいな女なんじゃないかね」

「もっとまえに言ってほしかったな。彼女の写真を見せたときに」

「そのときにはわからなかったんだよ」

「まあ、今はもうたいした問題じゃないが。今夜はずっと彼女につきあってたんだ。おれと〈バレリオ〉にいたのも彼女だ」

「あの女性が？」とタガートは驚いたように言った。「それで彼女はサンプソンの居場所を知ってたのか？」

「知っている可能性はあるが、訊き出すことはできなかった。これからまた彼女のところに行こうと思うんだが、助っ人がいると助かる。彼女の家には野蛮な番犬が一匹いるんだよ」

「すばらしい！」とタガートは言った。

私はまだ反応が鈍かったので、車の運転は彼に任せた。彼は曲がり角では車が傾ぐようなハンドルさばきをしたが、何も問題なくイースタブルックの家に着いた。明かりはついていなかった。ビュイックも私道に停まっていなかった。ガレージは空《から》だった。私は銃身で玄関のドアをノックした。応答なし。

「彼女も何か感づいたんじゃないかな」とタガートが言った。

「押し入ろう」

しかし、ドアはしっかりと施錠され、われわれの肩には強固すぎた。裏にまわってみた。裏庭でつるつるとすべる丸いものに危うく足を取られそうになった。ビールの瓶だった。

「気をつけてくれよ、爺さん」とタガートが純朴で善良な若者をこれ見よがしに演じて言った。この状況を愉しんでいるようだった。

裏口に来ると、彼が若者の奔放さを発揮してドアに体あたりした。ふたりで力を合わせると、鍵が壊れ、ドアは開いた。われわれはキッチンを抜けて暗い廊下に出た。

「銃は持ってないよな？」と私は言った。

「ああ」

「でも、使い方は知ってるよな？」

「もちろん。機関銃のほうがいいけど」と彼は軽口を叩いた。

私はオートマティックを彼に渡した。「これで間に合わせてくれ」そう言って玄関のドアのところまで行き、鍵を開け、少しだけドアを開けた。「誰か来たら教えてくれ。相手に姿を見られないように」

彼はそこではやけに真面目くさって見張りについた。バッキンガム宮殿の近衛《このえ》兵《へい》のように。

私は家の中を見てまわった。居間、ダイニングルーム、キッチン、バスルーム。次々に明かりをつけては消した。その日まえに見たときと変わったところはなかった。ただ、寝室だけちがっていた。

チェストの二番目の引き出しにはストッキングしかはいっていなかった。それに封を切られた空っぽの封筒がひとつ。ストッキングの奥の隅にくしゃくしゃにして入れられていた。宛名はミセス・イースタブルック、宛先はその家の住所だった。封筒の裏に鉛筆の走り書きがあり、数字と文字が記されていた。平均粗収入2000ドル。平均経費（最大）500ドル。平均純益1500ドル。五月――1500×31――46500－6500（緊急支出）＝40000。40000×0・5＝20000。恐ろしく儲《もう》かる商売の大まかな目論見書のようだった。ひとつだけ私に言えることがあった。これは〈ワイルド・ピアノ〉に関する数字ではない。

封筒の表を改めて見た。消印の日付は四月三十日。一週間前だ。消印の場所はサンタマリア。そのことの意味がわかりかけてきたところで、通りからエンジンが低くうなる音が聞こえてきた。私はすぐさま明かりを消して廊下に出た。

光が家の全面を撫で、ドアの隙間から中に射し込んだ。「アーチャー！」とドアのそばに立っていたタガートが押し殺した声で言った。

言うなり、大胆で愚かな真似をした。玄関ポーチに飛び出すと、白い光の中に立ち、銃をぶっ放したのだ。

「やめろ」と私は叫んだが、遅すぎた。彼が撃った弾丸《たま》は金属にあたり、跳飛した。相手は撃ち返してはこなかった。

私は肘でタガートを押しのけ、玄関の階段を駆け降りた。有蓋トラックが慌てて私道からバックで通りに出ようとしていた。私は芝生を駆け抜け、トラックがスピードを増すまえに追いついた。車の右側の窓が開いていた。私はその窓に手をかけ、フェンダーに片足をのせた。運転席の男が私を見た。死人のように白い顔をした男で、驚いた小さな眼をぎらつかせていた。石塀にぶつかり、トラックが停まった。その衝撃に、窓をつかんでいた手が離れ、私は道路に振り落とされた。

トラックはバックすると、こするような音を立ててギヤを変え、私のほうに向かってきた。私はまだ地面に膝をついていた。明るいヘッドライトに一瞬、催眠術をかけられたかのようになった。うなるタイヤの音が威嚇《いかく》するように迫ってきた。私は相手の意図を見て取ると、脇に飛んで縁石のところまで転がった。トラックは私がそれまでいたところを押しつぶすように走り、エンジン音を高く大きくして通りを走り去った。ナンバープレートには――そもそもあったとして――ライトはともされていなかった。うしろのドアに窓はなかった。

自分の車を停めたところに行くと、タガートがすでにエンジンをかけていた。私はタガートを運転席から押しのけ、トラックを追った。サンセット大通りに出たときにはもうどこにも姿が見えなかった。山のほうに向かったのかも海のほうに向かったのかもわからなかった。

私はタガートのほうを向いた。銃を膝に置き、世の中から見放されたような顔をしていた。

「おれが撃つなと言ったら撃つな」

「言われたときにはもう遅すぎた。運転手の頭の上を狙ったんだ。運転席から降ろそうと思って」

「あいつはおれを轢《ひ》き殺そうとした。きみの銃の腕前が確かなことがわかっていたら、あいつも逃げようとは思わなかっただろうよ」

「すまん」と彼はいかにもヘマを悔やむように言った。「銃を持って興奮して、発砲マニアになっちまったらしい」そう言って、彼はグリップを私のほうに向けて銃を返した。

「すんだことだ」私はそう言い、左に折れて街中をめざした。「トラックはよく見たか?」

「軍の払い下げ車両だと思う。軍では兵員の輸送に使われる類《たぐい》のやつだった。色は黒だったと思うけど」

「ブルーだ。運転手は?」

「あんまりよくは見えなかった。ただ、ハンチングをかぶっていた。言えるのはそれだけだ」

「まえのナンバープレートは見なかったか?」

「なかったと思う」

「しょうがないな」と私は言った。「あのトラックにサンプソンが乗っていた可能性もないとは言えない。ここに来るまえに乗っていた可能性も」

「ほんとうに?　やはり警察に届けるべきかな?」

「そうだな。そのまえにミセス・サンプソンに相談しなきゃならないだろうが。彼女には電話してくれたんだろうか?」

「電話はしたが話すことはできなかった。折り返しの電話をしたとき、睡眠薬で熟睡中だったんだ。彼女は睡眠薬なしには眠れない人なんだよ」

「だったら明日会うことにしよう」

「おれたちと一緒に飛行機で戻る？」

「車で行くよ。ネヴァダに行くまえにひとつやっておきたいことがあるんだ」

「なんだい？」

「ちょっとしたプライヴェートな用事だ」と私はにべもなく言った。

それ以降、彼は押し黙った。私のほうもあまり話したくない気分だった。夜が明けかけていた。街の上空にかかっていたどんよりとした赤い雲のへりの色が段々薄くなっていた。宵っぱりのタクシーと自家用車の数もほぼゼロに減り、早起きのトラックが始動しはじめていた。軍の払い下げの青い有蓋トラックを探してみたが、そういう幸運には恵まれなかった。

〈バレリオ〉でタガートを降ろし、家に帰った。玄関のドアの階段にミルクのクォート瓶が置かれていた。キッチンの電気時計の針は四時二十分を指していた。冷蔵庫の冷凍室の中に冷凍牡蠣を見つけて、牡蠣のシチューをつくった。別れた妻は牡蠣が大嫌いだった。今の私は昼夜を問わずいつでも自分のキッチンテーブルについて坐り、心ゆくまで牡蠣を食べ、精力をつけることができる。

服を脱いで、部屋のもう一方にある誰もいないベッドを見ることもなく、ベッドにもぐり込んだ。今はその日一日何をしていたのか誰にも説明しなくていい。そのことに私はわけもなく安堵を覚えた。

12

ダウンタウンに着いたときには午前十時を過ぎていた。私の情報部時代の上司、ピーター・コルトン元大佐はすでに自分のオフィスの机についていた。すりガラスのドアを開けると、警察の報告書からすばやく眼を上げ、またすぐに書類に眼を戻して、私が招かれざる客であることを態度で示した。今は地方検事局の主任捜査官。どっしりとした体型の中年男で、ブロンドの髪を短く刈り込み、スピードボートの舳先《へさき》を裏返しにしたような攻撃的な鼻をしていた。オフィスは漆喰を塗った小部屋で、鉄製の枠の窓があった。私は壁ぎわに置かれた坐り心地の悪い椅子に坐った。

ややあって、彼は件《くだん》の鼻を私のほうに向けて言った。「どうしたんだ――適切なことばが見つからないが、あえて言えば、顔と思われるものをどうしたんだ?」

「ちょっとばかり言い合いになって」

「で、その近所のいじめっ子を逮捕してほしいのか」彼は口をへの字に曲げて笑みを浮かべた。

「自分の喧嘩は自分でどうにかしないとな、坊主。もちろん、それが私にも何か利するものがあるというなら話は別だが」

「アイスキャンディーと」と私はむっつりと言った。「風船ガム三個なら差し上げられます」

「きみは風船ガム三個で法の執行者を買収しようというのか？　なあ、今は原子力時代だということがわからないのかな？　風船ガム三個にもわれわれ全員を粉々に吹き飛ばす原始のエネルギーがあるそうだ」

「今言ったことは忘れてください。私の言い合いの相手はワイルドなピアノなんです」

「で、きみは私には、いかれたピアノ相手に金をせびるよりましな仕事もないと思ってきたわけだ。あるいは、落ち目の離婚探偵とコントをやるより」

「私はあなたにあるものを差し上げようと思ってきたんです。あなたの人生で最も大きなものになるかもしれないあるものをね」

「もちろんその見返りも求めて」

「見返りはささやかなものでけっこうです」と私は言った。

「聞くだけ聞いてやろう。二十五語で話してくれ」

「あなたの時間もそれほど貴重とは思えないけど」

「これで五語使ったぞ」と彼は鼻先を親指のつけ根に置いて言った。

「一昨日、私の依頼人の夫が所有者不明の黒のリムジンに乗って、バーバンク飛行場からいなくなりました。それ以来行方がわからないんです」

「これで二十五語だ」

「いいから黙って聞きなさい！　昨日、私の依頼人のところに現金で十万ドルを用意するように求める手書きの手紙が届いた」

「ところが、十万ドルなんて金はない。現金ではなおさら。そういうことか？」

「それがあるんです。それぐらい持っている夫婦なんです。それであなたの意見を訊きたいんです」

コルトンは左上の引き出しから謄写版《とうしゃばん》刷りの書類を取り出すと、それにすばやく眼を通してから、熱意のかけらもなく言った。「誘拐か？」

「そんなにおいがします。私の嗅覚が鈍ったということも考えられるけど。その盗難車両記録ではどうなってます？」

「この七十二時間以内に黒のリムジンの盗難届は出ていない。リムジンを持ってるような連中は自分のことは自分でできるんだろうよ。一昨日と言ったな？　時間は？」

私は彼に詳細を伝えた。

「きみの依頼人がちょっとそそっかしい女ということはないのか？」

「分別がなにより好きといったタイプです」

「しかし、亭主のことはそれほど好きでもない。そんな印象を受けるがね。その依頼人の名前を言ってくれたら、助けになれるかもしれない」

「ちょっと待ってください。見返りはささやかなものだと言いましたが、ふたつあります。まずひとつ、このことは公表してもらっては困る。私の依頼人は私がここに来ていることも知らないんです。それと私の仕事は失踪人を生きて連れ戻すことで、死体を回収することじゃない」

「伏せておくには大きすぎる事件だよ、リュー」彼は立ち上がると、檻《おり》の中のクマのように窓とドアのあいだを行ったり来たりしはじめた。

「これが公《おおやけ》になると、私の手から離れてしまう。そうなるまえにあなたにはできることがあるはずだ」

「きみのために?」

「あなた自身のために。レンタカー会社から調べてもらえませんか。それが二番目のささやかな見返りです。三番目は〈ワイルド・ピアノ〉の――」

「もういい」彼は顔のまえで手を振った。「公の報告を待つ。何か出てくるとして」

「これまで私がいい加減な情報を持ってきたことがありますか?」

「いくらもな。が、今はその話はやめておこう。いずれにしろ、きみが大げさに騒ぎ立てて、おれを動かそうとしている可能性もないとは言えない」

「どうして私がそんなまわりくどい真似をしなきゃならないんです?」

「訊き込みをするのには、それがいちばん楽で金のかからないやり方だからだ」彼の眼が細くなり、知的に青く光った。「なにしろレンタカー屋なんてこの郡だけでもごまんとあるんだからな」

「自分でやってもいいんですが、私はこのあと街を出なきゃならないんです。依頼人はサンタテレサに住んでるんです」

「名前は?」

「あなたを信用してもいいですか?」

「いくらかは。きみが思っているよりおれは信用できる男だよ」

「サンプソン」と私は言った。「ラルフ・サンプソン」

「聞いたことがある名だな。きみがさっき言った十万ドルもこれで合点がいったよ」

「ただ、厄介なのはいったい彼の身に何が起きたのか、皆目わからないことです。今はただ待つしかない」

「そのようだな」彼は踵《かかと》に重心をかけてくるりと回転すると、窓のほうを向いて言った。「きみは〈ワイルド・ピアノ〉のことも口にしたね」

「私はいちばん楽で金のかからないやり方をしているとあなたが言うまえにね」

「おれのことばに傷つくような感性が自分にあるなどとは思わないことだ」

「いや、がっかりしただけです」と私は言った。「私は現金十万ドルと資産五百万ドルがからむ事件を持ってきた。なのに、貴重な時間は割けないなんて言われたわけですからね」

「おれは自分のために働いてるんじゃないんだよ、リュー」彼はいきなり振り返った。「この件にはドワイト・トロイもからんでるのか?」

「誰です?」と私は訊き返した。「そのドワイト・トロイというのは?」

「小さなパッケージに詰めた毒薬みたいなやつだ。〈ワイルド・ピアノ〉の経営者だ」

「世の中にはああいう店を取り締まる法律があるものだと思ってましたよ。ああいう男も。無知をさらけ出して申し訳ないけれど」

「ということは、きみも知ってるのか？」

「それが白髪のイギリス人なら、答はイエスです」コルトンは黙ってうなずいた。「一度顔を合わせただけだけれど。どういうわけか彼に銃を突きつけられました。で、そのときはそのまま引き下がりました。彼から銃を取り上げるのは私の仕事じゃないんで」

コルトンはその逞しい肩をぎごちなく動かした。「やつのことはここ何年も追ってるんだが、これがフットワークが軽くて目端《めはし》の利く男なんだよ。ひとつの商売を続けて、それがだんだん怪しくなってくると、何か別のものに鞍替《くらが》えするのさ。三〇年代の初期には密造酒をバハ・カリフォルニアから運び込んで盛大に儲けていた。禁酒法がなくなるまで。そのあとはいろいろと浮き沈みがあったようだが。しばらくネヴァダに賭場を持っていたこともある。結局、シンジケートに追い出されたようだ。最近はシノギもだいぶ細ってると聞くが、それでもわれわれが今でも追ってる重要人物であることに変わりはない」

「そういうことなら」私は露骨な皮肉を言った。「〈ワイルド・ピアノ〉を閉鎖することもできるでしょうに」

「半年ごとにやってるよ」と彼はぴしゃりと言った。「このまえの手入れ以前のあの店をきみも見るべきだったな。模造ダイアみたいなところだった頃のあの店を。のぞき趣味のマゾヒストの客用に、二階にはマジックミラーが設えられていて、女が男を鞭で叩くショーをしょっちゅうやってた。その手のショーをな。今はもうやってない。われわれがやめさせたんだ」

「そのときの経営者は？」

「イースタブルックという女だ。その女はどうなったと思う？　起訴もされなかった」彼は苛立たしげに鼻を鳴らした。「それが現状で、そういうことについてはおれには何もできない。おれは政治家じゃないんでね」

「それはトロイも同じでしょう」と私は言った。「どこに住んでるのかわかりますか？」

「いや。トロイのことを訊いたのはこっちだぜ」

「そうでしたね。だったら、それに対する答はこっちもノーです。しかし、サンプソンとトロイは何か関係がありそうだ。〈ワイルド・ピアノ〉にひとり張り込ませるというのは妙案のような気がするけど」

「人員をひとり割ければな」思いがけず、彼は私のほうにやって来ると、私の肩にその大きな手を置いて言った。「またトロイに会っても、やつから銃を取り上げようなどとは思わないことだ。それはもう実証済みだよ」

「私はやらなかったけど」

「ああ。やった連中はみんな死んだよ」

13

ロスアンジェルスからサンタテレサまでは時速六十マイルで二時間の距離だった。サンプソンの屋敷に着いたとき、陽はすでに天頂を過ぎ、海のほうに傾いていた。ちぎれ雲の影が段を成す庭を移動していた。フェリックスが私に気づき、居間に案内してくれた。

重厚な家具がそろえてあるのに、大きすぎるせいでがらんとして見える居間だ。海に面した側は一面はめ殺しの窓で、両脇に引かれたガラス繊維のカーテンが光線を集めて光っていた。その巨大な窓の脇、詰めものをした椅子に、ミセス・サンプソンが等身大の人形のように坐っていた。今回はきちんとした服を着ていた。ライム色のシルクジャージーの服で、金色の靴を履いた足を足のせ台にのせていた。漂白された髪も不自然には見えなかった。金属製の車椅子はドアの脇に置かれていた。

彼女は無言で身じろぎひとつしなかった。時間が経つにつれてばかばかしさと紙一重になるような、一幅《いっぷく》の絵画にでもなろうとしているかのように。その沈黙が二十五秒ほど続き、段々神経に障《さわ》ってきた。「大いに結構」と私は言った。「私と連絡を取ろうとしておられたそうですが」

「来るのにずいぶんと時間がかかったわね」じっと動かないマホガニーの顔から発せられたその声は拗ねていた。

「だからと言って、お詫びするわけにはいきません。私はあなたに依頼された事件の調査に励んでいて、あなたへの忠告も伝えたんですから。それは伝わったんでしょうか?」

「ある程度は。こっちへ来て、ミスター・アーチャー、坐って。わたしは人畜無害だから」彼女は彼女の椅子の向かい側に置かれた肘掛け椅子を示した。私は部屋を横切った。

「ある程度というと?」

「とことん」と彼女は人食い人種のような笑みを浮かべて言った。「わたしが人畜無害というのはとことんそうよ。わたしにはもう棘《とげ》はないわ。でも、もちろん、あなたが今わたしに訊いたのは、あなたの忠告のことよね。お金の手配はバートがやってくれてる」

「警察にはもう届けましたか？」

「まだよ。そのことをあなたと話し合いたかったの。でも、そのまえにこの手紙を読んでもらう必要があるわね」

彼女は脇に置かれたコーヒーテーブルの上から封筒を取り上げ、私のほうに放った。私はミセス・イースタブルックの家でみつけた空《から》の封筒を取り出して見比べた。大きさも紙の質も手書きの宛名の筆跡もすべて異なるものだった。ただひとつの共通点はどちらの消印もサンタマリアになっているところだ。サンプソンの手紙はミセス・サンプソン宛で、消印は前日の午後四時半になっていた。

「あなたが受け取ったのはいつです？」

「ゆうべの九時半頃。見ておわかりのとおり、特別郵便よ。読んでみて」

無地の白いタイプライター用紙の一面に青いインクで走り書きしてあった。

急な取引きになって至急現金が入り用になった。〈バンク・オヴ・アメリカ〉の共同貸金庫にかなりの証券がはいっている。アルバート・グレイヴズなら、どれが売買できる証券かわかるだろうから、すぐに現金に換えてくれるだろう。十万ドル分を現金にしてほしい。五十ドル札と百ドル札で。それ以上の札ではなく。銀行には番号をひかえたり、札に印をつけたりさせないでほしい。この取引きは公のものじゃないが、とても大切な取引きだ。金は私が次に指示するまで家の私の金庫に保管しておいてくれ。指示はすぐにする。あるいは、私の署名入りの手紙を使いの者に持たせる。

バート・グレイヴズにはもちろん事情を話さなければならないだろうが、これは桁はずしに重要な取引きだから、ほかの者には他言無用だ。きみが誰かに話してしまうと、大変な利益を失うことにも、下手をすると法律上この私がまずい立場に立たされることにもなりかねない。絶対に誰にも話さないように。私が自分で銀行に行かず、こうして金の工面をきみに頼んでいるわけもそこにある。今週中には片がつくと思うが、片がついたらすぐ帰る。

では、よろしく。心配しないように。

ラルフ・サンプソン

「丁寧には書かれていても」と私は言った。「説得力に欠ける手紙ですね。自分では銀行に行けない理由など特に。グレイヴズはどう思ってるんです?」

「彼もあなたと同じことを指摘したわ。何か背景にあるんじゃないかって。でも、どっちにしろわたしが決めることだって、彼はそう言ってる」

「この手紙の筆跡がご主人のものだということは確かなんですね？」

「それはまちがいないわ。それに〝桁はずしに〟というところを見て。彼がよく使うことばなんだけれど、〝桁はずれに〟を必ずまちがうのよ。話すときもね。ラルフはあまり教養のある人じゃないから」

「重要なのはご主人はまだ生きているかどうかということです」

彼女は物事に動じない青い眼に嫌悪を込めて私を見た。「あなたはこのことがそこまで深刻だって思ってるの、ミスター・アーチャー？」

「ご主人は普段こんな取引きはしない。ちがいますか？」

「彼の仕事のしかたについてわたしは何も知らないわ。そもそもわたしたちが結婚したときに彼は引退したわけだし。戦時中に農場をいくつか処分したそうだけど、それがどういう取引きだったのか、細かいことは聞いたこともないし」

「不法な取引きもやってたんですか？」

「ほんとうに知らないのよ。でも、そういうこともやろうと思えばできる人よ。それはわたしにはどうすることもできない」

「ほかには？」

「わたしはあの人を信用してないのよ」と彼女は感情のこもらない声音で言った。「だからあの人が何をしようとしているのか、見当もつかない。それだけのお金で世界一周旅行をしようとしているのかもしれなければ、わたしから逃れようとしてるのかもしれない。ほんとうにわからない」

「それは私も同じだけれど、私の想像を言えば、ご主人は身代金めあてにどこかに監禁されているのかもしれない。この手紙は頭に銃を突きつけられて書かされたものかもしれない。もしこれがほんとうに商売に必要な金なら、そもそもその金の調達をあなたに頼みはしないでしょう。そうしたことの権限はグレイヴズが持ってるんですから。でも、誘拐犯というのは被害者の妻と取引きをしたがるものです。それはそのほうが簡単だからです」

「わたしはどうすればいいの？」と言った彼女の声には何か色がついていた。

「手紙の指示には従ったほうがいいでしょう。ただ、警察には届けるべきです。大っぴらにではなくて。待機してもらうんです。言うまでもないと思うけれど、ミセス・サンプソン、金を手に入れてしまえば、誘拐犯にとっていちばん簡単なのは人質の頭に一発弾丸《たま》を撃ち込んで、そのまま逃げることです。そんなことになるまえに見つける必要がある。でも、それは私ひとりではできません」

「これが誘拐だってあなたには確信があるみたいだけど、これまでにわかったことでわたしにはまだ話していないことが何かあるの？」

「けっこうあります。今ご主人はよくない連中と一緒にいるかもしれない。わかった事実の多くがその可能性を示唆《しさ》しています」

「そんなことは最初からわかってるわ」一瞬にしろ、自制心をなくした彼女の顔に勝ち誇ったような表情が浮かんだ。「彼は家庭人のふりをするのが好きだった。よき父親であるふりをするのも。でも、わたしは騙《だま》されなかった」

「相手はかなりよくない連中です」と私は重々しく言った。「ロスアンジェルスで一番のワル、ロスアンジェルスにかぎらなくても一番のワルかもしれない」

「あの人は昔からいかがわしい相手とつきあっていたけど――」彼女はそこで私の背後の戸口に眼を向け、口を閉ざした。

ミランダが立っていた。背の高さが強調されるようなグレーのギャバジンのスーツを着て、銅色の髪をアップにして頭の上に束ねていた。そういった恰好のせいで、私が昨日会った彼女のお姉さんのように見えた。その眼は怒りに燃え、口からことばが弾丸のように飛び出した。

「よくもまあパパのことをそんなふうに言えるわね！　パパは今どこかで死にかけているかもしれないのよ。なのに、あなたにはパパのことを悪く言うことしか考えられないの？」

「それだけがわたしの考えていることだと思うの、ダーリン？」日焼けした茶色い顔がまた無表情になった。淡い色の眼と唇だけが動いていた。

「わたしのことを〝ダーリン〟なんて呼ばないで」ミランダは私たちのほうにやって来た。怒っていても彼女の肢体は若い猫の優雅さを発散していた。彼女は自らの鉤爪《かぎづめ》を示して言った。「あなたが考えているのは自分のことだけよ。わたしがナルシシストに一度でも会ったとしたら、それがあなたよ、エレイン。あなたの大切な見栄も、あなたのおめかしも、あなたの巻き毛も、あなたの特別なヘアドレッサーも、あなたのダイエットも、全部自分ためのものでしょうが。ちがうの？——それもこれも自分で自分を愛するためなのよ。あなたは誰にも愛されたいと思ってない。それだけは確かね」

「そう、少なくともあなたにはね」と年嵩の女は冷やかに言った。「そんなこと考えただけで気分が悪くなるわ。でも、だったらあなたは何を考えるの、ダーリン？　アラン・タガートのこと？　ゆうべも彼と過ごしたんでしょ、ミランダ」

「ちがうわよ。いい加減なことは言わないで」

ミランダは私に背を向け、義母に覆いかぶさるようにしていた。見ているほうが決まりの悪い思いをする一幕だったが、私は椅子のへりに坐って、とりあえず様子見を決め込んだ。ことばによる女同士の諍《いさか》いが暴力的な結末を迎えた現場には、これまで一度ならず立ち合っている。

「だったらまた待ちぼうけを食らわせられたの？　いつになったら彼はあなたと結婚してくれるのかしら？」

「結婚なんかしないわ！　わたしには彼と結婚するつもりなんてないから」ミランダのほうはもう少しで涙声になりかけていた。言い争いを長く続けるには彼女は若すぎ、弱すぎた。「わたしを馬鹿にすることはあなたにはいとも簡単なことなんでしょうけど、あなたという人はこれまで誰ひとり大切にしたことがないのよ。氷のような女。それがあなたよ。あなたが少しでもパパを愛していたら、こんなことにはならなかった。誰にもわからないところに行っちゃうなんてことにはならなかった。あなたはパパを友達みんなから引き剝がして、こんなところに連れてきて、それだけじゃ足らず、パパ自身の家からも追い出しちゃったのよ」

「ばかばかしい！」とは言ったものの、ミセス・サンプソンにしても心の内は隠しきれなかった。「よく考えてみて、ミランダ。あなたは最初からわたしを嫌っていて、わたしが正しかろうがまちがっていようが、わたしに反対した。それにひきかえあなたのお兄さんは――」

「ロバートの話なんか持ち出さないで。ロバートがあなたの言いなりだったことはわたしも知ってるわよ。でも、それを自分の手柄のように言うのはやめてくれない？　義理の息子をダンスのパートナーとして連れまわせば、それであなたの虚栄心は満たされたかもしれないけど、ただそれだけのことでしょうが」

「もうたくさん」とミセス・サンプソンは声を嗄《か》らせて言った。「出ていって。ほんとうに情けない子ね、あなたって」

ミランダは動かなかった。それでも黙った。私は椅子に坐ったまま横を向いて窓の外を眺めた。段になった芝生の中を石を敷いた小径が這っており、海を見下ろす崖っぷちに建つ東屋《あずまや》まで続いていた。その東屋は円錐形の屋根のある八角形の建物で、全面ガラス張りになっていた。その東屋のガラス越しにさまざまに色の変わる海が見えた。波が始まっているところは緑と白で、その先の海藻が繁茂しているあたりは蜂蜜《はちみつ》色で、そこからはスカイブルーの水平線まで深いブルーが広がっていた。

波が砕けて白いベルトのように見える一帯の先に思いがけないものが見えた。小さな黒い円盤が海面をかすめて飛んでいたのだ。それは波から波へ跳ねたあと、最後には海中に沈んで見えなくなった。そういうことが何度も繰り返されていた。何が海面をかすめるその物体を飛ばしているのかはわからなかった。岸に近すぎ、絶壁にさえぎられて見えなかった。六枚か七枚が飛んで水中に没すると、そのあとはもう続かなかった。私は無言の部屋に不承不承心を戻した。

ミランダはまだ義母の上に覆いかぶさるようにして立っていた。が、態度が変わっていた。柔らかくなっていた。片手を上げると、義母のほうに差し出した。が、怒っているのではなかった。「ごめんなさい、エレイン」彼女の顔は見えなかった。

ミセス・サンプソンの顔は見えた。相変わらず硬くて賢い顔をしていた。「ひどいことを言ってくれたわね。赦《ゆる》してもらえるなんて思わないで」

「あなたもひどいことを言ったわ」すすり泣くような声音になっていた。「アランのことであんなことはもう言わないで」

「だったら、あなたもあまりにあからさまにアランに愛されようなんてしないことよ。いいえ、悪気で言ってるんじゃないの。それはあなたもわかってるでしょ？　あなたは彼と結婚すべきよ。あなただってしたいんでしょ？」

「ええ。でも、パパがわたしの結婚のことをどう思ってるかはあなたも知ってるじゃないの。それはいちいち言うまでもないことよ」

「だったら、あなたはアランに専念しなさい」とミセス・サンプソンはむしろ陽気に言った。「わたしはあなたのお父さんに専念するから」

「ほんとうに？」

「ええ、約束する。今はもう行って、ミランダ。なんだかとても疲れちゃった」彼女は私を見やった。「でも、わたしたちの今のやりとりはミスター・アーチャーには大いに有益なものだったと思うわ」

「えっ、なんですか？」と私は言った。「いや、私はここからの景色をずっと堪能《たんのう》させてもらっていたんで」

「そう、素敵でしょ？」ミセス・サンプソンは部屋から出かけたミランダを呼び止めた。「よかったらまだここにいてちょうだい、ミランダ。わたしのほうが退散するから」

そう言って、脇のテーブルに置いてあった銀のハンドベルを取り上げた。その鈴の音がボクシングのラウンド終了のゴングのように鳴り響いた。ミランダは戻ってくると、顔をそむけたまま部屋の奥の隅の椅子に腰をおろした。ボクシングのラウンド終了のシーンを完成させるかのように。

「わたしたちの最悪の部分を見られてしまったけれど」とミセス・サンプソンは私に言った。「さっきのことだけでわたしたちを判断しないで。いずれにしろ、あなたに言われたとおりにするわ」

「警察へは私のほうから連絡しましょうか？」

「それはバート・グレイヴズに任せて。彼ならサンタテレサの警察の人をみんな知ってるから。彼はもう今にもここに来るはずよ」

メイドのミセス・クロムバーグが部屋にやって来た。ゴムのタイヤがついた車椅子を押して近づくと、彼女は造作もなくミセス・サンプソンを抱え上げ、車椅子に坐らせた。あとはふたりとも無言で部屋を出ていった。

ミセス・サンプソンが二階に上がっていくモーターの音がどこからか聞こえた。

14

私は壁ぎわに置かれた背もたれのない長椅子——ミランダの横——に坐った。彼女はあえて私のほうを見ることなく言った。

「あなたはきっとわたしたちのことをひどい人間だって思ったことでしょうね——人前であんな喧嘩をしちゃって」

「きみには喧嘩しなきゃならない理由があった」

「どうかしら。エレインというのは時々とてもやさしくなれる人だけど、普段はわたしのことをすごく嫌ってるのよ。そう思う。ロバートは彼女のペットだった。わたしの兄よ」

「戦死した?」

「そう。兄はあらゆる意味でわたしとちがっていた。強くて、自制心があって、やることなすこと上手で。亡くなったあと、海軍勲功章を受けたわ。エレインはそんな兄を溺愛していた。

ひょっとして兄に恋してるんじゃないかって思ったほどよ。でも、そういうことを言えば、わたしたちみんなが兄を愛していた。兄が死んで、こっちに引っ越してきてから、わたしたち家族は変わってしまった。父はぼろぼろになってしまうし、エレインは偽の障害者になるし、わたしはとことん頭が混乱してしまうし。でも、わたし、ちょっとしゃべりすぎてる、でしょ？」彼女は私のほうを向くと、それまで避けていた眼を合わせた。可愛い仕種だった。柔らかな唇を震わせていた。その大きな眼を見れば、あれこれ精一杯考えているのがわかった。

「別にかまわない」

「ありがとう」彼女は微笑んだ。「わたしには話し相手がいないのよ。昔は、自分はなんて幸運なんだって思っていた。生まれながらに父のお金という後ろ盾《だて》があるんだから。そう、傲慢《ごうまん》な嫌な娘だったのよ——それは今でもそうかもしれないけど。でも、お金というのは人と人のつきあいの邪魔になることもある。今はそのことがよくわかる。わたしたちはサンタテレサの社会にしろ、国際的なハリウッド集団にしろ、そういう世界の仲間入りをするために必要なものを何も持っていない。ここには友達もいない。全部エレインのせいだとは思うけど、でも、実際のところ、彼女が主張したのは戦争のあいだはこっちに住もうということだったのよ。でも、それよりなによりわたしの一番のまちがいは大学を辞めたことね」

「どこだったんだね？」

「ラドクリフ。あそこの校風にすごくなじめていたとは言えないけれど、それでもボストンには友達がいた。なのに去年、反抗的ということで退学になっちゃったのよ。それでも戻るべきだった。きっとまた受け入れてもらえたんだから。でも、わたしはプライドが高すぎて、謝ることができなかった。傲慢すぎたのよ。それでも、父と一緒に仲よくやっていこうとは思った。父もわたしによくしてくれた。それがうまくいかなくなった。父とエレインの仲はもう長いことぎくしゃくしていて、家には常に緊張感があった。そんな中で今度のことが起きたのよ」

「お父さんは必ず連れ戻すよ」と私は言った。言ったそばからもっとぼかして言うべきだったと後悔したが。「しかし、友達ならこっちにもいるじゃないか。たとえばアランとかバートとか」

「アランはわたしのことなんか好きじゃないのよ。まえは好きだったんじゃないかと思うけど――いえ、彼のことは話したくないわ。バート・グレイヴズはわたしの友達じゃないわ。彼のほうがただ一方的にわたしと結婚したがってるだけよ。それって友達というのとは全然ちがう。ものすごくわたしと結婚したがってる男の人と一緒にいて、くつろげるわけがない。ちがう?」

「彼はきみを愛してる。それは明らかだ」

「ええ、それはわたしにもわかってる」そう言って、彼女は誇り高き丸い顎をつんと突き出した。「だから、彼といるとくつろげないのよ。だから、彼はわたしにとって退屈な人なのよ」

「きみは多くを求めすぎだよ、ミランダ」と私は言い、私は私でしゃべりすぎた。ロングフェローの詩『マイルズ・スタンディッシュの交際』に出てくる誰かみたいに。「どれほど一生懸命になろうと、物事が完璧に運ぶなんてことは決してない。きみはロマンティックなエゴイストだ。そんなふうでいると、いつか高みから地上に落っこちて、首の骨を折るようなことにもなりかねない。あるいは、そのときにきみのエゴが粉々になるか。私としてはそっちを望むけど」

「言ったでしょ、わたしは傲慢な嫌な娘だって」と彼女は言った。むしろ陽気に気楽に。「診断していただいたお代は払わなくてもいいのかしら？」

「私に強がってみせるのはもうやめたほうがいい。すでにきみは一度それをやってるわけだが」

彼女はわざと真面目くさったふりをして眼を大きく見開いた。「昨日、わたしがあなたにキスをしたことを言ってるの？」

「きみのキスが気に入らなかったふりをするつもりはないよ。大いによかったよ。だけど、同時に腹も立った。他人の勝手な目的に利用されるというのは気分のいいものじゃない」

「その邪な勝手な目的というのはなんだったの？」

「邪なとは言ってない。女子学生がよく使う手だ。タガートの気を惹きたいのなら、もっとましな方法を考えることだ」

「彼のことは話題にしないで」と彼女は語気を強めて言ったが、すぐに口調を和らげて続けた。「いずれにしろ、すごく腹が立ったのね？」

「これぐらい腹が立った」

私は彼女の肩を両手でつかむと、自分の唇を彼女の唇に押しつけた。彼女の唇は半分開いていて熱かった。体は冷たく固かった。胸から膝まで。それでも逆らわなかった。同時に応じてもこなかった。

「これで少しは気が晴れた？」私が放すと、彼女は言った。

私は彼女の大きな緑の眼をのぞき込んだ。率直で真面目な眼だった。が、その奥には暗い影があった。海のように深いその眼の奥では何が起きているのか、それはどれぐらい続いているのか。私はそんなことを思った。

「傷ついた私のエゴの塗り薬にはなった」

彼女は笑った。「少なくとも、唇の塗り薬にはなったわね。口紅がついてる」

私はハンカチで唇を拭って言った。「きみはいくつなんだ？」

「二十歳《はたち》。邪な目的ぐらいもう充分持てる年よ。でも、わたしって子供っぽく振る舞いすぎてると思う？」

「きみはもう立派な女だ」そう言って、私は彼女の体をしげしげと見た——丸い胸を、まっすぐな脇腹を、丸いヒップを、まっすぐな脚を——彼女が身をすくめてみせるまで。「立派な女であるということはそれ相応の責任も負っているということだ」

「わかってる」自戒の念からだろうか、声がかすれていた。「わたしもそういつまでもふざけてちゃいけないわね。あなたはいろんな人生を見てきたんでしょ、ちがう？」

女の子っぽい質問だった。が、私は真面目に答えた。「ひとつの例については見すぎてきたような気もする。しかし、そう、いろんな人生を見ることが私の商売なわけだからね」

「わたしは全然見てきてないわね。怒らせちゃってごめんなさい」彼女は私のほうに上体を寄せると、とても軽く私の頬にキスをした。

私はがっかりした。姪っ子が伯父さんにするようなキスだった。しかし、まあ、私は彼女より十五も年上なのだ。がっかりした気持ちは長引かなかった。バート・グレイヴズは二十も年上なのだ。

車が私道に乗り入れられた音がして、屋敷の中で動きがあった。

「きっとバートよ」と彼女は言った。

彼が部屋にはいってきたとき、私たちは互いにあいだを充分あけて立っていた。それでも、彼は私を一瞥《いちべつ》すると、どこかあいまいで、もの問いたげで、傷ついたような顔をした。すぐに取り繕ったものの、取り繕っても心配は去らず、眉間に皺が残った。寝ていないように見えたが、体格のいい男にしては、その動きはすばやく、決然として、猫のように軽やかだった。少なくとも、彼の体は動くことを歓迎しているようだった。ミランダに挨拶したあと、私のほうを向いて言った。

「どう思う、リュー?」

「金の用意は?」

彼は脇に抱えていた仔牛革のブリーフケースを手に持つと、鍵を開け、中身をコーヒーテーブルの上に出した——銀行の茶色い紙で包まれ、赤いテープが貼られた長方形の包みがこぼれ出た。包みは十以上あった。

「十万ドル」と彼は言った。「五十ドル札が千枚、百ドル札が五百枚。こいつをどうする?」

「とりあえず金庫に入れておいてくれ。この屋敷には金庫のひとつぐらいあると思うが」

「ええ」とミランダが言った。「父の書斎に。コンビネーション錠の数字はメモしたものが父の机の引き出しにはいってるわ」

「もうひとつ。この金とこの屋敷の人たちを守る護衛が要る」

茶色の包みを手にグレイヴズが私を見て言った。「きみじゃ駄目なのか?」

「おれはここにはいない。保安官補をひとり来させてくれ。彼らはこういうときのための人間なんだから」

「そういうことはミセス・サンプソンが喜ばないと思うが」

「いや、もう大丈夫だ。今はすべてを警察の手に委《ゆだ》ねたいと思ってる」

「それはよかった! やっと分別を持ってくれたか。こいつを金庫にしまったらすぐ電話するよ」

「電話じゃなくて直接会って頼んでくれ、バート」

「どうして?」

「内部の仕業をうかがわせる節《ふし》もあるからだ。この家の者があんたの電話に聞き耳を立てるかもしれない」

「私よりきみのほうがいろいろと知っているようだが、言いたいことはわかった。手紙を見るかぎり、誰が書いたにしろ、書いた者は内部の事情に通じているように思われる。サンプソンから訊き出したにしろどうしたにしろ。もちろん、そういうやつがほんとうにいて、ほんとうにこれが誘拐事件と仮定しての話だが」

「新たな事実がわかるまではその仮定を尊重しよう。それから警察にはあまりしゃかりきにならないよう仕向けてくれ。犯人に悟られてしまうのはどう考えてもまずい。サンプソンを生きて帰らせたけりゃ」

「わかった。だけど、きみはどこへ？」

「この手紙の消印はサンタマリアになってる」ポケットの中にあるもうひとつの封筒についてはいちいち説明する気になれなかった。「サンプソンがまともな取引きをしてる可能性もないとは言えない。まあ、まともではない取引きでも同じことか。とりあえず行ってみようと思う」

「彼がサンタマリアで仕事をしたというのは聞いたことがないが、それでも試して悪いことはないいな」

「農場には連絡してみた？」とミランダがグレイヴズに尋ねた。

「今朝、管理人に電話してみたけれど、お父さんからはなんの連絡もないそうだ」

「農場というのは？」と私は尋ねた。

「父はベイカーズフィールドに農場を持ってるのよ。野菜の。今、父が農場なんかに行くとは思えないけど。面倒なことになってる今をわざわざ選んでいくとはね」

「農場労働者がストライキをしてるんだよ」とグレイヴズが言った。「もう二か月にもなる。暴動じみたことも起きてる。険悪な状況なんだ」

「今回のこととそのこととは何か関係があるんだろうか?」

「そうは思わないな」

「もしかしたら」とミランダが言った。「お寺にいるんじゃないかしら。まえにお寺にいたとき、父の手紙がサンタマリア経由で届いたことがあるのよ」

「お寺?」事件の捜査からお伽噺《とぎばなし》の世界へ崖から転げ落ちそうな気分になった。これまでにも一度か二度あったことだ。カリフォルニアで探偵稼業をするなら、よくそういう場面に遭遇することも覚悟しなければならないが、苛立たせられることに変わりはない。

「雲の寺院。父がクロードにあげたところよ。今年の春の早い時期に父はそこで何日か過ごしてるんだけど、そのお寺があるのがサンタテレサの近くなの」

「で、いったい誰なんだ?」と私は言った。「そのクロードというのは」

「きみにはもう話したよ」とグレイヴズが言った。「ミスター・サンプソンが山をくれちまった聖人だ。その山のロッジが今は寺みたいになってるんだ」

「あの男はインチキよ」とミランダが言った。「髪を長く伸ばして、ひげを剃らないで、ウォルト・ホイットマンのまがいものみたいなしゃべり方をしてるけど」

「きみ自身、そこに行ったことは?」と私はミランダに尋ねた。

「父を車で送っていったことはあるけれど、クロードが話しはじめたらすぐに帰ったわ。彼の話を聞くのが耐えられなくて。声は霧笛《むてき》みたいで、わたしがこれまでに見た中でいちばん卑しい眼をした男よ」

「今からそこまで連れていってくれないか？」

「いいわよ。セーターを着てくるわね」

グレイヴズはまるで異を唱えるかのように唇を動かし、部屋を出ていく彼女を眼で追った。

「ちゃんと無事に家に帰すから」と私は言った。言ったそばからよけいなことを言ったと思った。

グレイヴズは牡牛のように頭を低くして私のほうに向かってきた。年は上でもまだまだがっしりとした大男だ。腕を脇に垂らしていたが、力を込め、拳《こぶし》を握りしめていた。

「いいか、アーチャー」と彼は抑揚のない口調で言った。「頰についてる口紅は拭き取ったらどうだ？　なんなら私がかわりに拭き取ってやろうか？」

私は笑みで戸惑いをごまかした。「あんたも一緒にいくか、バート。これで商売柄、やきもち焼きの男の扱いには慣れててね」

「だろうな。だけど、いいか、ミランダには指一本触れるんじゃない。さもないと、そのハンサムな顔がめちゃめちゃになるぞ」

私はミランダのキスマークが残っている左の頰を手でこすった。「彼女のことは誤解しないで――」

「おまえがキス遊びをしてた相手はミセス・サンプソンだったとでも言いたいのか？」彼は憤《ふん》懣《まん》やるかたないといった笑い声を小さくあげた。「ふざけるな！」

「ミランダだよ。だけど遊びでもなんでもない。彼女の気分が落ち込んでるときに、おれがちょっと話をしたら、彼女のほうから一度キスしてきただけのことだ。なんの意味もない。百パーセント儀礼的なキスだ」

「おまえを信じたいが」と彼はあいまいな声音で言った。「私がミランダのことをどう思ってるかはおまえも知ってるだろ？」

「彼女が話してくれたよ」

「なんて言ってた？」

「あんたは彼女のことを愛してるって」

「彼女がそのことを知ってくれているのは嬉しいことだよ。だけど、気分が落ち込んだときには私に話してほしかったな」彼は苦い笑みを浮かべた。「リュー、きみなら彼女をどうする？」

「心の問題はお門《かど》ちがいだ。おれに訊いてもかえって混乱するだけだよ。それでもささやかなアドヴァイスがひとつある」

「言ってくれ」

「がんばりすぎないことだ」と私は言った。「そう、それだよ。われわれは今大きな面倒を抱えていて、ふたりでそれに対処しなきゃならない。おれはあんたの恋敵でもなんでもないよ。恋敵になれたとしてもならないよ。はっきり言って、タガートもそうだと思う。彼は彼女にそういう関心はまったく抱いてないね」

「それはどうも」その声はしゃがれ、どこか不自然だった。こうしたプライヴェートなことの告白には不慣れなのだろう。情けない声音で彼はつけ加えた。「彼女は私には若すぎる。一方、タガートは若くて、ルックスもいい」

ドアの外の廊下から弾《はず》むような柔らかな足音が聞こえた。まるで登場の合図を待っていたかのようにタガートが現われた。「誰かおれの噂をしてた?」

水着のトランクスしか穿《は》いていなかった。幅のある肩、細い胴、長い脚。濡れてカールした黒い髪を小さな頭にへばりつかせ、顔には気楽な笑みを浮かべていた。彼なら若き男神としてギリシア人を相手にポーズを取ることもできるだろう。バート・グレイヴズは不快げに彼を見てからおもむろに言った。

「きみはなんてハンサムなんだって今アーチャーに言ってたところだ」

笑みが薄くなった。それでも絶やすことなく、タガートは言った。「なんだか額面どおりには受け取れないお世辞だけど、かまうものかね! やあ、アーチャー。何か新しいことは?」

「いや、何もない」と私は言った。「おれのほうはグレイヴズに、きみはミランダに興味なんか持ってないって話してたところだ」

「そうとも」とタガートは気楽に言った。「いい娘《こ》だけど、おれのタイプじゃない。ちょっと失礼。服を着てくるよ」

「どうぞ」とグレイヴズは言った。

私はタガートを呼び止めて尋ねた。「銃は持ってるか?」

「競技用の拳銃なら対《つい》になってるのを持ってる。三二口径だ」

「そのひとつに弾丸《たま》を込めておいてくれないか? で、この家から離れず、しっかりと眼を開けて見張っていてほしい。だけど、発砲マニアにはならないようにな」

「それはゆうべ学んだよ」と彼はむしろ陽気に言った。「でも、何か起こりそうなのかい？」

「いや、そうは思わないが、備えをしておいて悪いことはない。おれが言ったとおりやってくれるか？」

「もちろん」

「あいつも悪いやつじゃないのに」タガートが部屋から出ていくと、グレイヴズが言った。

「見てると、むかつく。おかしな話だよ。これまで嫉妬深い男になんかなったことはないのに」

「これまで誰かを愛したことは？」

「いや、これが初めてだ」彼の背中は宿命と高揚感と絶望感を負って曲がっていた。彼は生まれて初めて本気で人を愛しているのだ。私はそんな彼がなんだか気の毒になった。

「教えてくれ」と彼は言った。「彼女はなんで気分を落ち込ませてたんだ？　今度の父親の件でか？」

「もちろんそれもあるだろうけど、家族がばらばらになってしまっているような気分でいるんじゃないかな。それで何か支えになるようなものを必要としてるんだと思う」

「ああ、それは私にもわかるよ。だから私は彼女と結婚したいんだ。もちろんそれだけが理由じゃないが。別の理由についてはいちいち言うまでもないと思うが」

「ああ」私はあえて危険を冒して明らかな質問をぶつけてみた。「別の理由の中には金も含まれるんだろうか？」

彼は鋭い視線を私に向けて言った。「ミランダは自分の金など持ってないよ」

「しかし、いつかは持つようになる」

「父親が死ねばね。もちろん。ミスター・サンプソンの遺言書は私が作成したんだが、その遺言書に従えば、彼の財産の半分が彼女のものになる。金を拒絶しようとは思わないが――」彼は微苦笑を浮かべた。「――だからと言って、おれは守銭奴じゃないよ。きみがそういうことを言ってるのなら言っておくが」

「いや、そんなつもりで言ったんじゃない。ただ、彼女はあんたが思っているより早く父親の遺産を手にしそうな気がしてならない。彼女の父親はロスアンジェルスでどう考えても妙な連中とつきあってるからだ。彼からミセス・イースタブルックという女性のことを聞いたことはないかな？　フェイ・イースタブルックだ。あるいはトロイという男の名を聞いたことは？」

「きみはトロイを知ってるのか？　どんな男なんだ？」

「ガンマンだね」と私は言った。「聞いた話じゃ、人を殺したことがあるそうだ」

「そう聞いても驚かないね。トロイには近づかないようにと、サンプソンに言ったことがあるんだが、サンプソンはむしろトロイをいいやつだと思ってる」

「トロイに会ったことは？」

「二、三か月前にラスヴェガスでサンプソンに紹介された。で、少しカジノで遊んだんだ。カジノじゃよく知られている男のようだった。ルーレットのクルピエなんか全員が彼を知ってたよ。それが讃辞になるかどうかは別にして」

「ならないだろうな。彼自身、以前ラスヴェガスにカジノを一軒持っていたそうだ。それ以外にもあれこれやってるようで、そんな中に誘拐が含まれていても、それで彼の評判がさらに落ちることもないだろう。そもそも何がきっかけでサンプソンはあんな男と知り合ったんだ?」

「トロイのほうがサンプソンに使われているような印象を受けたが、確かなことはなんとも言えない。いずれにしろ、奇妙なやつだよ。紹介されたときも私とサンプソンがギャンブルするのをただ見てるだけでね。自分はやらないんだ。その夜、私は千ドルすって、サンプソンは四千ドル儲けた。持てる者にはさらに与えられる。そういうことだ」彼はそう言って苦笑いを浮かべた。

「もしかしたら、トロイはサンプソンにいい印象を与えようとしていたのかもしれない」と私は言った。

「もしかしたら。いずれにしろ、なんだか気味の悪い男だったな。今度のことにからんでると思うのか?」

「それを今調べてる」と私は言った。「ひょっとしてサンプソンが金に困っているようなことは……?」

「おいおい、彼は億万長者なんだぜ」

「だったら、どうしてトロイみたいな妙なやつと関わりを持ったりしたんだろう?」

「彼は今時間を持て余してるんだよ。金は何もしなくてもテキサスとオクラホマから転がり込んでくる。で、段々そういうことに飽き飽きしてきたんだろう。私が生まれながらの銭失いだとすれば、彼は生まれながらの儲け屋だ。だから常に儲けていないと幸せになれないんだよ。私のほうは常に金を失ってないと幸せなれないように」ミランダが戻ってきたので、彼はそこで話を切り上げた。

「用意はいいかしら？」と彼女は言った。「わたしのことは心配しないで、バート」

そう言って、グレイヴズの肩を両手で押した。その拍子に薄茶色の上着のまえがはだけ、セーター越しに小さな胸が突き出た。彼女の胸は相手に気を持たせながら同時に相手を徐々に脅《おびや》かす凶器のようなものだ。髪は梳《と》かして耳にかけており、彼女は頭を傾げて頬をグレイヴズに向けた。彼を試すように。

グレイヴズはやさしく軽く彼女の頬にキスをした。私はそんな彼を気の毒に思った。彼は逞しくて知的な男だ。それが彼女の横に立つと、青いピンストライプのビジネススーツを着た、場所ふさぎにしか見えなかった。ただの能無しにしか。ミランダのようなじゃじゃ馬を馴らすには、彼はいささかくたびれ、いささか年を取りすぎていた。

15

その山道は、土が剝き出しになった赤い川岸と土色の灌木の斜面のあいだを突っ切って山を登っていた。私はアクセルペダルを目一杯踏み込み、時速五十マイルのスピードを保った。登るにつれて道は狭くなり、急カーヴが増えた。丸石の散らばる斜面——オークの木に縁取られ、電話線が渡された一マイルほど幅のある渓谷——がちらりと見えた。丘と丘のあいだから海も一度見えた。斜めにうしろに遠のいていく低くて青い雲さながら。そのあと山道は弧を描くようにして、まわりから閉ざされた山の荒れ地を這いはじめた。道にかかる雲のせいで、あたりが灰色になった。一気に寒くもなった。

外から見ていると、雲は重たそうでぶ厚そうだったが、その中に突っ込むと、蹴散らされ、薄くなり、白く細い糸くずのようになった。そんな雲越しに不毛の山腹がぼんやりと迫って見えた。一九四六年型の車に最新型の女性と一緒に乗っていても、まだ自分たちは人間がうしろ脚で立ちはじめ、太陽を利用して時間を数えはじめた石器時代と、コルトンの原子時代のはざまにいることを実感することができた。

霧が濃くなり、視界が二十五フィートから三十フィートまでになり、ギアをセカンドにして最後のヘアピンカーヴを曲がると、あとはまっすぐな道になった。そのあとある時点で働き者のエンジンが自ら加速し、われわれを雲の中から抜け出させてくれた。道路のてっぺんから見ると、陽の光に満ちた谷が、黄色いバターがへりからあふれそうになっているボウルのように見え、その向こう側の険しい山並みがくっきりと見えた。

「すばらしいと思わない？」とミランダが言った。「サンタテレサ側がどれほど曇っていても、谷はほとんどいつも晴れてるの。雨季にはただ太陽を感じるためだけにひとりでドライヴすることもあるわ」

「私も太陽は好きだな」

「ほんとうに？　あなたが太陽みたいな単純なものが好きだなんて思わなかった。あなたはネオンタイプの人なんじゃないの？」

「きみがそう言うなら」

そのあとしばらく彼女は起伏のある道路をただ見つめて黙った。青い空がうしろに流れていった。車は黄色と緑のチェッカー盤のような平らな谷を一直線に横切っていた。畑に出ているメキシコ人の季節労働者以外、人影はどこにもなかった。私はアクセルを目一杯踏み込んだ。速度計の針が時速八十五マイルと九十マイルのあいだでぴたりと止まった。

「何から逃げてるの、アーチャー？」と彼女はからかうように言った。

「別に。それとも真面目な答が聞きたいのかな？」

「気分転換にはそれもいいかも」

「小さな危険が好きなんだよ。自分が支配できて、手なずけられるちっちゃな危険がね。そういう危険は自分に力があると思わせてくれる。たぶん。自分の人生は自分の手にあって、自分はそれを決して失わないことが自分にはわかっているという感覚だ」

「パンクしちゃわないかぎり」

「へまをしたことは一度もないよ」

「教えて、アーチャー」と彼女は言った。「それが今の仕事をしてる理由なの？　危険が好きだということが」

「それはなんともすばらしい理由だな。だけど、それはほんとうの理由じゃない」

「どうして？」

「この仕事は別の人間から引き継いだものだ」

「あなたのお父さんから？」

「もっと若いときの自分から。昔は世の中の人間というのはふたつに分けられると思っていた。善人と悪人にね。邪悪なことをした責任というものはちゃんと特定できて、その責任を負うべき人間に課して、罪を罰することができるものと思っていた。今でもとりあえずそういうふりはしている。いや、ちょっとしゃべりすぎてる」

「やめないで」

「私は汚れた人間だ。どうしてきみまで汚さなきゃならない？」

「わたしも汚れた人間よ。でも、今あなたが言ったことはよく理解できない」

「だったら最初から始めよう。一九三五年に警察の仕事をするようになった頃、私は悪というのは生まれながらのものだと思っていた。先天的な遺伝のようなものだと。警察の仕事はそういうやつらを見つけ出して、世の中から隔離することだと思っていた。しかし、悪というのはそう単純なものじゃない。邪悪さは誰もが持っているものだ。ただ、それが行動に移されるかどうかは、実に多くの要因に拠《よ》っている。環境、機会、経済的なプレッシャー、不運、悪い友達。ただ、警察官は経験則で人を判断して、その判断に基づいて行動しなければならない。そこが問題なのさ」

「あなたは人を判断したりするの？」

「会う人間誰に対してもね。警察学校を卒業した連中は科学的な捜査の重要性を重視する。それはそれで意味のないことじゃないよ。だけど、私の仕事の大半は人を見ることだ。人を見て判断することだ」

「そういうあなたが邪悪なところは誰にでもあるって言うのね？」

「まあね。それは私が人に対して厳しくなっているせいなのか、人が悪くなっているせいなのか。どちらもありうるよ。戦争とインフレは決まって悪の芽を育てる。そして、その芽の多くがカリフォルニアに根づく」

「アーチャー、あなた、わたしたち家族のことを言ってるわけじゃないわよね？」

「特には」

「でも、いずれにしても、父のことは戦争にせいにはできないわ——すべてを戦争にせいにすることはね。だって、父はそのまえからずっと悪かったもの。少なくともわたしが知るかぎりはずっと」

「それはきみが生まれてからずっとということ？」

「そのとおり」

「きみがお父さんのことをそんなふうに思っているとは知らなかったな」

「わたしも父を理解しようとはしたのよ」と彼女は言った。「若い頃のことが今でも影響してるんじゃないかって思って。父は何もないところから出発したのよ。父の父は一生土地を持つことのなかった小作農だった。だから、父が命を賭けてもいいほど土地を持つことに執着したのはわかる気がする。でも、そういう生まれだったら、貧しい人に対してもっと同情的になるんじゃない？　そうは思わない？　自分も貧しかったんだから。たとえば、父の農場で今ストライキをしている人たち。彼らの労働条件はひどくて、賃金もとても気前のいいものとは言えない。なのに父はそれを認めないのよ。むしろ、手段を選ばず、彼らを飢えさせ、スト破りをさせようとしてるの。父にはメキシコ人労働者もまた人間なんだってことがわかってないとしか思えない」

「お父さんのはよくある幻想だ。しかも効果的なね。相手を人間と見なさなければ、搾取《さくしゅ》するのがうんと楽になる――私はこれで三十代の前半にモラリストになったもんでね」

「アーチャー、あなたはわたしも判断した？」ややあって、彼女が言った。

「とりあえず。ただ、根拠はさしてないけれど。それでも、あえて言えば、きみはすべてを持っている。そして、これからほぼそのすべてになれる」

「どうして〝ほぼ〟なの？　わたしに足りないのはなんなの？」

「凧《たこ》のしっぽみたいなものだな。人間誰しも時間を早めることはできない。時間の流れをつかんだら、それに身を任せないとね」

「あなたって変わってるのね」と彼女は低い声で言った。「そういうことが言える人だなんて、わたし、あなたのことをそんなふうには思っていなかったわ。あなたは自自身も判断するの？」

「しなくてもすむときにはしない。だけど、ゆうべはしたよ。アル中に酒を飲ませてるときに鏡に映った自分を見た」

「で、評決は?」

「判決は保留になったけど、それでも判事に厳しく譴責《けんせき》された」

「それでこんな猛スピードで走ってるのね?」

「たぶん」

「わたしが同じことをするのはあなたとはまたちがう理由からよ。わたしはやっぱり思っちゃう、あなたは逃げようとしてるんだって。あなたには自殺願望があるのよ」

「そういうむずかしい話はやめてくれ。それよりきみも車を飛ばすことがあるのか?」

「キャディラックでこの道を時速百五マイルで走ったことがある」

自分たちがどんなゲームをしているのかはわからなかったが、彼女に乗せられていることだけはわかった。「きみの理由は?」

「退屈なときにやるのよ。何かに出会えるかもしれないって自分に言い聞かせて。何かまったく新しいことにね。道路上にあって、剝き出しで、きらきらしていている、いわば動く標的に」

漠然とした反感からか、私はやけに父親めいた忠告をした。「そういうことをしょっちゅうやっていたら、何か新しいものに出会うかもしれない。叩きつぶされて何も考えられなくなった自分の頭にでも」

「あなたってほんとはつまらない人なのね!」と彼女は大きな声をあげた。「自分は危険が好きだなんて言っておきながら、言うことはバート・グレイヴズみたいにつまらないんだから」

「脅《おど》かしてしまったらすまない」

「わたしを脅かした？」そう言って彼女は笑った。その声は海鳥の鳴き声のように細くてひび割れていた。「男の人ってみんなヴィクトリア朝時代の遺物を捨てきれないでいるのね。あなたも女は家庭にいるべきだなんて思っているクチなのね」

「私の家にはいないほうがいいと思うが」

休みなくカーヴが続きはじめ、坂もまるで空に昇っているかのように急になった。私はその勾配《こうばい》をブレーキに利用した。時速五十マイルではお互い話すことがなくなった。

16

自分の呼吸が気になるほどの高さにまで登ったところで、新しく砂利を敷き詰めた登り勾配の道に変わった。その道の先に木の門があった。閉じられていた。門柱に白い文字で〝クロード〟と刷り出した金属製の郵便受けが取り付けられていた。私が門を開け、ミランダが車を中に乗り入れた。

「あと一マイル」と彼女は言った。「わたしの運転、信用する？」

「いや。だけど、景色も見たいな。ここに来るのは初めてだから」

道路のあることを忘れると、まだ人は誰も来たことがない地のように見えた。螺旋《らせん》を描いて登るにつれて、丸い巨石のまだら模様の谷と山の常緑が私たちの下にさらに広がった。シカが現われ、また姿を消したのだろう、はるか下、木々の合間に茶色いものの動きがあった。別のシカが揺り木馬のようなジャンプをしてそのあとを追うのも見えた。そのシカたちのひづめの音が聞こえてもおかしくないほど空気は澄み、あたりは静かだった。車のエンジン音以外、どんな音も聞こえない。何も聞こえず、何も見えない。光に満ちた空気と、向かい側の山の剝き出しの岩肌以外何も。

車は山のてっぺんの窪地のへりを這うように進んだ。われわれの下、台地の中心に〝雲の寺院〟が建っていた。鷹と飛行士以外誰の眼からも逃れて。中庭のまわりに、石と日干し煉瓦に白いペンキを塗った四角い平屋が建てられていた。針金フェンスでまわりを囲い、防御柵のようにした離れ家もいくつかあって、そのうちのひとつの煙突から薄くて黒い煙が空に向かってむずむずと昇っていた。

そのとき母屋《おもや》の平らな屋根の上で何かが動いた。じっとしていたので眼にとまらなかったのだろう。それまで正座をしていたらしい老人がゆっくりと立ち上がったのだった。実に緩慢な動きで、それがかえって堂々として見えた。革のような茶色の巨体。切られることなくからまった白髪に顔から突き出て見える顎ひげ。まるで古地図に描かれた、陽射しを放つ太陽の絵のようだった。慎重に屈んで布きれを取り上げると、それを剝き出しの胴体に巻きつけた。待っているようにという合図なのか、われわれに向けて片腕を上げると、屋根の上から中庭のほうに降りていった。

鉄張りのドアが軋《きし》みながら開いたかと思うと、男が中から出てきて、体を揺らしながら門のところまでやって来て鍵を開けた。そのときその男の眼を初めて見た。動物のように無頓着で道義心に欠ける、乳白色がかった青い眼だった。真っ黒に日焼けした逞しい肩と、胸にまで垂れている濃い顎ひげにもかかわらず、どこかしら女性的な雰囲気を漂わせる男だった。声は豊かだったが、意識して出しているように思われた。バリトンとコントラルトを微妙に混ぜ合わせたような声だった。

「ようこそ。よく来なさった、お若い方。こんな人里離れたところまで来てくださる方はどなたも大歓迎いたしましょう。できるだけのもてなしをしてさしあげたい。もてなしというのは美徳の中でも位《くらい》の高いものです。最高の美徳である健康にも迫る美徳です」

「ありがとう。車で中にはいってもいいですか？」

「申し訳ないが、車はフェンスの外に停めておいていただきたい。たとえ寺の建物の外側であっても、機械文明の象徴に汚されるというのはあってはならないことなんで」

「きみはあの男のことを知ってるんだと思ったが」と私は車を降りながらミランダに言った。

「彼は眼がよくないんじゃないかしら」

近づくと、男はその乳白色がかった青い眼で食い入るようにミランダの顔を見て、彼女のほうに上体を傾げた。からまった白髪がその拍子に彼の肩を撫でてまえに垂れた。

「こんにちは、クロード」とミランダはきびきびとした口調で言った。

「これはこれは、ミス・サンプソン！　今日、こんなに若くてお美しい女性の訪問を受けるとは思ってもいませんでした。こんなに若くて、こんなにお美しい女性の訪問を受けるとは！」

彼は口で息をしていた。唇はぶ厚く、赤かった。年はどれぐらいなのだろうかと思い、私は彼の足を見た。指のあいだにひものかかった縄底のサンダルを履いた彼の足は節くれだって腫れていた。六十歳にはなっている男の足だった。

「どうも」とミランダは嬉しそうな顔をすることもなく言った。「父を捜してるんです。こっちに来ていないかと思って」

「ここにはいらっしゃいません、ミス・サンプソン。ここには私だけです。弟子もさっき使いに遣《や》ったところでしてね」彼は歯を見せることなくあいまいに笑った。「私は山々と太陽と心をかよわす老いぼれ鷹みたいなものです」

「老いぼれ禿鷹ね」とミランダはわざと聞こえるほどの声で言った。「父は最近ここには来ませんでしたか？」

「もう何か月かお見えになっていません。お見えになるようなことはおっしゃっていたんですが、まだ見えていません。お父さまは霊的能力をお持ちです。それでも、まだ物質的な生活の檻に囚われておいでです。そんなお父さまをこの紺碧《こんぺき》の世界に引き上げるのは容易なことではありません。お父さま自身にとっても太陽に自らの本性をさらすのは簡単ではありません」彼はまるで礼拝のリズムに合わせて詠唱するかのように淀みなく言った。

「中を見せてもらってもかまいませんか？」と私は言ってみた。「あなたを疑うわけじゃないけれど」

「私はひとりだと申し上げたはずです」クロードはミランダに向かって言った。「この若い方はどなたです？」

「ミスター・アーチャー。父を捜すのを手伝ってくれてるんです」

「なるほど。それでも、ミスター・アーチャー、あなたには私のことばを信じていただきたい。内陣にはいっていただくことはできません。あなたは清めの儀式を受けてはおられないからです」

「いずれにしろ、ざっと見せてもらおうと思います」

「それは不可能です」そう言って、彼は私の肩に手を置いた。茶色くて柔らかくてぶ厚い、魚のフライのような手だった。「あなたは寺院にはいってはいけません。そんなことをすると、ミトラ（ペルシア神話に出てくる太陽神）のお怒りを買うことになります」

彼の吐く息は甘酸っぱく、どこか饐《す》えたようなにおいがした。私は彼の手を肩からどけて言った。「あなたは清められているのですか？」

彼は無邪気そうに眼を太陽に向けて言った。「こうしたことに関して、馬鹿にしたようなことを言うのはおひかえになるべきです。私も道を見誤った罪人でした。盲目の心を持った罪深い人間でした。この紺碧の世界にはいるまでは。太陽の剣が私の肉体の黒牛を殺してくれたのです。そうして私は清められたのです」

「こっちはパンパの野生の牛というわけだ」と私は自分につぶやいた。

ミランダがわたしたちのあいだにはいって言った。「こんな言い合いは馬鹿げてるわ。中を見させてもらいます。あなたのことばなんてまるで信用できないんだから、クロード」

彼はぼさぼさの頭を下げて一礼すると、また口を閉じたまま笑みを浮かべた。うわべだけの腐った寛容さ。見ていて胸くそが悪くなった。「そうおっしゃるなら、ミス・サンプソン。あなたたちは瀆神《とくしん》の罪を負うことになりますが、ミトラのお怒りがそう深くはないことを祈りましょう」

彼女は彼の言うことなど歯牙《しが》にもかけぬ様子で彼の脇をすり抜けた。私も彼女のあとに続き、アーチ形の戸口を抜けて中庭にはいった。赤い太陽は西の山々の上に移動していたが、相変わらず無表情だった。クロードはわれわれのほうを見ることもなく、ことばを発することもなく、戸口の内側にある階段をのぼって屋上に姿を消した。

石を敷き詰めた中庭には何もなかった。まわりの塀にいくつか木のドアが並んでいた。どれも閉まっていた。私はいちばん近くのドアの把手を押してみた。中に開き、オークの垂木を渡した部屋が現われた。ベッドが備え付けられており、汚れた毛布が掛かっていた。疵だらけの鉄製のトランクにボール紙製の安っぽい衣裳簞笥。クロードの甘酸っぱいにおいがした。

「これが聖なるにおいというわけね」とミランダが私の肩のあたりで言った。

「きみのお父さんはクロードとここに泊まったことがあるんだろうか？」

「どうやらそうみたい」彼女はそう言って鼻に皺を寄せた。「父は太陽を崇《あが》めるこのインチキ宗教を真面目に考えているのよ。父の心の中ではそういうことのすべてが占星術と結びついてるんじゃないかな」

「この土地をクロードにやってしまったというのもほんとうのことなんだね？」

「証書にまでしたのかどうかは知らないけれど、ここを寺院として使えるようにしてあげたのは確かね。でも、いつかは取り返すんじゃないかな。それができれば。狂気じみた宗教熱が冷めたら」

「ここは猟小屋にしては奇妙な造りだね」

「そもそも猟小屋じゃなかったのよ。父は隠れ家としてここを建てたの」

「何から隠れるために？」

「戦争。宗教に熱を上げるまえの時期の産物ね。父は次の戦争がもうすぐ間近に迫ってるって信じてたの。だからアメリカが侵略されたら、ここが父の避難場所になるはずだった。でも、その不安は去年克服できた。あちこちに防空壕が造られはじめる少しまえに。そういう防空壕の計画もすでにできあがってたんだけど。父はかわりに占星術に避難場所を求めたのよ」

「私は〝狂気じみた〟ということばは使ってないが、きみはさっき使ったね。真面目なところ、ほんとうにそう思うのか？」

「それほどでもないけど」と彼女は暗い笑みを浮かべた。「こっちから理解しようとすれば、父もそんなに狂っているわけじゃないと思う。罪悪感、じゃないかな。つまるところ、父は戦争で大儲けした。ところが、その戦争でロバートが死んでしまった。罪悪感というのはあらゆる種類の理不尽な恐怖を惹き起こすものよ」

「きみはいろんな本を読むんだね」と私は言った。「今のはどう考えても心理学の教科書に書いてあるようなことだ」

彼女の反応は私には思いがけないものだった。「あなたってほんとにむかつく人ね、アーチャー。年がら年じゅう頭の悪い探偵を演じている自分に、ほとほとうんざりするなんてことはあなたにはないの？」

「ああ、うんざりするとも。だから私には剝き出しで、きらきらしているようなものが必要なのさ。路上の動く標的みたいなものが」

「ほんとにあなたって食えない男ね！」彼女は顔を赤くして唇を嚙み、ぷいと私に背を向けた。

われわれは部屋から部屋へ移動した。ドアを開けては閉めた。たいていの部屋にベッドが置かれていたが、それ以外にはほとんど何もなかった。いちばん端の大きな居間には五つか六つの藁布団《わらぶとん》が床に敷いてあった。窓がなく、ぶ厚い壁の要塞のような部屋で、郡の拘置所のようなにおいがした。

「弟子がどんな連中にしろ、なんとも快適な生活を送ってるようだ。以前ここに来たときに彼らに会ったことは？」

「ないわ。でも、そもそも中にはいったのもこれが初めてよ」

「世の中にはクロードの話みたいなほら話に魅かれるやつもいないわけじゃない。そういうやつらは自分の持てるものはなんでも差し出してしまう。その見返りに得られるのは、餓死しそうな食生活と神経衰弱になる見込みぐらいのものなのに。しかし、太陽を崇める修道院というのは初めてだな。今日はクロードのカモたちはどこにいるんだろう？」

中庭をぐるっと一周しても誰にも出会わなかった。屋根を見上げると、クロードがわれわれに裸の背中を向けて、太陽に顔を向けているのが見えた。脇腹から腰にかけてだぶついた肉が襞《ひだ》をつくっていた。まるで誰かと議論でもしているかのように頭を前後に激しく揺すっていたが、声は聞こえなかった。宦官《かんがん》の逞しい背中と頭が日光に縁取られていた。その姿は奇妙で滑稽でおぞましかった。二種類の異なる性の世界を知るひげを生やした女のように。

ミランダが私の腕に触れて言った。「狂気についてだけど――」

「あの男はただ演技をしてるだけだ」と私は言った。その自分のことばの半分は信じられた。

「ただ、少なくとも、お父さんに関してはほんとうのことを言ってるようだ。ほかの建物にもお父さんがいないようなら」

われわれは石を敷いた中庭を横切り、煙突から煙が出ている、日干し煉瓦で造った離れ家まで歩いた。開けられたドアから中を見た。ショールを頭にかぶった若い女が火のはいった炉床のまえで胡坐《あぐら》をかいて、ぐつぐつと煮え立っている鍋の中身を掻き混ぜていた。五ガロンははいりそうな大きな鍋で、中身はどうやら豆のようだった。

「弟子たちは夕食には戻ってきそうだが」

肩を動かすことなく、若い女は顔だけを向けてわれわれを見た。インディオの粘土色の顔の中で彼女の白眼が磁器のように光った。

「きみは年配の男の人を見てないかな?」と私はスペイン語で尋ねた。

彼女はキャラコで覆われた肩を寺院のほうに向けた。

「いや、あの老人じゃない。ひげのない老人だ。ひげのない肥ったお金持ちだ。セニョール・サンプソンという人だ」

彼女は肩をすくめると、また湯気の出ている鍋のほうを向いた。クロードのサンダルが砂利を踏む音がした。

「おわかりのとおり、私はまったくのひとりというわけじゃなかったですね。あの子は私の小間使いです。ですが、獣と大して変わらない程度の人間です。もう用がお済みなら、私はまた瞑想を続けたいんですが。そろそろ日没です。去っていかれる神に敬意を表さねばなりません」

日干し煉瓦の離れ家の横にトタン板張りの小屋があり、その戸には南京錠が取り付けられていた。「瞑想に行くまえにあの小屋の戸を開けてください」

ため息をつきながら、クロードは体に巻いた布の襞の中から鍵をいくつか取り出した。その小屋の中にあったのは袋とボール箱の山で、その大半が空《から》だった。豆を詰めた袋がいくつか、コンデンスミルクが一ケース、それにボール箱の中にはつなぎの作業衣が何着かとブーツが何足かはいっていた。

戸口に立って私を見ていたクロードが言った。「弟子たちは時々昼に谷に降りて仕事をします。野菜畑での野良仕事もまた一種の礼拝なのです」

そう言って、うしろにさがると、われわれが外に出るのを促した。私は彼が立っていたところ、砂利を敷いたきわにタイヤの跡があるのに気づいた。幅の広いトラックのタイヤ跡で、まえに見たことがある杉綾《すぎあや》模様だった。

「さっきはフェンスの中に機械文明の象徴を入れたりしないと言っておられたようだけれど」クロードは地面をじっと見つめてからふっと笑みを浮かべた。「必要なとき以外はね。先日トラックが日用品を運んできたんです」

「もちろんそのトラックは清められていたんでしょうね？」

「ええ、運転手はね」

「よかった。われわれが汚してしまった以上、このあとは大掃除ですか？」

「それはあなたと神の問題です」彼はうしろに眼をやり、沈みゆく太陽を見ながらそう言うと、屋根の上の止まり木に戻っていった。

州道に戻る途中、私は夜中に来なければならなくなったときのために道順を頭に叩き込んだ。

17

谷を渡ったときには、太陽はもう海岸地帯上空の雲の彼方にその赤いご神体を沈めていた。陽のあたらなくなった谷には何もなかった。農場の泊まり小屋に戻る農作業員を乗せたトラックを十台ばかり追い越した。農作業員たちはガタゴトと走るトラックの荷台に家畜のようにぎゅう詰めになっていた。男も女も子供もいた。夕食と睡眠と翌日の日の出を待って、辛抱強く立っていた。昼はくたびれきり、夜はまだ本調子ではないどこか停滞したような時間帯、私は慎重に運転した。いささか気分が落ち込んでいた。
山道には牛乳の奔流のような霧があふれ、深まる夜とつのる寒さを混ぜ合わせながら、われわれを追い越し、山の反対側の山腹を這っていた。一度か二度、カーヴを曲がったときにミランダが上体を寄せてきた。震えていた。それが寒さによるものなのか、怯えによるものなのか、あえて訊きたいとは思わなかった。どちらなのか、彼女にわざわざ判断をさせたいとも思わなかった。

霧は国道一〇一号線まで流れ落ちていた。遠くの山道からだと、その霧のせいで国道を走る車のヘッドライトが巨大に見えた。国道との交差点で信号待ちをしていると、サンタテレサの方向から一対の明るいライトがかなりのスピードで近づいてきた。そのライトは交差点でいきなりわれわれのほうに向きを変えた。狂った一対の眼のように。猛スピードのまま山道にはいろうとしており、ブレーキが叫び、タイヤが悲鳴をあげて横すべりした。われわれの車とぶつかりそうになった。

「頭を下げて」と私はミランダに言い、ハンドルを握る手に力を込めた。

その車の運転手は車の体勢を立て直すと、時速四十五マイルか五十マイルでギアをセカンドに入れ、私の車のバンパーのすぐまえで車を旋回させ、私の右側——私と信号のあいだの七フィートほどの隙間——を走り過ぎていった。その一瞬、私は運転手の顔を見た。ひさしのある革の帽子をかぶった青白い細面の顔だった。それがフォグランプのせいで黄ばんで見えた。車は黒っぽいリムジンだった。

車をバックさせ、そのリムジンを追いかけた。アスファルトの路面は濡れていてすべりやすかった。あまりスピードは出さず、ゆっくりと追った。かなりのスピードで走っているリムジンの赤いテールランプはやがて霧に呑み込まれ、そこで追う意味がなくなった。リムジンが国道と平行して走っているどの郡道を曲がろうと、まるでわからなくなった。むしろサンプソンのために今取れる最善策は、リムジンをそのまま行かせてやることかもしれない。私は急ブレーキをかけて車を停めた。ミランダは両手をダッシュボードについて体を支えた。反射神経が過剰反応を起こしているのが自分でもわかった。

「どうしたの、アーチャー？　さっきの車はわたしたちにぶつかってきたわけじゃないのよ」

「ぶつかってきてくれたらと思うよ」

「確かに乱暴な運転だったけど、全然下手な運転じゃなかった」

「ああ。まさに動く標的だった。ああいうやつはいつかこっちから撃ちたくなる」

彼女は怪訝な顔で私をまじまじと見た。ダッシュボードの下からの光を受け、その顔は暗かった。大きな眼ばかりが光っていた。「やけに険《けわ》しい顔をしてるけど、アーチャー。わたし、また怒らせちゃった？」

「きみのせいじゃない」と私は言った。「今回のことでは次の展開をひたすら待たなきゃならない。そのせいだ。私は直接行動のほうが好きでね」

「わかった」がっかりしたような声音になっていた。「いずれにしろ、家まで送ってちょうだい。寒くて。それにお腹もすいてきたし」

浅い窪地で方向転換をすると、国道を走り、カブリロ峡谷に向かった。フォグランプの黄色い光が耕す先に、重たい空気の中に、木々や垣根が現われた。太陽に見捨てられた灰色の放射物のように。そういった景色は混乱した私の頭の中身に見合っていた。私には何も見えていなかった。ラルフ・サンプソンが姿を隠している場所を示す手がかりを手探りするだけで、だらだらと時間を過ごしているだけだった。

その手がかりは向こうのほうからやって来た。サンプソン家の私道の入口にある郵便受けで私の帰りを待っており、それを見つけるのに特殊技能は要らなかった。ミランダが見つけた。

「車を停めて」

彼女が車のドアを開けかけたところで、郵便受けの口に白い封筒が頭をのぞかせているのに私も気づいた。「待ってくれ。私にやらせてくれ」

私の声音を聞き分け、彼女は片足に重心をかけて、郵便受けの封筒に伸ばした手を止めた。私は封筒の端をつまみ、きれいなハンカチでくるんだ。「指紋が残っているかもしれない」

「どうして父からだとわかるの？」

「わからない。屋敷まではきみが運転してくれ」

私はキッチンで封筒の封を開けた。天井の蛍光灯が白いエナメルのテーブルに死体仮置場のような白い光を落としていた。封筒の表には宛て名も宛て先も書かれていなかった。私は封筒の隅を細く切ると、折りたたまれて中にはいっていた紙を爪でつまんで取り出した。

印刷された文字が紙に貼りつけられているのを見て、私の心は沈んだ。文字はひとつひとつ切り取られ、ことばになるよう並べられていた。誘拐犯の古典的な手口だ。次のようなことを伝えてきていた。

ミスター・サンプソンはちゃんとした世話を受けてる十万ドルを普通の紙に包んでひもで縛ったらサンタテレサの市境から南に一マイル行った国道の南の端フライヤーズ通りとの分岐点で道路の中央分離帯の草の中に置け今夜の九時にそうやって包みを置いたらすぐに立ち去れ北のほうサンタテレサのほうに帰っていくかどうか見張ってるサンプソンの命が大事なら警察に待ち伏せさせるな見張ってるからな待ち伏せもなし追跡もなし札に印もついてなければサンプソンは明日帰る

言われたとおりにしなければサンプソンは可哀《かわい》そうなことになる

サンプソン家の友

「あなたの言ったとおりね」とミランダが囁くように言った。

私としても何か慰めになるようなことばをかけたかった。が、ひとつのことしか考えられなかった――〝サンプソンは可哀そうなことになる〟。

「グレイヴズがまだいるかどうか見てきてくれ」と私は言った。彼女は機敏に動いた。

私は覆いかぶさるようにして、その紙に触れることなく、切り取られた文字を吟味《ぎんみ》した。字体も大きさもさまざまで、光沢紙に印刷されていた。おそらく広く読まれている雑誌の広告ページから切り抜いたのだろう。綴《つづ》りの誤りが見られ、無教養な者が書いたように見えなくもないが、そうと決まったものでもない。かなりの教養があっても綴りに弱い者もいる。あるいは見せかけということもありうる。

手紙の文言《もんごん》を覚えようとしていると、グレイヴズがキッチンにはいってきた。ミランダとタガートもうしろに続いていた。グレイヴズは重々しくすばやい足取りで私に近づいた。決然とした眼をして。

私はテーブルを指差した。「それが郵便受けにはいっていた——」

「ミランダから聞いた」

「もしかしたらあのリムジンを運転していたやつの仕業《しわざ》かもしれない。数分前国道ですれちがったやつの」

グレイヴズは手紙の上に覆いかぶさり、自分に読み聞かせるように声に出して読んだ。タガートはミランダと一緒に戸口に立っていた。自分は今ここで必要とされているのかどうか、なんとも判断がつかないといった顔つきながら、居心地が悪そうにはしていなかった。見かけは彼とミランダは兄妹と言ってもいいほどだが、気性は正反対だ。彼女の眼の下には早くも醜く青い隈《くま》が出はじめていた。豊かな唇も張りをなくし、きれいな歯の上にだらりと垂れているように見えた。悄然《しょうぜん》とし、見るからに不安げにドア柱にもたれていた。

グレイヴズが顔を起こして言った。「もう限界だな。保安官補を連れてこよう」

「今ここに?」

「ああ。今は金をしまった書斎にいる。保安官にも電話する」

「保安官事務所に指紋の専門家はいるかな?」

「それは地方検事に頼んだほうがよさそうだ」

「だったら地方検事にも連絡してくれ。指紋を残すほど馬鹿な犯人とも思えないが、潜在指紋が見つからないともかぎらない。手袋をはめて切り抜きをするのは面倒だからね」

「ああ。きみたちとすれちがった車はどうする?」

「今はまだ心にとどめておいてくれればいい。そっちはおれが追うよ」

「自分のやるべきことはちゃんとわかってる。そういうことか?」

「いや、やっちゃいけないことがわかってるだけだ。サンプソンを殺させてしまうようなことだけはやりたくない。できれば」

「私もそれがなにより気がかりだ」とグレイヴズは言って、タガートが飛びのかなければならないほどの勢いでドアから出ていった。

私はミランダを見やった。もう今にもその場にくずおれそうに見えた。「タガート、彼女に何か食べさせてあげてくれ」

「おれにそういう芸ができればいいけど」

タガートはそう言うと、キッチンを横切って冷蔵庫のところまで行った。ミランダは彼の動きを眼で追っていた。一瞬、私は彼女が嫌いになった。まさに犬だった。さかりのついた牝犬《めすいぬ》だった。

「たぶん何も食べられないと思う」と彼女は言った。「父は生きていると思う?」

「もちろん。きみはお父さんのことをそんなに心配していないように見えたけど」

「この手紙はあまりにリアルよ。まえのはこんなじゃなかった」

「ああ、今度のはリアルすぎるくらいリアルだ。さあ、自分の部屋に行ってくれ。少し休むといい」

保安官補がキッチンにやって来た。年は三十代、がっしりとした色黒の男だった。肩幅の合っていない茶色の既製服を着て、驚いたように顔を歪めていたが、その表情はどこかしら借りもののようだった。右手を腰のホルスターに置いていた。自分が権威者であることをみんなに思い出させようとするかのように。

おずおずとしながらも喧嘩腰の声音で、保安官補は言った。「いったいここじゃ何が起きてるんだ?」

「たいしたことは何も。誘拐と恐喝だよ」

「これはなんだ?」そう言って、保安官補はテーブルの上の手紙に手を伸ばした。触らせないよう、私は彼の手首をつかまなければならなかった。

彼はその黒い眼で大儀そうに私を睨んだ。「おい、おまえ、何さまのつもりだ?」

「アーチャーさまだ。落ち着けよ、お巡りさん。証拠を入れる容器はあるかい?」

「ああ、車にある」

「持ってきてもらえるか? 指紋採取のためにこれを保管しておきたい」

保安官補はキッチンを出ると、黒い金属製の容器を持って戻ってきた。私はその中に手紙を入れた。保安官補は容器に鍵をかけた。それで彼なりに満足できたようだった。

「気をつけてくれ」と私は容器を小脇に抱えてキッチンを出ていく保安官補に言った。「取り出すときには手でやらないように」

タガートはドアを開けたまま冷蔵庫の脇に立ち、食べかけの七面鳥のドラムスティックを手に持っていた。「これからどうする?」食べながら彼は言った。

「あんたはここにいてくれ。ちょっとしたスリルが味わえるかもしれない。銃は持ってるね?」

「もちろん!」彼はジャケットのポケットを叩いた。「結局のところ、どういうことだったんだと思う? サンプソンはバーバンクの飛行場を出たところを拉致《らち》されたのかな?」

「さあ、わからない。電話はどこだ?」

「配膳《はいぜん》室にひとつある。ここだよ」彼はキッチンの奥のドアを開け、私がその中にはいると閉めた。

食器戸棚が並んだ小さな部屋で、銅のシンクの上に窓がひとつあり、電話はドアのそばの壁に備え付けられていた。私はロスアンジェルスへの長距離電話を申し込んだ。ピーター・コルトンはオフィスにいないかもしれないが、その場合には伝言を残しておこうと思った。

交換手が彼のオフィスにつなぐと、コルトン本人が出た。

「リューです。やはり誘拐でした。数分前に身代金を要求する手紙が届きました。どうやらサンプソンからの手紙は陽動作戦だったようです。地方検事に話してください。一昨日、バーバンクの飛行場を出たときに誘拐されたとしたら、あなたのところの管轄《かんかつ》になる」

「誘拐となると、検事局は慎重にことを進めることになるだろうな」

「そういうのはお手のものじゃないですか。作戦の青写真はもうできてるようなものなんだから。黒のリムジンに関して何かわかりました？」

「わかりすぎるほどな。当日、貸し出されたリムジンは十二台あった。だけど、その大半はまともなもので、十二台のうち十台はその日のうちにレンタカー会社に返されている。残りの二台は一週間契約で、料金は前金で払われている」

「借りたのは？」

「一台目――ミセス・ルース・ディクソン。四十がらみのブロンドのご婦人で、住所はベヴァリーヒルズ・ホテル。問い合わせてみたところ、確かにそのホテルに部屋を取っていた。が、本人はいなかった。二台目――サンフランシスコに行くという男が借りた。車はまだ返されていないが、まだ二日しか経ってなくて、そいつは一週間借りてるわけだからな。名前はローレンス・ベッカー。あまり身なりのよくない瘦せた小男だったということだ――」

「そいつかもしれない。車のナンバーはわかりますか？」

「待ってくれ。ここにある――62 S 895。一九四〇年型のリンカーンだ」

「レンタカー会社の名は？」

「パサディナの〈デラックス〉。私が行ってくるよ」

「その男の人相風体をできるだけ訊き出して、手配書をまわしてください」

「よし。だけど、なんでまた急に入れ込むようになったんだ、リュー？」

「今、あなたに言われた人相風体にぴったりの男と国道でたまたますれちがったんです。身代金要求の手紙が届いたのとほぼ同じ時間に。黒っぽいロングボディの車に乗っていました。それに今日の未明には、その男かそいつの弟が運転していた青いトラックにパシフィック・パリセーズで轢かれそうにもなったもんでね。そいつは革のひさし帽をかぶっていた」

「なんでそのとき捕まえなかった？」

「さっき誘拐事件の捜査は慎重にやるって言いましたよね。同じ理由です。サンプソンはどこにいるかまだ皆目わからない。そんなときに荒っぽいことをしたら、もう絶対サンプソンを見つけられなくなるかもしれない。だから手配書の内容はその男のあとを尾《つ》けるということだけにしておいてください」

「私に私の仕事のやり方を教えたいのか？」

「たぶん」

「よし。ほかに何か役に立ちそうなことは？」

「店が開いたら、〈ワイルド・ピアノ〉に誰か張り込ませてください。ひょっとしてということもあり——」

「ひとり手配した。ほかには？」

「あなたのボスにサンタバーバラの検事と連絡を取るよう言ってください。身代金要求の手紙はそっちにまわしたんです。指紋検査のために。それじゃ、おやすみなさい。ありがとう」

「ああ」

彼はそう言って電話を切った。交換手も回線を切った。回線が切れた音がしたあとも私は受話器を耳に押しつけたままにした。電話しているあいだに一度カチリという音が聞こえたのだ。長距離電話の接続が一時的に切れた音だったのかもしれない。あるいは、誰かが内線電話の受話器を取り上げたのか。

たっぷり一分が過ぎて、家のどこかで誰かが受話器を置いた金属的な音がかすかに聞こえた。

18

キッチンにはミセス・クロムバーグとコックのふたりがいた。コックはいかにも母親然とした腰つきの白髪の女性で、どこかしらおどおどとしており、私が配膳室のドアを開けてキッチンに出ると、ふたりとも飛び上がった。

「電話を使ってたんだよ」と私は言った。

ミセス・クロムバーグがどうにか皺だらけの笑みを浮かべて言った。「声が聞こえなかったものですから」

「この屋敷に電話は何台あるんだね？」

「四つか五つか。階上《うえ》にふたつ、階下《した》に三つです」

私は電話を調べるのはあきらめた。それだけあれば、誰でも電話に近づける。「みんなはどこにいる?」

「さっきミスター・グレイヴズが使用人全員を居間に集めたんです。手紙を置いていった車を見た者はいないかということで」

「誰か見た者は?」

「誰も。ちょっとまえに車の音は聞いたけれど、それがその車の音だったかどうか。そういう車はよく来るんですよ。うちの私道にはいって方向転換をするんです。きっと行き止まりだって知らなくて来るのね」彼女はそう言うと、私のそばまでやって来て、秘密めかして言った。「手紙にはなんて書かれてたんです、ミスター・アーチャー?」

「犯人は金を要求してきた」と私は答えてキッチンを出た。

三人の使用人と廊下ですれちがった。ふたりは庭師の服装をした若いメキシコ人で、頭を下げ、前後に並んで歩いていた。そのうしろにフェリックスがいた。私は彼に向けて手を上げた。が、彼は応じてこなかった。表情の読めない眼をしていたが、その眼は石炭の塊のようにぎらついていた。

グレイヴズは居間の暖炉のまえにしゃがみ込み、焦《こ》げた焚《た》き木をトングで転がしていた。

「使用人たちはどうしたんだ?」と私は尋ねた。

彼はうめき声を洩らして立ち上がると、戸口をちらりと見た。「自分たちが疑われていることは使用人にもわかっているようだ」

「できればそんなふうには思わせたくなかったな」

「私は何も言ってないよ。彼らがそんなふうに思ってしまうようなことは何も。雰囲気で察したんだろう。私が訊いたのは不審な車を見なかったかどうかということだけだ。もっとも、私がほんとうに見たかったのは取り繕うまえの彼らの表情だが。もちろん」

「あんたは内部の犯行だと思うのか、バート?」

「どう見ても単独犯ではないよ。だけど、誰があの身代金要求の手紙を郵便受けに入れたにしろ、入れるタイミングがよすぎる。たとえば、犯人は期限を今夜の九時にしてきた。だったら、どうしてそれまで金が用意できていることがわかったんだ?」彼は腕時計を見た。「そんな大金が今から七十分後には用意できてるなんて」

「もしかしたら用意できることを端《はな》から信じ込んでいたとか」

「もしかしたら」

「ここで議論をするのはやめよう。内部の人間がからんでいるというのはあたっているかもしれないが。いずれにしろ、誰か車を見た者はいたのか?」

「ミセス・クロムバーグが車の音を聞いていた。ほかの者は全員ぼんくらを演じていた。あるいは、ほんとうにそうなのかもしれない」

「態度のおかしな者は?」

「いなかった。しかし、メキシコ人やフィリピン人というのは心の内を読みづらい連中だからね」そのあと彼は慎重につけ加えた。「もちろん、庭師を疑わなけりゃならない理由があるわけじゃないが。フィリピン人も」

「サンプソン自身はどうなんだ？」

彼は私に皮肉っぽい眼を向けた。「利口ぶるのはやめておけ、リュー。きみはもともと直観力のあるほうじゃないんだから」

「とりあえず言ってみただけだ。もしサンプソンが八割の所得税を払っているのだとすれば、こういうことをでっち上げることで手っ取り早く八万ドル節税できる」

「まあ、できなくはないだろうが――」

「これまでに例のないことじゃない」

「だけど、サンプソンの場合、それは考えられない」

「サンプソンが正直な男だなんて言わないでくれよな」

彼はトングを取り上げて、燃えている焚き木をつついた。火花が光り輝くスズメバチの群れのように飛び散った。「あらゆる人間の判断基準に照らして、彼はそういう人間じゃないよ。同時に、こういう狂言を演じる頭もない男だ。危険すぎるし。それにそもそも彼は金を必要としていない。彼の持ってる油田の不動産価値は五百万ドルぐらいのものだが、そこからの年収だけで二十五万もある。彼にとっちゃ十万ドルなんて金ははした金なんだよ。これは狂言なんかじゃないよ、リュー、本物の誘拐事件だ。その事実を避けては通れない」

「できれば通りたいところだが」と私は言った。「最後にはご都合主義の殺人で終わる誘拐事件が多すぎるんでね」

「今回の件もそうなると決まってものでもない」と彼はうめき声のような深い声音で言った。

「冗談じゃない。そんなふうにならせてたまるか。こっちは言われたとおりに金を払うんだぞ。サンプソンが無事に帰ってこなかったら、とことん犯人を追いつめるまでだ」

「それには反論しないよ」しかし、言うは易《やす》く行なうは難《かた》し、だ。「現ナマは誰が運ぶ？」

「きみじゃ駄目なのか？」

「まずひとつ、おれは犯人に知られているかもしれないからだ。それにほかにやらなきゃならないことがある。あんたがやってくれ、バート。タガートも連れていくといい」

「あの男はどうも好きになれない」

「あいつはなかなか鋭いよ。それに銃も怖がらない。あんたとしても何かが狂って助けが必要になるかもしれない」

「何かが狂うとも思えないが、わかった、連れていくよ。きみがそう言うなら」

「そう言わせてくれ」

ミセス・クロムバーグが戸口に現われた。神経質そうにスモックの裾《すそ》をしきりと引っぱっていた。「ミスター・グレイヴズ？」

「なんだ？」

「お嬢さまとお話しなさっていただけませんか、ミスター・グレイヴズ。何か食べものをと思って持って上がったんですが、ドアに鍵をかけておられて。返事もしてくださいません」

「彼女は大丈夫だ。あとで話すよ。今は放っておいてあげなさい」

「お嬢さまがこんなふうになさるときはよくありません。とても感情的な方ですから」

「いいから。それよりミスター・タガートに書斎に来るように言ってくれないか？　銃を持ってくるようにと言ってくれ――弾丸《たま》を装塡《そうてん》して」

「かしこまりました」彼女は今にも泣きだしそうだった。が、そのふっくらとした唇をきつく結んで出ていった。

戸口から振り向いたグレイヴズを見て、私にはミセス・クロムバーグの不安が彼に伝染したことがわかった。彼は片頰をかすかに痙攣《けいれん》させ、部屋ではなく、どこか遠くを見ながら半ば自分に言い聞かせるように言った。

「たぶんミランダは罪悪感を覚えてるんだよ」

「何に対して？」

「はっきりとしたものじゃないが、思うに、基本的には兄の代わりを務めることができなかったことについてだな。ミランダは父親がどんどんおかしくなっていくのを目《ま》のあたりにして、もっと自分が父親に近い存在だったら、こんなにひどくこんなに早く父親がおかしくなってしまうことはなかったんじゃないか。そんなふうに思ってるんだろう」

「彼女は彼の妻じゃない」と私は言った。「そう言えば、ミセス・サンプソンはどんなふうだ？　彼女に会ったか？」

「ついさっき会った。なんとも立派なものだった。小説を読んでたよ、実を言うと。どう思う？」

「どうも思わないよ。罪悪感を覚える人間がいるとしたら、それは彼女じゃないのかとは思うが」

「たとえミセス・サンプソンが罪悪感を覚えていたとしても、だからと言ってミランダの慰めにはならない。実際、面白い娘だよ、ミランダというのは。とても感受性の強い人間なのに、本人はそのことに気づいていない。無茶なことばかりして、自分の感情の源から遠く離れたところで生きている」

「彼女と結婚するのか、バート？」

「できたらね」そう言って、彼は皮肉っぽい笑みを浮かべた。「実は一度ならずプロポーズしてるんだ。で、まだノーとは言われていない」

「彼女のことは大事にするといい。彼女は充分結婚できる成熟した女性だよ」

グレイヴズは一瞬無言で私を見た。口元にはまだ笑みが浮かんでいた。が、その眼はよけいな口出しはするなと警告していた。「彼女が言っていたが、今日の午後のドライヴじゃずいぶん話がはずんだそうだな」

「父親みたいなアドヴァイスをしたよ」と私は言った。「車の制限速度は守るようにって」

「だったらずっと父親レヴェルにとどめておいてくれ」そこで彼はいきなり話題を変えた。「クロードはどうだ？　彼が誘拐に関わっているということは？」

「あの男ならどんなことに関わっていても不思議はないな。マッチ棒の燃えかすほどにも信用できない男だ。確かなことはまだ何も言えないが、それだけはまちがいない。本人はサンプソンにはもう何か月も会ってないと言ってるが」

麦藁色のフォグランプの光が屋敷の側面を舐《な》め、ややあって車のドアの閉まる音がした。

「保安官だろう」とグレイヴズが言った。「やっとお出ましだ」

保安官がテープを切る短距離ランナーさながら慌てた足取りで部屋にはいってきた。大男で、ビジネススーツをまとい、つばの広いカウボーイハットをかぶっていた。そのいでたち同様、半分は警察官で半分は政治家といった感じの男だった。顎のいかめしさは口元の柔らかさに否定され、女と酒と世間話が好きそうな、しまりのない口をしていた。

グレイヴズに手を差し出して、彼は言った。「もっと早く来られたんだが、ハンフリーズを連れてくるようにということだったんでね」

保安官のあとからそっと部屋にはいってきたもうひとりの男はタキシードを着ていた。「パーティに出てたんだ」と男は言った。「バート、調子はどうだね?」

グレイヴズが私をふたりに紹介した。保安官の名はスパナー、もうひとりの男、ハンフリーズは地方検事。背が高く、頭は禿げていた。細面《ほそおもて》に、知的な狙撃手とでもいった、何かに取り憑《つ》かれたような眼をしていた。ハンフリーズとグレイヴズは握手をしなかった。握手をすることもないほど近しいのだろう。グレイヴズが地方検事を務めていたとき、ハンフリーズは検事補だった。私はうしろにさがり、話はグレイヴズに任せた。グレイヴズはふたりが知る必要のあることだけを話し、知る必要のないことは省いた。

グレイヴズの話が終わると、保安官が言った。「現場を離れたら、北へ向かえと言ってるのは、自分はその反対方向に、ロスアンジェルス方面に、逃げようとしているということだろうか」

「たぶん」とグレイヴズは言った。

「ということは、ロスアンジェルス方面の国道に検問所を置けば、犯人を捕まえられる公算大だ」

「それは駄目だ」と私はすかさず言った。「そんなことをしたら、サンプソンに死の接吻を送ることになる」

「犯人を捕まえられたら、そいつに口を割らせることだって――」

「待ってくれ、ジョー」とハンフリーズが言った。「犯人はひとりじゃないと仮定すべきだ。そのうちのひとりをやっつければ、別のやつがサンプソンをやっつける。よくあることだ。あんたの鼻が顔の真ん中にあることぐらい明らかなことだよ」

「そういうことが手紙にも書かれている」と私は言った。「おふたりとも手紙はもう見ましたか?」

「アンドルーズが持っている」とハンフリーズが答えた。「うちの指紋係だ」

「手紙から何か出たら、FBIに照会してください」私は自分が早々に嫌われ者になっているのを重々自覚しながら言った。しかし、今ここで政治的に振る舞っている暇はなかった。それに田舎のお巡りの捜査能力を端《はな》から信用するわけにもいかなかった。私は保安官に言った。

「ロスアンジェルスの警察にはもう連絡を取ってもらえましたか?」

「まだだ。こっちでまず状況把握するのがさきだと思ったんでね」

「なるほど。だったらこういう状況です。手紙の指示どおりにしても、サンプソンが無事に帰ってくる確率は半分より少ないでしょう。彼には犯人の少なくともひとり――バーバンクで彼を拉致した者――を特定することができるからです。それは彼にしてみれば不利なことだ。金の受け渡しを阻止しようなどとしたら、彼の立場はさらに不利になる。誘拐犯を郡の留置場にぶち込めたはいいが、咽喉を掻っ切られてどこかに放り出されたサンプソン発見などということにもなりかねない。ここは小細工なしに相手の指示に従うのが最善策です。それについてはグレイヴズに任せてください」

怒りにスパナー保安官の顔が真っ赤になった。何かを言いかけて、彼の口が半開きになったところで、ハンフリーズが横から割ってはいった。

「それが理に適《かな》ってるよ、ジョー。法の執行という観点に立てば誉められたことじゃないかもしれないが、ここは妥協しよう。サンプソンの無事がいちばん大切なことなんだから。とりあえず街に戻るか?」

そう言って、彼は立ち上がった。保安官もあとに続いた。

「スパナーは自分ひとりで勝手なことをやったりしないだろうか?」と私はグレイヴズに尋ねた。

「たぶん」とグレイヴズはおもむろに言った。「ハンフリーズが眼を光らせてくれるだろう」

「ハンフリーズはなかなか頭の切れそうな男だね」

「ピカ一だよ。私の下で七年ちょっと働いてくれたんだが、私の知るかぎり、ミスを犯したことは一度もない。だから私が辞めるときには後任に彼を指名したんだ」その声音には一抹《いちまつ》の後悔がにじんでいた。

「仕事を続ければよかったのに」と私は言った。「やり甲斐のある仕事だったと思うけれど」

「やり甲斐はあっても金はない！　十年勤めて残ったのは借金だけだ」彼は意地の悪そうな眼を私に向けた。「リュー、きみはどうしてロングビーチの仕事を辞めたんだ？」

「おれの場合、金が一番の問題じゃなかった。人のご機嫌ばかり取っていなけりゃならないことにほとほとうんざりしたんだ。汚い政治学はどうも性《しょう》に合わない。だけど、おれは辞めたんじゃないよ。馘《くび》になったんだ」

「わかった、わかった。きみの勝ちだ」彼はまた腕時計をちらっと見た。八時半近かった。「そろそろ馬に乗る時間だな」

タガートは書斎にいた。黄褐色のコートを着て、腰にベルトを巻いているせいで、肩幅がやけに広く見えた。両のポケットから出した手にはそれぞれ拳銃が握られていた。グレイヴズがそのひとつを受け取り、あとのひとつはそのままタガートが持った。細身でブルースティールの銃身の先によくめだつ照星のある競技用の三二口径だ。

「忘れないでくれ」と私はタガートのために言った。「撃たれないかぎり撃つんじゃないぜ」

「あんたは来ないのか？」

「ああ」私はグレイヴズに言った。「フライヤーズ通りとの角はわかるか？」

「ああ」

「まわりに身を隠せるような場所は？」

「何もない。片側はだだっ広いビーチで、片側は崖だ」

「それじゃ無理だな。あんたたちはあんたの車で先に行ってくれ。おれはあとを追って、そこから一マイルかそこら先で車を停めるよ」

「ひとりで何かしようというんじゃないだろうな？」

「もちろん。犯人が通り過ぎるようなら、見たいだけだ。あとで市境のガソリンスタンドで落ち合おう。これがラストチャンスだ」

「そのとおりだ」そう言って、グレイヴズは壁金庫のダイヤルをまわした。


海岸に並行する崖に造られた棚のような国道は、市境からフライヤーズ通りまで一マイルばかりは片側四車線あり、コンクリートの縁石のあいだの中央分離帯には芝が植えられていた。フライヤーズ道路との交差点でその芝がなくなり、道路も三車線になる。グレイヴズのスチュードベーカーはその交差点ですばやくUターンすると、国道の路肩をヘッドライトで照らして停車した。

目的に適った場所だった。右手に白い杭《くい》が並んでいるだけの何もない角だ。フライヤーズ通りの入口はまさに崖の壁面に掘られた灰黒色の穴だった。見るかぎり、家もなければ、木一本生えていない。国道の交通量はまばらで、どの車も車間距離を広く空けて走っていた。

私の車のダッシュボードの時計で九時十分前。私はタガートとグレイヴズに手を振って走り過ぎた。次の脇道との交差点までは十分の七マイルほどだった。走行距離メーターでそのことを確かめた。その脇道から二百ヤードほど行った先に――国道の右側に――ビーチに突き出す恰好で、観光客向けの駐車スペースが設けられていた。私はそこに車を乗り入れ、車の鼻づらを北に向けて停め、ライトを消した。九時七分前。支障なくことが進めば、あと十分もすれば、身代金をのせた車が私のまえを通り過ぎるはずだ。

車を停めると、まるで海の潮が地上まで満ちてきたかのような灰色の霧にあたりを取り囲まれた。北に向かう車の一対のヘッドライトが霧越しに深海魚の眼のように見えた。ガードレールの下では暗闇の中、海が息をし、がらがら声でしゃべっていた。九時二分、フライヤーズ通りとの交差点からのカーヴを猛スピードで近づいてくるヘッドライトが見えた。

猛スピードのその車は私がいるところまで来るまえに急に向きを変えると、左に曲がって脇道にはいった。その車の色も形も見えなかったが、タイヤの軋る音が聞こえた。そういう運転をするやつには最近会ったことがある。

ライトを消したまま、私は国道を横切り、脇道まで路肩《ろかた》を走った。その脇道に達するまえに三つの音が霧にくぐもって遠くから聞こえた。妖精が泣き叫ぶようにブレーキが軋む音と、銃声と、スピードを上げるときのエンジン音だ。

脇道の窪みに白い光があふれた。私は交差点の数フィート手前で車を停めた。さきほどの車とはまた別の車が脇道から飛び出してきて、私の眼のまえで左に曲がると、そのままロスアンジェルス方面に向かって走りだした。明るいクリーム色のロングノーズのコンヴァーティブル。汚れた窓越しには運転手の顔までは判別できなかった。それでも、女性の豊かな黒髪が見えた。私はその車を追える位置にいなかった。どのみち追うことはできなかったが。

私はフォグランプをつけて脇道にはいった。数百ヤード行ったところに一台の車が前輪を側溝に突っ込んで停まっていた。私はその車のうしろに停め、銃を手に車を降りた。黒のリムジン、戦前の年式のリンカーンの注文車。エンジンがまだかかったままで、ライトもついたままだった。プレートナンバーは62 S 895。私は右手に銃を構え、左手で前部座席のドアを開けた。

小男が私のほうに倒れてきた。一心に霧を見つめるような眼をして。ただ、その眼はもう死んでいたが。地面に転がり落ちるまえに男の体を捕まえた。この二十四時間、私はずっと死を感じていた。それが今、現実となった。

19

その男は相変わらず革の帽子をかぶっていたが、それがやけに左に傾いており、その帽子の左の耳の上のところに銃弾による穴があいていた。顔の左半分が黒い火薬の火傷《やけど》でまだら模様になっていた。頭は被弾によって斜めになっており、上体を支えて起こすと一方の肩のほうにがくりと傾いた。真っ黒な爪をした男の両手はハンドルからすべり落ちたまま、脇にだらりと垂れていた。

私は片手で男を抱えながら座席にその体を横たえ、もう一方の手で男のポケットを探った。革のジャンパーの脇のポケットには風よけのついたガソリンくさいライター、茶色いざら紙で巻いた煙草が半分ぐらいはいっている安っぽい木の箱、それに刃渡り四インチほどの飛び出しナイフが入れられていた。〈リーバイス〉のジーンズの尻のポケットにはシャークスキンの財布がはいっており、その中には小額紙幣で十八ドルから二十ドル、最近ローレンス・ベッカーに宛てて発行されたカリフォルニア州の運転免許証が収められていた。住所は、ロスアンジェルスのスラム街の端にしがみついている安ホテルのものだったが、まずまちがいなく、それはその男の住所ではないだろう。ローレンス・ベッカーというのもその男の本名ではないのだろう。

ジーンズの脇のポケットには模造皮革のケースに入れた不潔そうな櫛《くし》があった。もうひとつの脇のポケットには鎖につながれた何本もの鍵が収められていた。シヴォレーからキャディラックまであらゆる車種の鍵だ。さらに半分使われたブックマッチがあり、それには〝〈スーヴェニール・オヴ・ザ・コーナー〉カクテル&ステーキ　国道一〇一号線サウス・ブエナヴィスタ〟と書かれていた。ジャンパーの下に着ていたのはTシャツ一枚だけだった。

ダッシュボードの灰皿には短くなったマリファナの吸い殻が何本か残されていたが、それ以外、見事なほど何もなかった。グラヴボックスに車両登録証もなければ、そこそこの大きさになるはずの十万ドルの紙幣も。

　私は男の所持品をもとに戻し、男を運転席に坐らせ、男の体を支えるのにドアを閉めた。自分の車に乗り込むまえに振り返った。リンカーンのヘッドライトはまだ煌々《こうこう》と前方を照らしていた。エンジンがかかったままになっているのは、排気管から水蒸気が出ていることからわかった。男は運転席に体を丸めて坐っており、これから国の別の場所へ長い旅に出ようとしているかのようだった。

　グレイヴズのスチュードベーカーがガソリンスタンドのポンプのそばに停まっているのが見えた。グレイヴズとタガートがその横に立っており、私の車に気づくと走ってきた。ふたりとも緊張のせいで顔が青ざめていた。

「黒のリムジンだった」とグレイヴズが言った。「ゆっくりと車を走らせていたら、その車は交差点で停まった。運転していた男の顔はわからなかったが、帽子をかぶって革のジャンパーを着ていた」

「そいつは今でも帽子をかぶって革のジャンパーを着てるよ」

「通り過ぎたときにあんたも見たのか？」とタガートが張りつめた囁き声で訊いてきた。

「おれが待っていたところの少し手前で脇道にはいった。今も運転席に着いている。脇道に車を停めて。頭に弾丸《たま》を食らって」

「なんだって！」とグレイヴズが大きな声をあげた。「まさかきみが撃ったんじゃないだろうな、リュー？」

「ちがうよ。銃声がした直後、その脇道からクリーム色のコンヴァーティブルが出てきた。運転していたのは女だったと思う。ロスアンジェルス方面に走っていった。指定してきた場所から男が金を持ち去ったというのは確かだね？」

「拾い上げるところを見たよ」

「今はもう持ってない。ということは、ふたつの可能性のどちらかだ。男はたまたま強盗にあったのか、それとも仲間に裏切られたのか。もし男がたまたま強盗に横取りされたのだとすれば、仲間は金を手にすることができなかったことになる。仲間同士で裏切りがあったのだとしたら、裏切ったやつはおれたちも騙したことになる。どちらにしろ、サンプソンにとっていい知らせとは言えない」

「これからどうする？」とタガートが訊いた。

グレイヴズが答えた。「これ以上この件を内々のことにはしておけない。あとは警察に任せるしかない。犯人捜しに関しては賞金を懸けよう。ミセス・サンプソンに相談してみる」

「ただひとつ問題がある」と私は言った。「男が撃たれたことは伏せておかなきゃならない——つまり新聞沙汰にはしないということだ。強盗の仕業とすれば、誘拐犯はそれをおれたちのせいにするだろう。そうなると、サンプソンはもう一巻の終わりだ」

「くそ！」グレイヴズの悪態が重々しく陰鬱に響いた。「向こうの言いなりになってやったのに。犯人を捕まえたら——」

「バート、まだ何もわかっちゃいないんだ。今のおれたちにあるのはレンタカーに乗ったままの男の死体だけだ。とりあえず保安官には話したほうがいいだろう。たいして役に立ちそうにない男だが、こっちから話せばそれでよけいな軋轢《あつれき》は防げる。そのあとハイウェイパトロールとFBIに知らせる。できるかぎり多くの人員を集めてくれ」

私はサイドブレーキをはずして数インチ車を進めた。グレイヴズは窓から離れると言った。

「どこへ行くんだ?」

「無駄な努力だとは思うんだが。情勢はどう考えてもサンプソンにとってよくない」

国道を五十マイル走ってブエナヴィスタへ向かった。街の目抜き通りにはいると、道幅が二倍になった。通りはモーテルと酒場のネオンサイン、三軒の映画館のイルミネーションで明々と照らされていた。三軒のうち二軒の映画館にメキシコ映画の宣伝看板が出ていた。缶詰工場が閉鎖されて以降、メキシコ人は自給自足するようになった。この街はそんなメキシコ人と漁船に寄生して成り立っているような街だ。

私は街の真ん中、煙草屋が大きくなりすぎたような店のまえに車を停めた。その店では煙草以外に銃、雑誌、釣り具、生ビール、文房具、野球のグラヴ、避妊具なども売っていた。髪をグリースで固め、ダックテイルにした二十人ほどの若いメキシコ人の男がその店に出たりはいったりを繰り返していた。ひとつは店の奥に置かれたピンボールに惹かれ、もうひとつは通りを歩く若い娘に惹かれて。娘たちは化粧をし、リボンをつけ、胸で風を切って歩いていた。若い男たちは口笛を吹いたり、ポーズを取ったり、関心のないふりをしたりしていた。

私はそのうちのひとりに声をかけ、〈コーナー〉という店はどこにあるのか尋ねた。その男は仲間のひとりとなにやら話してから、ふたりそろって南を指差した。

「五マイルぐらいまっすぐ行ったら、道がホワイトビーチのほうにくだってて――」

「そこに大きな赤い看板が出てる」もうひとりの男が両腕を派手に伸ばして言った。「見落とすわけないよ。〈コーナー〉って出てる」

私はふたりに礼を言った。すると、彼らは微笑み、まるで私のほうが彼らに何かしてやったかのようにうなずいた。

国道の右手に細長い一階建ての建物が建っていて、その屋根に〈コーナー〉という赤いネオンの文字が掲げられていた。その建物の先の交差点に黒と白の道路標識が立っており、ホワイトビーチを指し示していた。私は建物の脇のアスファルトの駐車スペースに車を停めた。そこには八台から十台の車が停められていて、国道の路肩にトレーラートラックが一台停まっていた。カーテンが半分引かれた窓越しに、テーブルについているカップルが数組と何人か踊っている客の姿が見えた。

中にはいると左手が長いカウンターバーになっていたが、そこには誰も坐っていなかった。右手がダイニングスペースとダンスフロアになっていた。私は誰かを探しているふりをして、戸口で立ち止まった。広い店内を活気づかせるには踊っている客が少なすぎた。音楽はジュークボックスから流れていた。店の奥にオーケストラスタンドがあったが、誰もいなかった。戦争特需で景気のよかった頃を思わせるのは、靴に踏まれてすり減った床と、ぐらぐらするテーブルと、酔っぱらいの思い出が壁にしみついたようなにおいと、酔っぱらいの希望のようなぼろぼろの飾り付けだけだった。

客も落ち目の店のそんな雰囲気を感じ取っているのだろう、笑いと愉しみを手探りしながらも、ちゃんとつかめていなかった。私に何か感じさせるような顔も見あたらなかった。

ただひとりのウェイトレスが私のところにやって来た。黒い眼とふっくらとした唇の二十歳《はたち》になろうかという、いい体つきをした若い女だった。ただ、足を怪我《けが》でもしているのか、歩き方がやけに慎重な女だった。

「テーブルにします？」

「いや、カウンターでいい。もしかして役に立ってくれないかな。野球の試合で一緒になった男を捜してるんだが。今日は来てないね」

「その人の名前は？」

「そこが問題でね。知らないんだよ。実はちょっとばかり金を借りたんだ。で、あとでこの店で会おうと言われたんだ。小柄な人だ。年は三十半ば、革のジャンパーを着ていて、革の帽子をかぶってた。眼はブルーで細い鼻をしている」それに頭には穴があいてるんだよ、おねえさん、穴が。

「たぶんわたしの知ってる人ね。エディなんとかだったと思うけど。時々来るけど、今夜はまだみたいね」

「ここで会おうと言われたんだけどな。いつもは何時頃来るんだ？」

「ずっと遅くね——午前零時頃。トラックを運転してる人でしょ？」

「そうそう、青いトラックだ」

「だったらもうまちがいないわ」とウェイトレスは言った。「あたし、駐車場に停まってるのを見たことあるの。そうそう、二、三日前にも来て、長距離電話をかけてたわ。あれは三日前の夜ね。うちの店長は長距離電話をかけられるのを嫌がるの。三分過ぎちゃうと、いくら取られるかわからないでしょ？　でも、エディはコレクトコールでかけるって言ったんで、店長も納得したの。お客さんはエディにいくら借りてるの？」

「けっこうな額だ。彼がどこにかけてたかはわからないよね？」

「わからないわね。あたしには関係のないことだもの。お客さんには何か関係があるの？」

「いや、ただ彼と連絡が取りたいだけだ。連絡が取れれば、金を送ることもできるからね」

「よかったらうちの店長に預けたら？」

「店長はどこに？」

「カウンターの中にいるのがうちの店長、チコよ」

テーブル客のひとりがグラスでテーブルを叩いてウェイトレスを呼んだ。彼女はまた慎重な歩き方でその客のほうに向かった。私はバーのほうに行った。

チコは、後退している髪の生えぎわからたるんだ顎まで、恐ろしく細長い顔の男だった。客がまばらでも店を開けていなければならないせいで、よけいに長くなってしまったような顔だった。「何にします？」

「ビールを」

顎がさらにたるんだみたいに見えた。「東部の？　それとも西部の？」

「東部の」

「三十五セント。音楽付きで」たるんだ顎が少し戻った。「うちは音楽が売りなんです」

「サンドウィッチはできるかな？」

「もちろん」と彼はほとんど嬉しそうに言った。「何をはさみます？」

「ベーコンと卵」

「了解」彼は開かれたドア越しにウェイトレスに合図した。

「エディという男を捜してるんだが」と私は言った。「先日の夜、彼から長距離電話をもらってね」

「お客さん、ラスヴェガスの人ですか？」

「こっちへはつい今しがた着いたばかりだ」

「ヴェガスの景気はどうです？」

「ひどいもんだよ」

「そりゃよくないね」と彼はまたむしろ嬉しそうに言った。「でも、エディにどんな用があるんです？」

「彼に金を借りてるんだよ。彼の住まいはこの近くなのかい？」

「ええ、だと思いますよ。住所は知らないけど。一回か二回ブロンド女性と来たことがあるけど、たぶん奥さんだね。もしかしたら今夜も来るかもしれないから、ちょっと待ってみたらどうです？」

「ありがとう。そうするよ」

私はビールを持って窓ぎわのテーブルに移った。そこからだと駐車場と出入口の両方が見えた。しばらくしてウェイトレスがサンドウィッチを持ってきた。彼女は私が料金とチップを払ったあとも居残った。

「お金、店長に預けることにしました？」

「考えてるところだ。確実にエディの手に渡ってほしいからね」

「お客さん、人の正直さにうんざりしてるのね。でしょ？」

「ノミ屋がちゃんと支払いをしないとどうなるか、それぐらいきみにもわかるだろ？」

「やっぱり。お客さん、なんとなくそんな仕事なんじゃないかって気がしたわ」彼女はいきなり私のほうに上体を傾げた。「聞いて、お客さん。あたしの友達に厩務員《きゅうむいん》とつきあってる子がいるのよね。それでその厩務員が言ってるそうなんだけど、明日の三レースはジンクスで固いって。お客さんは単勝で一頭に賭ける人、それとも馬連とかまんべんなく買う人？」

「無駄づかいはしないことだ」と私は言った。「どうせ勝てやしないんだから」

「小遣い程度のお金を賭けるだけよ。この男の子だけど、わたしの友達のボーイフレンドの。ジンクスが固いって」

「やめとくんだな」

彼女は疑い深げな顔をして口をすぼめた。「お客さんって変わったノミ屋なのね」

「わかった、わかった」そう言って、私は彼女に一ドル札を二枚握らせた。「ジンクスの単勝じゃなくて複勝に賭けるんだ」彼女は驚いた顔をして私を見た。「あらあら。ありがとう――でも、あたし、お金を恵んでもらおうなんて思ってなかったんだけど」

「自分の金をなくすよりはいいだろ?」

私はほぼ十二時間近く何も食べていなかったので、サンドウィッチがやけにうまかった。食べているあいだに何台かの車がやって来た。若者の一団がやって来て、店もようやく活気づいてきた。そのあと黒いセダンが駐車場にはいってきた。黒のフォードで、警察の赤いサーチライトがフロントガラスの脇から突き出ていた。怪我をした親指のように。

その車から降りてきた男は野球の審判のようによくわかる無地のスーツを着ており、右の腰のあたりが銃でふくらみ、上着に皺が寄っていた。男が入口を抜け、明かりの中にはいったところで私は男の顔を見た。サンタテレサの保安官補だ。私はすばやく立ち上がると、店の奥のドアを抜け、男性用トイレにはいり、鍵をかけた。便座を下げ、その上に坐り、自分の予見能力のなさを呪った。エディなんとかのジャンパーのポケットにマッチを戻すべきではなかった。

私は壁の漆喰に彫られた〝碑文〟を読んで八分から十分過ごした。「ジョン・〝ラグズ〟・ラティーノ、百二十ヤード・ハードルの勝者、ディアボーン高校、ミシガン州ディアボーン、一九四六年」「フランクリン・P・シュナイダー、オクラホマ州オセージ郡、おたんこなす、ありがとう」ほかのものはよくある稚拙《ちせつ》な絵入りのトイレの落書きだった。

天井の裸電球がまぶしかった。思考がとぎれ、便座に坐ったまましまうとうとした。まわりが漆喰塗りの通路になり、その通路は地球の深部に向けて傾いていた。私は街の下を流れている地下の汚水の川までその通路をくだった。気づくと、もうあと戻りはできなくなっていて、私は糞尿の川を渡らなければならなくなっていた。ただ、幸運なことに竹馬があり、それを使ってセロファンに包まれ、向こう岸に渡ることができた。私は竹馬を放った――それは松葉杖でもあった――そのあと死に神の顎のようにぎらついているクローム張りのエスカレーターに乗った。そのエスカレーターはすべらかに確実に、あらゆる悪のゾーンを抜けて、私をバラに囲まれた門のところまで連れていってくれた。ギンガム地の服を着たメイドが私のためにその門を開け、『埴生《はにゅう》の宿』を歌ってくれた。

石畳の広場に出た。うしろで門が音を立てて閉まった。街の中央広場なのにそこにいるのは私だけだった。かなり遅い時間で、市街電車も走っていなかった。ただひとつの黄色い明かりが靴に踏み均《なら》された歩道を照らしていた。歩きだすと、足音が淋しくこだました。四方はすべてずんぐりとした公営住宅で、嵐のまえの森のようにぶつぶつと声をあげていた。門がまた閉まり、そこで私は眼を開けた。

何か金属製のもので誰かがドアを叩いていた。

「開けろ」保安官補だった。「いるのはわかってるんだ」

私はボルトをずらしてドアを開けた。「洩れそうなのか、そんなに急いでるところを見ると、お巡りさん」

「やっぱりおまえか。そうじゃないかと思ったんだよな」彼の黒い眼とぶ厚い唇が満足げにふくらんだ。手には銃を持っていた。

「こっちはあんただってすぐわかったよ」と私は言った。「でも、それは店にいる人たち全員に告げなきゃならないこととは思えなかったんでね」

「おれから逃げたのには当然理由があるはずだ、ちがうか？　おれが店にはいるなり、おれから隠れなきゃならなかったことにはな。保安官は内部の犯行じゃないかと思ってる。だからきっと知りたがるだろうよ、おまえがここで何をしてたのか」

「こいつですよ」とバーテンダーが保安官補の肩越しに言った。「エディから電話をもらったって言ってました。ラスヴェガスから来たそうです」

「今の話におまえのほうから何かつけ加えることはないのかな？」と保安官補は私の眼のまえで銃を振りながら言った。

「中にはいってドアを閉めてくれ」

「ええ？　だったら両手を頭にのせろ」

「そういうことはしない」

「両手を頭にのせろ」保安官補は銃口を私のみぞおちのあたりに突きつけた。「銃は持ってるのか？」そう言って、彼は私の身体検査をしようとした。

私はうしろに退《しりぞ》いて彼の手から逃れた。「銃は持ってるが、あんたにはそれを取り上げることはできない」

保安官補はさらに私に近づいてきた。そのうしろでドアが閉まった。「自分が何をしてるのかわかってるのか、ええ？　おまえ、公務執行妨害をしてるんだぜ。やろうと思えば、おれはおまえを逮捕してもいいんだぜ」

「やろうと思えば。思うだけで終わりにしておいてくれ」

「軽口は要らないよ、ヌケ作さんよ。おれはおまえがここで何をしてたのか知りたいだけなんだから」

「くつろいでただけだよ」

「しゃべる気はないんだな、ええ？」彼はまるで漫画に出てくるお巡りみたいに言うと、私に平手打ちを食らわそうと片手を上げた。

「やめておけ」と私は言った。「おれに指一本触れるんじゃない」

「なんで？」

「おれはまだお巡りはひとりも殺したことがないからだ。そんなことをするとおれの履歴《りれき》に疵《きず》がつく」

　われわれは眼を合わせた。そのまま視線がしばらくからみ合った。彼は片手を上げたままだったが、少しずつその手が下がった。

「銃もしまってくれ」と私は言った。「脅されるのは好きじゃない」

「誰もおまえに何が好きか嫌いかなんて訊いちゃいないよ」と保安官補は言った。それでも怒りは収まったようだった。その浅黒い顔には互いに相容れないいくつかの感情が浮かんでいた。怒りと疑わしさ、それに疑念と怯えだ。

「おれがここに来たのはあんたがここに来たのと同じ理由だよ、お巡りさん」どうしても固い口調になったが、それでもどうにか言った。「エディのポケットにマッチを見つけたからだ――」

「どうして被害者の名前がわかった?」と彼は警戒するように言った。

「ウェイトレスが教えてくれた」

「ほう? バーテンダーはエディはラスヴェガスにいるおまえに電話をしたと言ってるが」

「それは情報を引き出すためにおれがバーテンダーに言ったことだ。わかったかい? 常套手《じょうとう》段だ。それとなく話を訊き出すための」

「それで何かわかったのか?」

「死んだ男の名前はエディで、エディはトラックを運転していて、ここへは時々飲みにきてたことがわかった。三日前の夜、ここからラスヴェガスに電話していることも。三日前の夜と言えば、サンプソンもラスヴェガスにいた」

「嘘だろ? からかってるのか?」

「からかってなんかはいないよ、お巡りさん、からかうことがたとえできたとしてもね」

「なんとな」と彼は言った。「これであれこれつながりが出てきた、ちがうか?」

「そんなことは考えもしなかったよ」と私は言った。「わざわざ指摘してくれてありがとう」

彼は怪訝《けげん》な顔をして私を見た。それでも銃はしまった。

20

私は国道を半マイルほど走ってからまた引き返し、〈コーナー〉の斜め向かいの角に車を停めた。保安官補の車はまだ駐車場に停められたままだった。

霧が出てきており、水に牛乳を垂らしたみたいに空に溶け込み、海のほうに流れていた。果てしない水平線は今サンプソンがどこにいるにしろ、それはここからはるかに遠いところだということだけを私に思い出させた。山の中で餓死しそうになっているのか、溺れて海の底に沈んでいるのか、エディのように頭に弾丸《たま》を食らっているのか。道路の両方向とも車が何台も店のまえを通り過ぎた。家に帰るにしろ、より明るい場所を求めるにしろ。バックミラーを見ると、私の顔は死人のように青かった。まるでエディから死を少し分けてもらったみたいに。眼の下には隈ができ、ひげも伸びていた。

南のほうからトラックが一台やって来て、私のまえをゆっくりと走り過ぎ、〈コーナー〉の駐車場にはいった。色は青、有蓋トラックだ。運転席から男が降りてきて、足を引きずるようにしてアスファルトの上を歩きだした。膝がゴムでできているようなその歩き方には見覚えがあった。入口の明かりからその顔にも見覚えのあることがわかった。凶暴な彫刻家が石を叩き割ってつくり、それを別の石にぶつけたみたいな顔だ。

黒い警察車両に気づくと、男はびくっとして立ち止まった。そして、すぐに踵《きびす》を返した。青いトラックにまた戻り、ギアチェンジの音をたてて、バックで駐車場を出ると、ホワイトビーチに出る道をくだっていった。そのテールランプが赤い閃光ほどになるのを待って、私はあとを追った。路面はアスファルトから砂利敷きに変わり、最後は砂になった。二マイルに渡って砂を舐めさせられた。

その道は、崖と崖とのあいだはさまれる恰好でビーチに出たところで、別の道路と交差していた。トラックのテールランプはその交差点を左に曲がり、坂を登りはじめた。トラックが坂のてっぺんまで登り、見えなくなるまで待ってまたすぐ追いかけた。丘の中腹を這っている一車線の細い道だった。坂のてっぺんまで来ると、右手に海が見下ろせた。雲の中で月が移動していた。海のほうに漂っていた。その月に照らされ、黒い海面が鉛箔のように鈍く光っていた。

やがて道は平坦になり、まっすぐにもなった。私はライトを消してゆっくりと走った。気づくと、トラックが横に見えた。明かりを消して道からさらに枝分かれした小径に——道から五十ヤードほど離れたところに——停車していた。私はそのまま走りつづけた。

道は四分の一マイルほどさらに進んだ丘の裾で唐突に終わっていた。そこからは右手の海のほうに曲がりくねった小径が続いていたが、その小径は木の門で閉ざされていた。私は車を方向転換させてから、あとは歩いて丘を登った。

ユーカリの木が並んで生えており、その梢《こずえ》が空を背景にジグザグ模様を描いていた。ユーカリの木自体はトラックが停まっている小径を縁取っていた。私は小径を離れ、自分とトラックのあいだにユーカリの木を置いて近づいた。地面はでこぼこで、ところどころにごわごわとした雑草が生えており、一度ならず転びそうになった。いきなり広い空間が眼のまえに開け、危うく崖のへりから足を踏みはずしそうになった。はるか下方で白い波が浜辺を撫でていた。海は飛び込めそうなほど近くに見えたが、鋼《はがね》のように硬くも見えた。

右手の下に四角い白い光がともっていた。私は落ちないよう草につかまりながら丘の斜面をくだった。光のまわりに小さな建物が姿を現わした。崖の股のところに白いコテージが建っていた。

窓にはカーテンも何もなく、コテージの中のただひとつの部屋全体が外から見通せた。ホルスターの銃に手をやってから、私は四つん這いになってコテージに近づいた。中にはふたりいた。どちらもサンプソンではなかった。

〈ワイルド・ピアノ〉の用心棒のパドラー。樽《たる》からつくった椅子にその巨体を押し込み、つぶれた横顔を私のほうに向け、瓶ビールを握っていた。壁ぎわに置かれた、使われたままのソファベッドに坐っている女と向かい合っていた。漆喰の塗られていない剝き出しの屋根の垂木《たるき》に吊るされたガソリンランプのざらついた白い光が、メッシュを入れた女のブロンドの髪と顔を照らしていた。細い顔で、その顔にいかにも困ったような表情を浮かべていた。同時に、小鼻をふくらませて怒ってもいた。唇は乾いてかさかさしていたが、冷ややかな茶色の眼だけは生き生きとしていた。皺の寄った瞼の下でめまぐるしく動いていた。私は頭を少し横にやって彼らの視野から離れた。

さほど大きくはなく、何もかもが恐ろしく剝き出しになっているような部屋だった。マツ材の床に絨毯は敷かれておらず、何かがこびりついててらてらしていた。木のテーブルには汚れた皿が積み上げられ、天井からの光にさらされていた。その向こう、奥の壁ぎわには火口《ほくち》がふたつあるコンロ、形のゆがんだアイスボックス、錆《さ》びだらけのシンク。洩れた水を受けるためのブリキの桶《おけ》がその下に置かれていた。

部屋が静かで羽目板が薄いので、ランプの燃える音さえ聞こえてきそうだった。そこでいきなりパドラーの声がした。

「一晩じゅうこんなところで待ってちゃいられないよ、だろ？　こんなところで一晩じゅうおれが待ってるなんて期待しないでくれ。今からでも戻らなきゃならない仕事があるんだからよ。それに〈コーナー〉の駐車場に警察の車が停まってるのも気に入らない」

「それってあんたがまえに言ったことだよ。あんな車にはなんの意味もないって」

「それはそうだけどよ。おれはもうとっくに〈ピアノ〉に戻ってなきゃならないんだぜ。言っとくけど。エディが現われないんで、ミスター・トロイはもうかんかんなんだから」

「だったら卒中でも起こしゃいいんだよ」女の声は鋭く、顔と同じように細かった。「エディの仕事のやり方がたとえ気に入らなくても、それは我慢してもらわなきゃ」

「そんな言い方ができる立場にいるのかよ、あんた？」パドラーは部屋を見まわした。「エディが刑務所《ムショ》から出てきて、仕事が欲しくてへこへこしてたときには、あんた、そんな言い方は絶対しなかったぜ。エディが刑務所《ムショ》から出てきて、仕事が欲しくてへこへこしてたんでよ、ミスター・トロイがエディに仕事をやったんじゃ――」

「うるさい！　あんたのトロい頭はあんたにおんなじことを繰り返させることしかできないのかい？」

思いがけないことばにびっくりしたのだろう、パドラーは傷だらけの顔を襞《ひだ》ができるほど歪めた。首をすくめると、カメの首のように首にも襞ができた。「そんな言い方はないだろう、マーシー」

「エディと刑務所のことについては口のチャックをしっかり閉じてて」彼女の声は細いナイフの刃のように鋭かった。「あんた、どれぐらい刑務所を知ってるんだよ、お利口さん？」

パドラーの声は拷問を受けている者のうめき声のようだった。「今話してるのはおれのことじゃないだろ、なあ？」

「いいよ、だったらエディのことでもないからね」

「だけど、いったいエディはどこに行っちまったんだよ？」

「それはあたしも知らないよ。どうしていなくなっちゃったのかも。あたしにわかってるのは絶対それには理由があるってことだよ」

「だったらまともな理由であってほしいね。ミスター・トロイも絶対訊くだろうからよ」

「ミスター・トロイ、ミスター・トロイ。あんた、あの男に催眠術でもかけられちゃったの？　エディはミスター・トロイにいちいち理由なんか話さないよ」

パドラーはその小さな眼でまじまじとマーシーを見て、彼女のことばの意味を読み取ろうとした。が、やがてあきらめて言った。「聞いてくれ、マーシー、あんたもトラックは運転できるだろ?」

「冗談じゃないよ。あたしはこんなことに関わるつもりはこれっぽっちもないから」

「それでおれはかまわないよ。エディもきっとかまわないだろうよ。だけどさ、エディに街で拾われてから、ほんと、あんたもめんどくさいやつになっちま——」

「うるさい! さもないと後悔するよ!」と彼女は怒鳴った。「あんたの駄目なところはね、ビビり屋だってことだよ。パトカーを見ただけでもうビビってパンツを濡らしちゃうんだから。悪いことは言わない、自分の代わりに怒られてくれる女を捜すことだね。世の中のありとあらゆるほかのポン引きとおんなじように」

パドラーはビール瓶を振りまわしながらいきなり立ち上がった。「なあ、今話してるのはおれのことじゃない。おれは人を利用なんかしない。おまえが男だったら、おまえのためにその顔をめちゃめちゃにするところだぞ。わかったかよ?」ビールの泡が床に落ち、彼女の膝にも垂れた。

彼女はどこまでも冷ややかに応じた。「そういうことはエディのまえでは言わないことだね。あんた、バラバラに切り刻まれちゃうよ。それはあんたもよくわかってると思うけど」

「あんなチビ猿がなんだってんだ!」

「そうよ、あんなチビ猿だよ! 坐って、パドラー。あんたが強いことはみんな知ってるんだから。ビールをもう一本持ってくるね」

彼女も立ち上がると、まるで飢えた猫のように軽やかに荒々しく部屋を横切った。そして、シンクの横に打った釘に掛けられたタオルで、ビールの染みのついたバスローブを軽く叩いて拭いた。

「だけど、マーシー、あんたもトラックは運転できるんだろ？」とパドラーは未練がましく言った。

「あたしのほうもなんでもおんなじことを二回言わなくちゃいけないの、あんたみたいに？ あたしはトラックなんか運転しない。心配なら、あいつらの誰かに運転させればいいじゃないの」

「いいや、それはできない。あいつらは道を知らないんだから。ヘマるに決まってる」

「だったら、あんた、時間を無駄にしてない？」

「ああ、たぶんな」彼はそう言ってそれとなく彼女に近づいた。彼の大きな影が床と壁に伸びた。「じゃあ、おれが出ていくまえにちっと何かするってのは？ ささやかなパーティだ。エディも今頃きっと誰かとどこかにしけ込んでるんだよ。おれはこういうことにかけちゃ自信があってよ」

彼女はテーブルからパン切りナイフを取り上げた。刃が湾曲しているナイフだ。「じゃあ、その自信と一緒にどこかへ行っちゃって、パドラー。さもないと、あたしはこれであんたを可愛がることになっちゃうから」

「いいじゃないか、マーシー。おれたちゃ仲よくできるって」そうは言いながらも、彼はそれ以上彼女に近づかなかった。距離を置いた。

彼女は唾を呑み込んで感情の昂《たかぶ》りを抑えようとしたが、それでも出てきた声は叫び声に近かった。「出てけ！」パン切りナイフの切っ先がぎらつく光の中、パドラーの咽喉に向けられた。「わかったよ、マーシー。そんな怒らなくてもいいじゃないか」彼はそう言って肩をすくめ、愛を拒絶された者が誰でも見せる失意と無力さを顔に浮かべて退散した。

私は窓から離れ、丘の斜面を登った。丘のてっぺんに着くまえにドアが勢いよく開き、斜面に長方形の光が伸びた。私は四つん這いのままその場にとどまり、体を静止させた。顔のまえの乾いた草に自分の頭の影ができた。

ドアがすぐに閉まり、闇が私を覆ってくれた。小屋の裏の影の塊の中からパドラーの影が突き出してきた。彼は砂を蹴散らしながら急な坂の小径を登り、やがてユーカリの木の向こうに姿を消した。

彼か、ブロンド女のマーシーか、どちらか選ばなければならなかった。私はパドラーを選んだ。マーシーは待っていてくれる。彼女はエディが戻ってくるまで永遠にでも待っているだろう。

21

ブエナヴィスタから北に数マイル行ったところで青いトラックは右に曲がり、国道を離れた。私はいったん停車してトラックとの距離を取った。交差点の道路標識には〝ルックアウト通り〟と書かれていた。改めてあとを追うまえにフォグランプをつけた。霧はすでに海のほうに流れ去っていたが、パドラーには同じライトをずっと見せたくなかった。

山を抜けるラフな七十マイル近い道ゆきになった。尾根伝いにまっすぐ五マイル走ると、標高の高さに耳が痛くなった。これまで昼間に走ったのを入れても最悪のドライヴだった。黒い崖のへりに刻まれたただの二本のタイヤ跡。カーヴに出くわすたびにその下に暗い永遠が待っていた。トラックのほうはまるで安全な線路の上を行くかのようにフルスピードで走っていた。私はそのままわざと視界から離れさせると、ライトを切り替え、別な車がうしろを走っているように思わせた。

気づくと、その日の午後にミランダと渡った谷にやって来ていた。やって来たのが別のルートだったのだ。谷底の直線道路にはいると、私はライトをすっかり消し、月明かりと記憶だけを頼りに走った。トラックがどこに向かっているのかはほぼ見当がついたが、この眼で確かめておきたかった。

トラックは谷の反対側の山の斜面を登りきると、雲の寺院に向かう曲がりくねったアスファルト道路を走りだした。さらにあとを追うにはライトをつけざるをえなかった。クロードの郵便受けがあるところまで来た。その横の木の門は閉まっていた。トラックは私のはるか先を走っていた。山を這いのぼるホタルのように。山のぎざぎざの稜線のはるか上の澄んだ空に星がまたたいていた。星の群れの中、雲のかかっていないきれいな月が出ていた。じっと動かず、まるで丸くて白い穴が空にできたかのようだった。

私はうんざりしてきた。待つことにも。人を追いかけ、暗い夜道を走りながら、決して相手の顔が見られないことにも。わかっているかぎり、寺院にはパドラーとクロードしかいないはずで、こっちには銃がある。それに機先を制することができるというのは有利なことだ。

私は門を開けると、車を乗り入れ、台地のへりを走り、寺院をめざした。白っぽい塊の上に内陣からの光が淡い光を放っていた。トラックは開けっ放しの門の内側に停められていた。トラックのリアドアも開けっ放しになっていた。私は門のところに車を停めて降りた。

トラックの中には何もなかった。両側に黄麻布をあてがった木のベンチが据え付けられていて、鼻につんとくるにおいがした。汗をかきながら着替えもせず、体も服もただ乾かしただけの男のにおいだ。

そのとき、寺院の鉄張りのドアが軋んで開いた。クロードが出てきた。月明かりの中の彼はまさにローマの元老院議員の戯画だった。彼のサンダルが砂利を踏みしめる音がした。「そこにいるのは誰だ?」と彼は言った。

「アーチャーだ。覚えてるかい？」

私はトラックの陰から出て、彼に姿を見せた。彼は懐中電灯を手に持っていた。その光に私の手の中の銃が光った。

「ここで何をしているんです？」彼のひげは震えていたが、声はしっかりしていた。

「まだサンプソンを捜してるんだよ」

そう言って近づくと、彼はドアのほうにあとずさった。「ここにはいないと言ったはずだが。一度の冒瀆だけでは足りなかったんだろうか？」

「そういうだぼらはもうやめようよ、クロード。そんなたわごとに騙されたやつがこれまでひとりでもいたのかい、ええ？」

「どうしてもはいらなければならないのなら、はいりなさい」と彼は言った。「きみには何を言っても無駄なようだ」

彼はドアを開けたまま支えて私を中に入れると、ドアを閉めた。パドラーは中庭の真ん中に立っていた。

「あんたはパドラーと一緒にいてくれ」と私はクロードに言った。

が、パドラーのほうが小走りになって私のところへやって来た。私は彼の足下を狙って撃った。石畳に白い疵ができ、私の撃った弾丸《たま》は向こう側の日干し煉瓦の壁に跳飛した。パドラーは立ち止まり、私を見た。

クロードが形ばかり私の銃を叩き落とそうとした。私は肘打ちを彼のみぞおちに食らわせた。

彼は体をくの字に曲げて地面に倒れた。

「こっちに来てくれ」と私はパドラーに言った。「話がある」

彼は動かなかった。クロードは上体だけ起こすと、自分を両腕で抱え込むようにして私の理解できないスペイン語の方言で大声をあげた。まるでそのスペイン語を理解したかのように、中庭の奥のドアが勢いよく開き、十人ほどの男が飛び出してきた。全員小柄で茶色ですばしこく、私のほうに向かってきた。月明かりに白い歯が光った。彼らは無言で近づいてきた。それがあまりに不気味だったからか、あるいはほかの何かのせいか、私は撃つのをひかえた。茶色い男たちは私の銃に気づいてもかまわず突進してきた。

私は棍棒がわりにするために銃身を握って待った。最初のふたりはそれで頭を血だらけにしてやった。そのあとは全員にたかられた。私の腕にぶら下がるようにしてくる者もいれば、下から私の脚を蹴る者もいた。さらに頭を蹴られ、私は気を失った。世界の暗い山の斜面を降りていくテールランプのように意識が消えた。

気づくと、何かに抗《あらが》っていた。腕を押さえつけられ、皮の剝けた唇をコンクリートに押しつけられながら。やがて自分は自分と闘っているのがわかった。うしろ手に両手を縛《しば》られ、足も結《ゆ》わえられて、手首とつなぎ合わされていた。私にできるのは体を少し揺することと、側頭部をコンクリートに打ちつけることだけだった。そういうことはあまり続けないのが得策というものだ。

試しに叫んでみた。頭がドラムに張った生皮みたいに振動した。がんがんして、叫んだ自分の声も聞こえなかった。私は叫ぶのをやめた。頭の中の振動が惹き起こした大音声はさらに高まり、どこまでも高まり、ようやく最後に遠のいて、キーキーという小さな音に落ち着いてくれた。そのあと本物の痛みがやって来た。短縮されたリズムでこめかみに杭を打たれているかのようだった。そのリズムを止めてくれるなら相手は誰でもよかった。クロードでも。

「神の怒りは深いということだ」クロードの声がうしろの上のほうから聞こえた。「神の寺院を汚すなどとはもう金輪際《こんりんざい》思わないように」

「くだらない話はいいから」と私はコンクリートに向かって言った。「一度ならずも二度も誘拐事件を起こすとはな」

「きみこそくだらない話はやめなさい」とクロードは言って、舌を口蓋にあてて甲高い音をたてた。首をひねると、サンダル履きの節くれだった彼の足が見えた。

「きみは状況をまるで誤解している」と彼はことばを衣裳のようにまとって言った。「きみはわれわれの隠遁《いんとん》の場を銃で襲い、私に乱暴し、私の友人と弟子に危害を加えた――」

私は陰気に笑おうとした。見事に成功した。「パドラーもあんたの弟子なのか？　なるほど、あの男は実に精神的な男だ」

「いいかな、ミスター・アーチャー。われわれは疑いの余地のない正当防衛ということできみを殺すこともできた。それはつまり、われわれはきみに命を授けたということだ」

「だったら煙突に登ってそこから馬に乗って飛んでいったらどうだ？」

「きみにはどうも現在の状況の深刻さがわかっていないようだね」

「あんたが悪臭芬々《ふんぷん》たる詐欺師だってことだけはわかってるよ」できればもっと繊細な罵声を浴びせたかったのだが、頭がまだきちんと機能していなかった。

彼は私の背中――腎臓のすぐ上のあたり――を踏みつけた。口が開き、歯がコンクリートにこすりつけられた。が、声は出なかった。

「よく考えることだ」と彼は言った。

明かりが消され、ドアが閉められた。頭の痛みも体の痛みも星のように脈動していた。遠く小さかったと思ったら、急に近く大きくなった。それが徐々にがんがんがぶんぶんという音をともなって、おやみなく回転する小さなドリルの先端のようになった。

意識の閾《いき》のあたりに、閾の先にあるイメージが集結していた。私がこれまでに見たどんな顔より醜い顔が見えた。私がこれまで見たどんな通りより邪悪な通りも見えた。私は何もない街の中心部にいた。がたごとという窓の向こうに死に神がうろついていた。病気を化粧で隠した老娼婦。ひとつの顔が私を見ており、その顔が秒刻みで変わった。ミランダの若々しい茶色の顔に白いものの交じるひげが生え、クロードの口が消えるとフェイの微笑みになり、そのフェイも縮んで最後は大きな黒い眼になり、さらにフィリピン人の頭になり、その頭も萎れてトロイの白髪に変わった。死んだエディのきらきらと光る眼が何度も何度も繰り返し現われ、メキシコ人の顔も再生を繰り返した。表情のない黒い眼をし、唇をへの字に曲げて、怒りと怯えの笑みを浮かべている、どれも同じメキシコ人の顔だ。私は両手をうしろで縛られ、踵を自分の尻にくっつけた恰好のまま、意識の閾を越え、嫌な眠りに落ちた。

瞼越しに見える明かりが閉ざされた赤い世界に私を連れ戻した。上から声が聞こえていた。私はあえて眼は開けなかった。聞こえているのはトロイの柔らかな声だった。

「あんたは大変なミスをしたね、クロード。私はこの男を知っている。この男が最初に来たときにどうして知らせなかったんだ？」

「大して重要なこととも思えなかったからだよ。こいつはサンプソンを捜してた。ただそれだけのことだったんだから。それに、そのときはサンプソンの娘も一緒だったし」クロードの話し方が激変していた。ごく普通の口調で話していた。声にも朗々としたところはかけらもなく、優に一オクターヴは高くなっていた。まるで怯えた女のような声だった。

「大して重要なことだとも思えなかった？　だったらそれがどれほど重要なことだったか教えてやろう。このことの意味するところは、あんたの利用価値はもうなくなったということだ。あんたには茶色の肌の色の教義と一緒にここから出ていってもらう」

「ここはおれの寺だ！　それはサンプソンが言ったことだ。おれにはここに住む権利がある。あんたの言いなりになんかならないぞ！」

「もう決めたことだ、クロード。あんたはヘマをした。あんたはもう終わってるんだよ。あんただけじゃない、すべて終わってしまったんだ、たぶん。われわれはここを引き払う。だけど、あんたを置いてはいかない。自棄になって警察にべらべらしゃべられても困るからな」

「だったらおれはどこに行きゃいい？　何をすりゃいい？」

「また間に合わせの教会でもつくればいい。ゴウワー・ガルチ（ハリウッドのサンセット大通りとゴウワー通りの交差点の俗称）にでも帰るんだな。そこで何をしようと私の知ったことじゃない」

「そんなこと、フェイはきっと喜ばないと思うがね」とクロードはおずおずと言った。

「彼女に相談する気はないよ。もう議論は終わりだ。まだ議論したいのなら、パドラーのところへ連れていってやるから彼と議論するといい。しかし、そんなことはさせたくないね。というのも、あんたにはほかにやってもらいたい仕事があるんだよ」

「なんだね、それは?」とクロードは勢い込んで尋ねた。少なくともそんなふうに聞こえる声音で。

「最後のトラックの荷だ。最後まで送り届けてほしい。あんたにそれだけの能力があるかどうか、なんとも心許ないところだが、私としても少しはリスクを冒さなくてはならない。もっとも、リスクの大半を冒すのはあんただが。支障なく運べるよう農園の作業長が南東の入口であんたを待ってる。南東の入口がどこかはわかるね?」

「ああ、国道から少しはずれたところだ」

「よし。荷を降ろしたら、トラックはベイカーズフィールドに戻して、どこかに放置するんだ。売ろうなんてするなよ。どこかの駐車場に停めたら、そのまま姿を消すんだ。それぐらいできるな?」

「ああ、ミスター・トロイ。でも、おれは無一文だ」

「ここに百ドルある」

「たったの百ドル?」

「それだけでもらえるだけ運がよかったと思うことだ、クロード。すぐに出かけてくれ。ただ、そのまえにパドラーに、食事が終わったら私のところに来るように言ってくれないか」

「あいつにおれを痛めつけさせようっていうんじゃないだろうね、ミスター・トロイ？」

「馬鹿な。あんたのその薄汚い髪の毛一本搔き乱させやしないよ」

地面をこするようなクロードのサンダルの音が遠ざかっていった。今度は明かりは消されなかった。私の手首を縛っているロープが何かに引っぱられた。手の感覚も前腕の感覚も麻痺していたが、肩に負荷がかかったことからそれがわかった。

「やめろ！」顎を動かすと、そのあとがたがたと震えが止まらなくなった。私は歯を食いしばって顎の震えを抑えた。

「すぐに楽にしてやるよ」とトロイは言った。「それにしてもよく縛ったものだな。これじゃ市場に出される鶏《にわとり》だ」

ナイフが繊維を切る小さな音がした。腕と脚が解放された。両方とも丸太のようにコンクリートの地面の上にどさっと落ちた。悪寒《おかん》がうなじを走り、私は震えた。

「立つんだ」

「このままがいい」腕と脚の神経にゆっくりと感覚が戻ってきた。ゆっくりと燃える炎のように。

「拗ねたりしないでくれ、ミスター・アーチャー。私の仲間についてはまえに警告しただろうが。そんな彼らから相当手荒な扱いを受けたとしても、それは自業自得というものだ。しかし、こんな保険の勧誘は前代未聞だな。山のてっぺんまで未明にやって来て、銃を片手に売りつけるとはね。いずれにしろ、きみが保険を売りつけようとした連中のほうがきみよりはるかに長生きするだろう」

私はコンクリートの上で手を動かし、両足をそろえて蹴ってみた。手足に血液が流れはじめた。それがざらざらした熱いロープのように感じられた。トロイはタップダンスのステップを踏むようにすばやく二歩うしろにさがった。

「私が持っている銃はきみの後頭部に向けられているからね、ミスター・アーチャー。ゆっくりと立ち上がるんだ。立ち上がれるなら」

私はコンクリートの上でまず四つん這いになった。部屋が回転しはじめたが、やがて止まった。寺院の中庭に面した、何もかもが剝き出しの部屋のひとつだった。壁ぎわのベンチの上にランタンが置かれていた。トロイは相変わらずきびきびとこざっぱりとして、その脇に立っていた。手にしているのは前回同様、ニッケルメッキの拳銃だった。

「昨日の夜は大目に見てやったのに」と彼は言った。「きみには大いに失望したよ」

「おれは自分の仕事をやってるだけだ」

「きみの仕事はどうやら私の仕事とは相入れないようだ」彼は自分のことばに句読点を打つかのように銃を動かした。「しかし、きみのその仕事というのは正確なところなんなんだね?」

「サンプソンを見つけることだ」

「サンプソンがどこかにいなくなったのか?」

私は無表情な彼の顔を見た。この男はどこまで知っているのか。顔を見ただけでは何もわからなかった。

「とぼけられるのにはもううんざりだ、トロイ。ただ、ひとつ言えるのは誘拐の上に誘拐を重ねてもなんの得にもならないということだ。私のことはこのまま解放するのが得策だと思うがね」

「きみは私に取引きを持ちかけてるのか、ミスター・アーチャー？　だったらきみはあまり交渉上手とは言えないね」

「私はひとりで仕事をしているわけじゃない」と私は言った。「〈ワイルド・ピアノ〉にはもうすでに警官が張り込んでいる。フェイの家も同じだ。ミランダ・サンプソンは今日まちがいなく警察をここに連れてくるだろう。つまるところ、あんたが私をどうしようと、あんたの商売はもうおしまいだということだ。私を撃ったりしたら、あんた自身もうおしまいだということだ」

「どうやらきみは自分という人間を過大評価してるようだが」彼は慎重に笑みを浮かべた。「まさか今夜のあがりの分けまえを考えてるんじゃないだろうな？」

「考えなくてどうする？」私は努めてトロイが手にした銃を考えないようにした。が、私の頭はまだ本調子とは言えなかった。立っているだけで一苦労だった。

「私の立場を考えてみてくれ」とトロイは言った。「ケチな探偵が私の仕事に首を突っ込んできた。それも一度だけじゃなく、続けて二度も。それでも笑って赦してやれなくはない。もちろん愉快なことじゃないがね。それぐらいなら辛抱できなくはない。気持ちとしては殺してやりたいところだが、きみの取引きに乗ってやろう。今夜のあがりの三分の一だ。七百ドルだ、ミスター・アーチャー」

「今夜のあがりの三分の一は三万三千ドルだよ」

「なんだって?」と彼は訊き返した。驚きが素直に顔に表われていた。

「いちいち説明が要るのか?」

彼はすぐに驚きを取り繕って言った。「三万三千ドル。それはなんとも大金だ」

「十万ドルの三分の一は三万三千三百三十三ドル三十三セントだ」

「いったいどういうところからそんな大金を搾《しぼ》り取ろうというんだね?」彼の声音が変わっていた。苛立ち、ざらついていた。こっちとしてはそんな気持ちが彼の手から銃に伝わらないよう祈るしかなかった。

「忘れてくれ」と私は言った。「あんたの金には興味はないから」

「わからないね」と彼は言った。いたって真面目な口調だった。「気を持たせるような話し方はやめてほしい。いらいらする。手も過敏になる」そう言うと、自分の気持ちを伝えるように銃を動かした。

「トロイ、ほんとうに何が起きてるのか知らないのか? 全部わかっていると思っていたが」

「私は何も知らない。そういう前提で手短に言ってくれ」

「知りたいなら新聞を読めばいい」

「手短に話せと言ったんだ」彼は銃を持ち上げ、私に銃口を見せた。「十万ドルとサンプソンの話をするんだ」

「なんであんたのビジネスのことを話さなきゃならない？　あんたは一昨日サンプソンを誘拐した」

「続けろ」

「で、昨夜、あんたの運転手がその金を手に入れた。それじゃ不充分だったのか？」

「パドラーが金を手に入れた？」彼の無表情はもはや永遠に消えていた。その顔には新たな表情が浮かんでいた。揺るぎない意志を持った冷酷な殺人者の顔になっていた。

彼はドアのところまで行くと、私のほうに銃を向けたままドアを開けて怒鳴った。「パドラー！」その声は甲高くひび割れていた。

「もうひとりの運転手のほうだ」と私は言った。「エディのほうだ」

「おまえは嘘を言っている、アーチャー」

「わかった。だったら、警察が来てあんたに直接説明するのを待つといい。今頃はもうエディが誰の下で仕事をしていたか、警察も突き止めていることだろうから」

「エディにはそんなことを考える頭はない」

「負け犬にしてはあるほうだよ」

「どういう意味だ？」

「エディは今、死体仮置場にいる」

「誰が殺《や》った？　お巡りか？」

「ひょっとしてあんたじゃないのか」と私は慎重に言った。「十万ドルというのはチンピラには多すぎる額だ」

彼は私のそのことばは聞き流した。「金はどうなった？」

「何者かがエディを撃って金を横取りした。クリーム色のコンヴァーティブルに乗っていた誰かが」

〝クリーム色のコンヴァーティブル〟ということばに彼は一瞬、虚を突かれたかのようにぽかんとした顔をした。私はその隙を逃さなかった。右に動くと、左の手のひらで銃を叩き落とした。銃はコンクリートの床に落ち、開いたドアのほうに床をすべった。

戸口にはパドラーが立っており、銃に近づいたのは私より早かった。私はあとずさった。

「ちょいとこいつを可愛がってやりますか、ミスター・トロイ？」

トロイは私に叩かれた手を振っていた。ランタンの光のサークルの中、その手がまるではばたく白い蛾《が》のように見えた。

「まだだ」とトロイは言った。「それよりここから引き上げるのが先だ。よけいなものはあとに残したくない。こいつはリンコンの桟橋まで連れていけ。こいつの車で。私が命令するまであそこに閉じ込めておくんだ。わかったな？」

「わかりました、ミスター・トロイ。あなたはどこへ？」

「まだ決めてない。ベティは今夜〈ピアノ〉にいるのか？」

「おれが店を出たときにはいませんでした」

「彼女がどこに住んでるかわかるか?」

「いいえ。二、三週間前に引っ越したんですよ。誰かのキャビンを借りてるそうだけど、場所は――」

「彼女は今でも同じ車を運転してるのか?」

「コンヴァーティブル? そうです。少なくともゆうべはしてました」

「わかった」とトロイは言った。「いつもことだが、私のまわりにいるのはアホかごろつきのどっちかだ。あいつらには面倒から逃れる頭がない、ちがうか? たまにはこっちから面倒というのはどういうものか教えてやろうじゃないか、ええ、パドラー?」

「了解です」

「行け」とトロイは私に言った。

22

私はふたりに車まで連れていかれた。私の車の横にトロイのビュイックが停まっていた。トラックはもうどこにもなかった。クロードと茶色い男たちももういなかった。あたりはまだ暗かった。月がそろそろ沈みかけていた。

日干し煉瓦の建物の横の小屋からパドラーがロープを持ってきた。

「手をうしろにやれ」と彼は私に言った。

私は従わなかった。

「手をうしろにやれ」

「こっちはこっちで自分の仕事をしてるんだ」と私は言った。「これ以上よけいな手を出すと、黙ってないぜ」

「口だけは達者だな」とトロイが言った。「パドラー、こいつを黙らせろ」

私は振り向き、パドラーと向き合おうとした。が、一瞬、遅れた。パドラーに後頭部を拳で殴られた。ガラスにひびがはいるように激痛が全身を走った。夜がまたずしりと私にのしかかってきた。気づくと、路上にいた。道路は混んでおり、私は車に乗っているすべての人間に責任を負っており、ひとりひとりに関する報告書を書かなければならないのだった。年齢、職業、趣味、宗教、銀行の預貯金、性的嗜好、支持政党、犯罪歴、それに行きつけのレストランまで。車に乗っている者たちは始終車を取り替えていた、椅子取りゲームのように。車自体も変わっていた。ナンバーも色も。書いていたペンのインクが切れた。青いトラックがそんな私を拾ったと思ったら、そのトラックの色が霊柩車《れいきゅうしゃ》のような黒に変わった。運転しているのはエディだった。私は彼に運転させた。私にはある男を殺す計画があった。

その計画が半分成功しかけたところで、眼が覚めた。自分の車の前部座席と後部座席のあいだに押し込まれ、床に寝かされていた。床の振動に合わせて頭痛がひどくなった。また手を背中で縛られていた。対抗車両のヘッドライトに運転席のパドラーの幅のある背中がシルエットになった。立つことも彼に手を伸ばすこともできなかった。

　手をねじったり、引っぱったりして、ロープの結びをゆるめることはできないか試してみた。結果は手首の皮が剝け、汗みずくになっただけだった。私がやるよりうまく結んであった。私はあきらめ、別のプランに移った。

　交通量の少ない道を通って山を降り、海のほうに向かっていた。パドラーは支柱に渡して雨よけにした防水シートの下に車を停めた。エンジン音が消えるなり、砂を叩く波の音が下のほうから聞こえてきた。パドラーは私のコートの襟をつかんで私を立たせると、私の車のキーを自分のポケットに入れた。

「騒ぐなよ」と彼は言った。「また可愛がられたくなけりゃよ」

「あんたは度胸があるよ」と私は言った。「人をうしろから殴るなんてことはよほど度胸がなけりゃできないことだ。おまけにあんたに殴られたやつはほかのやつに銃まで突きつけられてたんだからな」

「黙れ」そう言って、彼は手の指を広げ、私の顔に押しあて、上から下にずるっと移動させた。汗の味がした。パドラーの汗のにおいは馬並みに臭かった。

「これまた度胸の要《い》ることだよ。手を背中で縛られてる相手の顔を手でこづくというのは」

「黙れって言ってんだ」と彼は言った。「永遠に黙らせられたいのかよ、ええ?」

「そんなことをしたら、ミスター・トロイに怒られるぞ」

「うるさい。さあ、行け」彼は私の肩に手を置いて私を振り向かせ、背中を押して防水シートの下から出させた。

私たちがいるのは海中に杭を立て、海に突き出して造った桟橋の根元だった。背後のスカイラインには油井櫓《ゆせいやぐら》が見えたが、明かりはなかった。桟橋の突端に置かれて、伸びたり縮んだりしているポンプと海の波以外、動いているものはなかった。私と彼は前後に並んで――パドラーがもちろんうしろだ――そのポンプのほうに歩いた。桟橋の厚板は歪んでおり、見るからに雑な造りだった。板と板の隙間越しに黒い海水が光って見えた。

岸から百ヤードほど離れたところまで来ると、ポンプが機械のシーソーのように上がったり下がったりしているのがわかった。ポンプの脇に道具小屋があったが、それ以外はその向こうの海以外何もなかった。

パドラーはその小屋の鍵を開けると、釘に掛けたランタンを取って火をつけた。

「坐れ」そう言って、壁ぎわに設えられた重厚そうな作業台を角灯で示した。その作業台の端には万力が取り付けられ、そのまわりに道具が散らばっていた。ペンチにさまざまなサイズのレンチ、それに錆びたやすり。

私は何も置かれていない場所に腰かけた。パドラーはドアを閉め、角灯をドラム缶の上に置いた。ちろちろと揺れる下からの黄色い明かりに照らされた彼の顔は、およそ人間じみて見えなかった。額が狭く顎が突き出た、まさにネアンデルタール人のそれだった。がっしりとはしていても、思考力に欠けるぶん侘《わび》しい顔だ。その顔を見て、私はつくづく思った――彼がこれまでにしてきたことの責めを彼自身に負わせるのは、酷というものだと。この男は鋼鉄とコンクリートのジャングルにたまたまどこかから落ちてきた未開人なのだから。よく仕込まれた荷役の動物、闘う機械なのだから。そう思いはしたが、赦す気にはなれなかった、もちろん。本人がやったことの責めはやはり本人に負ってもらわなければならない。彼が私にやったことを甘んじて受け入れるか、あるいはお返しをする方法を見つけるか、そのどちらかしかないとなれば。

「あんたもまたずいぶんと妙な立場に立たされちまったね」と私は言った。

彼は私のことばを聞いていなかった。あるいは、答えるのを拒否していた。ドアにもたれ、私の逃げ道をふさぐずしりと重い人間バリアになっていた。外のポンプが軋む音と海水が杭を舐める音が聞こえた。私はパドラーに関してわかっていることを反芻《はんすう》してから同じことばを繰り返した。

「あんたもまたずいぶんと妙な立場に立たされちまったね」

「口にはチャックをしてろ」

「看守みたいな役をさせられてさ。あんたみたいな男は普通、立場が逆だよな、だろ？　あんたが監房に入れられて、誰かがあんたを見張る。普通はそうだよな」

「黙ってろって言っただろ」

「あんた、刑務所には何回ぐらい入れられたんだい、薄馬鹿さんよ？」

「この野郎！」と彼は怒鳴った。「おまえにはもう警告したはずだ」彼は私のほうに近づいてきた。

「度胸の要ることだよ」と私は言った。「手を背中で縛られてるやつを脅すというのは」

彼は平手で私の顔を叩いた。

「あんたの問題は度胸がないってことだ」と私は言った。「マーシーが言ってたじゃないか。そう言えば、あんた、マーシーにさえびくついてたね？　ええ、ミスター・パドラー？」

彼は私の上にのしかかるようにして、眼をぱちぱちさせながら言った。「殺して、やるからな、わかったか、おれに、そんな口利いてると、絶対、殺して、やるからな、わかったか？」ことばがとぎれとぎれに聞こえた。そもそもよくまわらない口で早口で言ったせいだ。泡が口の片方の隅に溜まっていた。

「だけど、そんなことをしたらミスター・トロイに怒られる。彼はあんたにおれを生かしておくようにって言ってたじゃないか。忘れたのか？　あんたは今おれをどうすることもできないんだよ、パドラー」

「耳がちぎれるぐらいぶっ叩いてやる」と彼は言った。「耳がちぎれるくらいよ」

「おれの手が自由なら何もできないくせに、この噛ませ犬」

「噛ませ犬だと？」彼はまた手をうしろに引いて構えた。

「おまえは最低の役立たずだ。もう終わってるんだよ。落ち目なんてものじゃなくて。相手が縛られてるときしか殴《なぐ》れないなんてな——それしかできないなんてな」

彼は私を殴らなかった。ポケットから折りたたみナイフを取り出すと、刃を出した。その細い眼は赤くぎらつき、ぶ厚い唇は唾で濡れていた。

「立て」と彼は言った。「どっちが役立たずか教えてやるよ」

私は彼に背を向けた。彼は私の手首のロープを切った。そのあとナイフの刃をたたんだ音がした。すぐさま彼のほうを振り向かされた。すばやい右のパンチが飛んできた。顔から感覚がなくなった。彼に敵《かな》わないことは初めからわかっていた。それでも彼のみぞおちを蹴った。彼は部屋の反対側まで飛んだ。

彼が戻ってくるまえに作業台の上のやすりを取り上げた。なまくらのやすりだったが、役には立ってくれそうだった。彼と取っ組み合った。右手で端のほうを握りしめたやすりで、彼の額を切った。こめかみからこめかみまで。彼はうしろにさがるといかにも信じられないといった声で言った。「切りやがったな」

「パドラー、すぐに眼が見えなくなるだろう」サンペドロの埠頭《ふとう》でフィンランド人の船乗りに教えてもらった技だ。バルト海のナイフの使い手はどうやって相手を失明させるか。

「殺してやる！」彼は牡牛のように私に向かってきた。

私はいったん体を床まで沈め、彼の下になってから起き上がると、やみくもにやすりを突き出し、切れるところは手あたり次第に切った。彼は吠え声のような声をあげ、床に倒れた。私はドアに走った。彼は追ってくると、戸口で私を捕まえた。われわれはよろよろと桟橋を歩き、そのあとその外に飛び出した。水面に落ちる直前、私はすばやく息を吸い込んだ。われわれは一緒に落ちた。パドラーは渾身《こんしん》のパンチを繰り出してきた。が、海の水がいいクッションになってくれた。私は彼のズボンのベルトに指を引っかけた。

パドラーは怯えた獣みたいに手を振りまわし、足を蹴っていた。彼の肺から空気が抜けるのが見えた。銀色の泡が黒い海中を水面まで昇っていった。私は彼のベルトに引っかけた指を離さなかった。もちろん、私の肺も空気を求めて悲鳴をあげていた。胸がつぶれそうだった。頭の血のめぐりがゆっくりになり、意識が濁《にご》ってきた。パドラーはもう暴れていなかった。

私は彼のベルトに引っかけていた指を離すなり、水面をめざした。どうにか間に合った。深くひとつ息をついて、沈んでいったパドラーを追いかけた。服が邪魔だった。靴が重かった。水圧に耳が痛くなるまで徐々に冷たくなる水の層を何層か抜けた。パドラーは手の届くところにも見えるところにもいなかった。私は六回試してあきらめた。私の車のキーだ。パドラーのポケットに入れられたまま海底に没してしまった。

岸まで泳ぎ着くと、自分を支える力がもう脚には残っていないことがわかった。波の届かないところまで行くには、這っていかなければならなかった。もちろん肉体的に消耗したせいもあっただろうが、恐怖のせいもあっただろう、たぶん。私は自分の背後の冷たい海水の中にいるものが怖かった。

心臓の鼓動が収まるまで砂の上に体を横たえていた。立ち上がると、明るくなりつつある空を背景に、地平線上の油井櫓がくっきりと見えた。砂浜を歩いて、私の車が停まっているところまで行き、ライトをつけた。

雨よけの防水シートを支柱に取り付けるのに、銅線が使われていた。その銅線の一本をはずして、ダッシュボードの下のイグニッションの端末につないだ。エンジンはそれで一発でかかった。

23

サンタテレサに着いたときには太陽は山の上にあった。あらゆるものが――木の葉も石も草も――陽の光にくっきりと縁取られていた。峡谷の道路から見ると、サンプソンの屋敷はまるで角砂糖で造られたおもちゃの家のようだった。が、近づくにつれ、屋敷の荘重な静けさが感じられ、車を停めると、その静けさがあたり全体を支配しているのがわかった。銅線をはずしてエンジンを切った。

通用口のドアをノックすると、フェリックスが出てきた。「ミスター・アーチャー?」

「おれがミスター・アーチャーであることに何か疑問でも?」

「事故に遭われたんですか、ミスター・アーチャー?」

「たぶんね。おれの鞄は物置きかな?」着替えが鞄にはいっていた。予備の車のキーも。

「はい、そうです、サー。顔に痣《あざ》ができていますが、お医者を呼びましょうか?」

「いや、それには及ばない。シャワーで充分だ。シャワーはすぐに使えるかな?」

「はい、ガレージの二階にあります」

彼は私の鞄を持って自分の住んでいる一画に案内してくれた。私は狭いバスルームでシャワーを浴び、ひげを剃り、海水をたっぷりと含んだ服を着替えた。それが誘惑——彼のこぎれいな小さな部屋の使われたままのベッドに横になって、事件のことを忘れる誘惑——から逃れるのに私にできたせめてものことだった。

キッチンに戻ると、彼は銀の朝食用の食器をトレーに並べていた。「何かお召し上がりになりますか、サー?」

「できたらベーコンエッグを」

彼は丸い頭をちょこんと下げた。「これが終わりましたらすぐに、サー」

「それは誰の朝食?」

「ミス・サンプソンのです」

「こんなに早く?」

「お部屋でお召し上がりになります」

「具合は?」

「さあ、存じ上げません。ただ、ほんの少ししか寝ておられません。ゆうべ帰ってこられたのは零時すぎでしたから」

「どこから?」

「さあ。あなたとミスター・グレイヴズが出られたのとほぼ同時に出られました」

「自分で車を運転して?」

「はい、サー」

「車の種類は？」

「パッカードのコンヴァーティブルです、サー」

「ひょっとして色はクリーム色なんてことはないだろうね？」

「ええ、ちがいます。赤です。明るい緋色です。ゆうべは二百マイル以上も走られました」

「きみはこの家の人を実によく観察してるんだね、フェリックス？」

彼はあたりさわりのない笑みを浮かべて言った。「ガソリンとオイルの点検が私の仕事ですから。このお屋敷に運転手がいなくなってからは」

「でも、きみはミス・サンプソンにあまり好感を抱いていないよね？」

「私は一生懸命お仕えしているつもりですが」彼のくすんだ黒い眼はそれ自体が仮面になっていた。

「この屋敷の人たちはきみに辛くあたることもあるんだろうか、フェリックス？」

「いいえ。私はフィリピンのサマルではちょっとは名の知れた一族の出です、サー。アメリカに来たのも、通《かよ》えるようになったらカリフォルニア工芸大学にはいるためです。だから、ミスター・グレイヴズが私の肌の色のせいで私を疑っておられることには腹が立ちます。その気持ちは庭師たちも同じです」

「きみが言ってるのはゆうべのことだね？」

「そうです、サー」

「彼も別にそんなつもりじゃなかったと思うよ」

フェリックスはまたあたりさわりのない笑みを浮かべた。

「ミスター・グレイヴズは今もここに?」

「いえ、保安官事務所だと思います。よろしいでしょうか、サー?」そう言って、彼はトレーを肩にのせた。

「保安官事務所の電話番号はわかるかな? それからきみは客にはワンセンテンスおきに〝サー〟と呼ぶように言われてるんだろうか?」

「いいえ、サー」彼はそう言って皮肉っぽい笑みを浮かべた。「一二三六六五です」

私は配膳室からその番号に電話して、グレイヴズを呼び出してくれるよう頼んだ。保安官補が眠そうな声でグレイヴズを呼ぶのが聞こえた。

「グレイヴズだ」彼の声もくたびれ、しゃがれていた。

「アーチャーだ」

「いったい今までどこにいたんだ?」

「それはあとで話すよ。サンプソンに関する何か手がかりは?」

「ない。それでも捜査はいくらか進展した。FBIの重罪捜査班が来てくれた。死んだ男の指紋をワシントンに送ったら、一時間後に返事があってね。FBIの記録にそいつの長い犯罪歴が載っていた。名前はエディ・ラシターー」

「朝食をとったらすぐそっちに行くよ。今、サンプソンのところにいる」

「いや、こっちへは来ないほうがいい」と彼は声を落として言った。「ゆうべきみが逃げたことに保安官が腹を立ててる。私がそっちに行くよ」そう言って、彼は電話を切った。私は配膳室のドアを開けてキッチンに出た。

ベーコンがフライパンの上で陽気な音をたてていた。フェリックスはそれを温めた皿に移すと、レンジの横のトースターにパンを入れ、温めた油の上に卵を割り、湯気の出ているコーヒーメーカーからコーヒーを注いでくれた。

私はキッチンテーブルについて、火傷しそうなほど熱いコーヒーを飲んだ。「この家の電話はどれももともとの線は一本なんだろうか?」

「いいえ、サー。家のまえにあるのは別の線で、使用人の電話とつながっています。卵は両面焼きますか、ミスター・アーチャー?」

「そのままでいい。配膳室の電話はどこの電話とつながってる?」

「リネン収容室とお屋敷の裏にある来賓用コテージの電話につながっています。ミスター・タガートのコテージです」

朝食をほおばる合い間に私はさらに尋ねた。「ミスター・タガートは今そこに?」

「わかりません、サー。夜のあいだに車でお出になった音を聞きましたが」

「行って、確かめてくれるかな?」

「承知しました、サー」彼は通用口からキッチンを出た。

ややあって、車の音が聞こえ、グレイヴズがキッチンにやって来た。動きはきびきびとしていたが、さすがに疲れは隠しきれず、眼のふちが赤かった。

「ひどい顔だな、リュー」

「死地から生還したところだからね。ラシターの資料は持ってきてくれたか?」

「ああ」

彼は上着の内ポケットからテレタイプのコピーを取り出して私に渡した。私はぎっしりとタイプされた文字に眼を走らせた。


一九二三年三月二十三日、父親の申し立てによりニューヨークの少年裁判所に召喚。理由は非行。一九二三年四月四日、ニューヨーク・カソリック少年院に収容。一九二五年八月五日、放免……一九二八年一月九日、自転車の窃盗で起訴。執行猶予の判決で保護観察となる。一九二九年十一月十二日、保護観察終了……一九三二年五月十七日、盗品の郵便為替《かわせ》を所持していた容疑で逮捕。連邦検事の勧告に従い、証拠不充分により不起訴……一九三六年十月五日、自動車窃盗により逮捕。シンシン刑務所での三年の刑に処される……一九四三年四月二十三日、連邦麻薬局の捜査官により、妹のベティ・ラシターとともに逮捕。一九二三年五月二日、一オンスのコカインの不法販売によりレヴンワース刑務所での一年と一日の刑に処される……一九四四年八月三日、〈ゼネラル・エレクトリック〉社の給与輸送車強盗の共犯として逮捕。司法取引きによりシンシン刑務所での五年から十年の刑に処される。一九四七年九月十八日、仮出所。一九四七年十二月、仮出所の規定に反し、失踪。

これがエディという男の人生のハイライトだった。点線の点が非行少年が非業の最後を遂げるまでの道すじを示していた。こうして見ると、まるで彼など最初から生まれてこなかったも同然に見えた。

フェリックスが私の肩のあたりで言った。「ミスター・タガートはコテージにおられます、サー」

「起きてたか?」

「ええ、着替えておいででした」

「朝食を用意してくれるかな?」とグレイヴズが言った。

「承知しました、サー」

グレイヴズは私のほうを見て言った。「そのファイルを読んで何かわかったことはないか?」

「ひとつある。確実とは言えないが。ラシターには麻薬の不法所持で一緒に捕まったベティという名の妹がいた。麻薬の前科のあるベティという名の女がロスアンジェルスにいて、トロイの酒場でピアノを弾いている。自分じゃ自分のことをベティ・フレイリーと呼んでる」

「ベティ・フレイリー!」とレンジのところからフェリックスが叫んだ。

「おまえには関係のないことだ」とグレイヴズが不機嫌そうに言った。

「いや、待った」と私は言った。「ベティ・フレイリーがどうした、フェリックス? 知ってるのか?」

「個人的には知りません。もちろん。でも、彼女のレコードなら見たことがあります。ミスター・タガートのコテージで。お部屋の掃除をしたときに見たんです」

「それはほんとうだろうな?」とグレイヴズが言った。

「どうして私が嘘をつかなきゃならないんです、サー?」

「タガートはなんと言うか確かめよう」そう言って、グレイヴズは立ち上がった。

「待てよ、バート」私は彼の腕に手を置いた。筋肉が固くなっていた。「焦《あせ》ってもどこへも行き着けない。タガートがこの女のレコードを持っていたからと言って、それだけじゃなんの意味もないことだ。そもそも彼女がラシターの妹と決まったわけでもないんだし、タガートはただレコードを持っているだけのことかもしれないんだから」

「ミスター・タガートはレコードをたくさん持っておいでです」とフェリックスが言った。

グレイヴズは頑固だった。「いずれにしろ、見てみないと」

「それはあとだ。たとえタガートがとことん怪しかったとしても、がさつにことを進めてもサンプソンは帰ってこない。タガートがここからいなくなるまで待とう。おれが見てくる」

不承不承ながらも、グレイヴズは私の提案に従い、椅子に坐り直した。そして、眼を閉じ、指で瞼を撫でながら言った。「こんなにとっ散らかった事件はこれまで見たことも聞いたこともないよ」

「確かに」私はグレイヴズがまだ全容の半分も知らないことを承知しながら相槌《あいづち》を打った。

「各方面へのサンプソンの捜索願いはもうやってくれたか?」

彼は眼を開けて言った。「ゆうべの十時からどこも捜索態勢にはいってくれている。ハイウェイパトロールもFBIも。ここからサンディエゴまでの地区警察も郡保安官事務所も」

「もう一度電話してくれ」と私は言った。「いくつかの州にまたがった捜索態勢を取ってもらったほうがいい。南西部の州全部に。今度はベティ・フレイリーだ」

グレイヴズはがっしりとした顎を突き出して、皮肉っぽい笑みを浮かべた。「そういうことをしてもがさつにことを進めることにはならないのか?」

「これはどう考えても必要なことだ。早くベティを押さえないと、誰か別なやつに先を越されるかもしれないからだ。ドワイト・トロイも彼女を追ってるはずなのさ」

グレイヴズは怪訝な眼を私に向けた。「そんな情報をどこで仕入れた?」

「それはもう大変な苦労をして手に入れた情報だ。実はゆうべトロイと話をしたんだ」

「トロイもこの件にからんでいるのか?」

「今はね。十万ドルを自分のものにしようとしてるはずだ。おまけに彼は誰がその十万ドルを手に入れたのか、心あたりがあるようなんだ」

「ベティ・フレイリー?」彼はポケットから手帳を取り出した。

「おれの想像を言えばそうだ。黒い髪に緑の眼、整った顔だち、背は五フィート二インチか三インチ、年は二十五から三十のあいだ、おそらくコカイン中毒者、痩せてはいてもつくべきところにはついてる体つき。爬虫類《はちゅうるい》と遊ぶのが好きなら美人と言ってもいい。エディ・ラシター殺害容疑で指名手配するんだ」

彼は書いている手帳からすばやく顔を起こした。「それもきみの想像か?」

「まあね。手配してくれるか?」

「すぐに」彼はキッチンを横切り、配膳室に向かった。

「バート、その電話は駄目だ。タガートのコテージとつながってる」

彼は立ち止まると、どこかしら悲しげな表情を浮かべて振り返った。「タガートはクロだと言わんばかりに聞こえるが」

「だとしたら、あんたは身も心も張り裂けそうになるかい?」

「いや、全然」彼はそう言ってキッチンの戸口に向かった。「書斎の電話でかける」

24

私は屋敷の廊下の玄関側でフェリックスが戻ってくるのを待った。タガートは今キッチンで朝食をとっている、とフェリックスは言い、ガレージの裏手に案内してくれた。裏手の小径はすぐに丘の斜面を登る石段になっていた。件のコテージが見えたところで、フェリックスは戻っていった。

そのコテージは平屋の木造家屋で、丘の斜面を背にしてぽつんと建っていた。私は鍵のかかっていないドアを開けて中にはいった。居間は黄色いマツ材張りで、安楽椅子が数脚、ラジオ付きレコード・プレイヤーと細長い木のテーブルが置かれ、テーブルは雑誌とレコードに覆われていた。西に面した窓から地所のすべてと、海が水平線まで見渡せた。

テーブルの上の雑誌は『ジャズ・レコード』と『ダウンビート』だった。私はレコードを一枚一枚点検した。レーベルは〈デッカ〉に〈ブルーバード〉に〈アッシュ〉、十二インチの〈コモドアーズ〉に〈ブルーノーツ〉もあった。私が聞いたことのある名前もあった。いくつもあった。ファッツ・ウォーラー、レッド・ニコルス、ミード・ラックス・ルイス、メアリー・ルー・ウィリアムス――タイトルは聞いたことのないものもあった。『ナム・ファンブリン』『ヴァイパーズ・ドラッグ』『ナイト・ライフ』『ディナパス・パレード』。しかし、ベティ・フレイリーのものは一枚もなかった。

フェリックスと話をしようと思って、コテージを出かかったところで、昨日、誰かが海に黒くて丸いものを放り投げていたのを思い出した。そのあとタガートは水着姿で現われたことも。

私は屋敷ではなく、海辺に向かった。崖のへりに設えたガラス張りのパーゴラから、崖の斜面を伝う長いコンクリートの階段があり、浜辺まで続いていた。その階段の裾に衝立で仕切った更衣所が設けられていた。私はその中にはいった。更衣所の仕切りのひとつの掛け釘にゴムとガラスでできたゴーグルが掛けられていた。私はパンツひとつになると、そのゴーグルをつけてゴムを調節した。

沖に向かって吹いている風のせいで、波が砕けるまえに波頭にしぶきが立っていた。朝の陽射しは背中に熱く、乾いた砂は足の裏に暖かかった。波が寄せている手前、砂が濡れて茶色になっているところに立って、しばらく波を眺めた。波は青く輝いていた。そして、女の体のように優雅な曲線を描いていた。が、私はその波が怖かった。海は冷たく危険で、死んだ人間を何人も抱え込んでいるところだ。

私はゆっくりと海にはいり、ゴーグルを装着して泳ぎだした。波が立っているところを越え、岸から五十ヤードばかり行ったあたりで仰向けになると口で深く息をした。水面の上下運動に揺られ、酸素を多量に摂取したせいか、眩暈《めまい》がした。曇ったゴーグル越しに青い空が頭上で回転しているように見えた。水中にもぐり、しばらく水平に泳いでゴーグルの曇りを取ると、そのあとは平泳ぎで海底を目指した。

ところどころ茶色の細長い岩が畝のように盛り上がっていたが、海底の砂は真っ白だった。潮のうねりが砂をすくい上げ、水はいくらか濁っていた。それでも視界は良好だった。ジグザクに四十フィートから五十フィート海底を泳いだ。が、岩にへばりついているアワビ以外何も見つけられなかった。海底を蹴って、酸素の補給に海面に上がった。

ゴーグルをはずすと、崖から男が私を見ているのが見えた。男はすぐにセイヨウミザクラの防風林の陰に身を隠したが、私にはそれが誰だかわかった。タガートだ。また何度か深呼吸をしてもぐった。そのあと海面に出たときにはタガートはもういなかった。

三度目の潜水で探していたものが見つかった。その黒くて丸いものは割れることもなく、海底の砂に半分埋もれていた。見つけたレコードを胸に抱え、仰向けになって背泳ぎで岸をめざした。岸に着くと、シャワーでレコードを洗い、慎重に乾かした。母親が幼い子供の世話をするように。

更衣所を出ると、タガートが網戸を背にしてヴェランダのキャンヴァスチェアに坐っていた。フラノのズボンを穿いて白いTシャツを着た彼はとても若く、とても陽に焼けているように見えた。小さな頭の黒い髪には丁寧にブラシがかけられていた。

彼は私に少年っぽい笑みを向けてきたが、眼は笑っていなかった。「やあ、アーチャー。水泳は愉しめたかい？」

「悪くなかった。水は少し冷たかったが」

「だったらプールにすればよかったのに。プールのほうが温かい」

「海のほうが好きなんだ。いったいどんなものが見つかるかわからないからね。今日はこんなものを見つけたよ」

彼は私が手にしているレコードを見た。そのとき初めて気づいたかのように。「なんだい、それは？」

「レコードだ。誰かがラベルを剝がして捨てたみたいだ。なんでそんなことをしたんだろうね」

彼は私のほうに一歩出た。緑の敷物の上なので音のしない長い一歩だった。「見せてくれ」

「触らないでくれ。割れるかもしれないから」

「割らないよ」

彼は手を伸ばした。私は彼の手の届かないところに引っ込めた。彼の手は空《くう》をつかんだ。

「さがっててくれ」と私は言った。

「くれよ、アーチャー」

「いや、あげられない」

「あんたから取り上げてもいいんだぜ」

「やめておけ。きみをふたつにたたんでしまうことにもなりかねないから」

彼は立ったまたっぷり十秒は私を見つめた。そのあとまた笑った。少年っぽいその笑みを浮かべるにはいささか手間取ったものの。「冗談だよ。それでもそれがなんなのか知りたいことに変わりはないけど」

「おれもだよ」

「とにかく聞いてみようよ。ポータブルプレーヤーがあるんだ」彼は私の脇を通ってヴェランダの真ん中に置いてあるテーブルのところまで行くと、梱包容器のような四角い箱を開けた。

「私がかける」と私は言った。

「いいとも——おれに割られたくはないものね」彼は椅子に戻って坐ると、自分のまえに脚を伸ばした。

私はゼンマイを巻いてターンテーブルにレコードをのせた。タガートはいかにも期待するような笑みを浮かべていた。私は立ってそんな彼を観察した。何かの兆《きざ》しを待った。妙な行動に出るとか。しかし、そのハンサムな青年の恐怖のシステムは私のそれとは一致しないようだった。彼は私が知っているどんなパターンにも一致しなかった。

レコードがすり切れ、くたびれた音を出しはじめた。ピアノのソロだったが、その音の半分は針の音に消されてしまっていた。三つか四つの使い古されたブギのコードが繰り返されたあと、右手の音がそのコードの中を縫うように進み、生き生きとコードをひねりはじめた。厚みを帯びた最初のコードがヴェランダに響き渡った。その音のつくる世界は半分がジャングルで、半分が機械だった。右手の音がコードの上を行き来した、まるで何かに追われているかのように。人工のジャングルを抜け、巨人の影から逃れようとするかのように。

「気に入った?」とタガートが言った。

「ある程度は。ピアノが打楽器の一種とすれば、この演奏は一級品だ」

「そこがまさにこの演奏のキモだよ。ピアノも打楽器になる。そういう弾き方をすれば」

レコードが終わり、私はプレーヤーを止めた。「きみはブギウギに興味があるんだね。このレコードの演奏をしてるのは誰か、わかるかな?」

「さあ。スタイルからすると、ラックス・ルイスでもおかしくないけど」

「どうかな。おれは女性ピアニストの演奏のような気がする」

彼は一心に何かを考えるように眉をひそめた。眼が小さくなった。「こんなふうに演奏する女性プレーヤーはひとりも思いつかないけど」

「私はひとり思いつく。一昨日〈ワイルド・ピアノ〉で聞いたばかりなんでね。ベティ・フレイリーだ」

「聞いたことがないな」と彼は言った。

「たわごとはいい加減やめろよ、タガート。これは彼女のレコードだ」

「そうなのかい？」

「きみは知ってるはずだ。これを海に捨てたのはきみなんだから。なんでそんなことをしたんだ？」

「そんな質問にはなんの意味もないね。だっておれはそんなことしてないもの。いいレコードを捨てるなんて、そんなことおれは夢にも思わないよ」

「きみはいろんなことを夢見る男だと思うがな、タガート。たとえば十万ドルのこととか」

彼は椅子の上で体を動かした。脚を伸ばしてくつろいだ姿勢が今は強ばっていた。のんびりとしたところなど微塵もなくなっていた。もし誰かが彼の首をつかんで持ち上げたら、まっすぐに伸ばした脚もそのまま宙に浮き上がりそうだった。

「あんたはおれがサンプソンを誘拐したと思ってるのか？」

「ひとりでやったとは思ってないよ。きみは誘拐を企んだ――ベティ・フレイリーと彼女の兄貴のエディ・ラシターと共謀して」

「そんなやつらなんか名前も聞いたことがない。ふたりとも」そう言って、彼は深く息を吸った。

「だったら、このあと聞くことになるだろう。その中のひとりとは裁判所で会うことなり、もうひとりについてはそいつがどうなったか聞くことになるだろう」

「ちょっと待ってくれ」と彼は言った。「あんた、先走りしすぎてる。これって全部、おれがレコードを捨てたせいなのか？」

「これはやはりきみのなんだな？」

「もちろん」と彼は悪びれることもなく答えた。「ベティ・フレイリーのレコードを持っていたことは認めるよ。ゆうべあんたが警察に〈ワイルド・ピアノ〉のことを話してるのを聞いて、それで捨てたんだ」

「きみにはほかの人の電話を盗み聞きする趣味があるんだな」

「あれはほんとうにたまたまのことだ。電話をしようとしたら、ちょうどあんたが電話をしていて、つい聞いてしまったんだよ」

「きみのほうはベティ・フレイリーに電話しようとしてたのか？」

「言っただろ、彼女とは知り合いでもなんでもないって」

「それは失礼した」と私は言った。「おれはてっきりきみが彼女に殺人のゴーサインを出したんだと思ってたよ」

「殺人？」

「エディ・ラシター殺しだ。そんなに驚いてみせる必要はないよ、タガート」

「でも、おれはあんたが言ってる連中のことなんかほんとに何も知らないんだよ」

「それでも、ベティのレコードを捨てなきゃならないと思うほどには知っていた」

「彼女の噂を聞いたことがあった。それだけだ。彼女が〈ワイルド・ピアノ〉で演奏してるのも知ってた。でも、警察があの店に関心を持ってることがわかったんで、彼女のレコードを捨てたんだ。警察というのは状況証拠だけでもとんでもない取り調べをするところだからね。こんなこと、あんたには言うまでもないと思うけど」

「自分をごまかせたら、他人もごまかせるなんて思わないことだ、タガート」と私は言った。「どこもやましいところがなければ、レコードを捨てようなんて誰も思わない。このレコードはこの国じゅうの何人もの人間が持ってるんだから」

「そのとおり。だから、彼女のレコードを持っていたからと言って罪に問われるわけがない」

「なのに、タガート、きみは罪に問われると思った。ベティ・フレイリーとなんの関係もないのなら、レコードが証拠になるなんて誰も思わない。それにきみは私の電話を盗み聞きするまえにレコードを捨ててる。今回の事件に関してベティの名前が挙がるまえに」

「かもしれないけど」と彼は言った。「だけど、このレコードのことだけで、おれに何か押しつけようとしても、それには無理があるよ」

「そんなことをするつもりはさらさらないよ。レコードは私の眼をきみに向けさせるという仕事を果たしてくれた。ただそれだけのことだ。レコードのことは忘れて、もっと大切なことを話そうじゃないか」私はヴェランダに置かれていた枝編みの椅子に彼と向かい合って坐った。

「もっと大切なことって？」彼は今なお完璧に自分をコントロールしていた。戸惑ったような笑みに嘘はなかった。声音も自然だった。ただ、筋肉が彼を裏切っていた。肩のあたりがやけに強ばっていて、大腿《ふともも》がかすかに震えていた。

「誘拐だ」と私は言った。「殺人についてはあとにしよう。この州じゃ誘拐も殺人と同じくらい重い。まず今回の誘拐のおれヴァージョンを話すから、そのあときみヴァージョンを話してくれ。きみヴァージョンの誘拐を聞きたがる人間はこのあと大勢出てくるはずだ」

「悪いけど、おれにはどんなヴァージョンもないよ」

「おれにはある。おれがきみという男に好感など持たなかったら、おれヴァージョンはもっと早く完成してたんだが。それはともかく、今回の誘拐に関してきみは誰より機会に恵まれ、誰より強い動機を持っていた。ここでの処遇に関して、きみはサンプソンに不満を抱いていた。彼が大金を持っていることについては、腹を立ててもいた。きみにはあまり金がなかったから――」

「今もないよ」

「しかし、これからはいるあてがある。十万ドルの半分は五万ドルだ。当座の金としてはなかなかの大金だ」

彼はおどけて両手を広げた。「おれがそんな大金を持ってるように見えるかい？」

「きみもそれほど馬鹿じゃないだろう。それでもやはり馬鹿は馬鹿だ。きみの役まわりはまさに世間知らずの田舎者《いなかもの》のそれだ、タガート。で、都会のペテン師にきみもしてやられたんだよ。ただ利用されたのさ。きみが分けまえの五万ドルを拝《おが》むことはないだろう」

「あんたはあんたヴァージョンの話をするって言ったんだよね？」と彼はなんの気負いもなく言った。そう簡単には落ちない男のようだった。

私は手札の中でいちばん強いカードを切ってみせた。「きみがサンプソンを乗せてラスヴェガスから飛ぶ前日の夜、エディ・ラシターがきみに電話をかけている」

「実はあんたは霊媒師《れいばいし》だったなんて言わないでくれよな、アーチャー。その男は死んだってさっき言ったじゃないか」そう言いながらも、タガートの口元にはそれまでなかった白い皺ができていた。

「そう、私はそのときぎみがエディになんと言ったかぐらいは、きみに教えてやれる霊媒師だ。きみは彼にこう言った、明日の三時頃、バーバンクに着くとね。さらにこうも言った、黒のリムジンを借りて、バーバンクの飛行場から電話があるまで待てと。で、サンプソンが〈バレリオ〉にリムジンを頼むと、きみはそれをキャンセルして、かわりにエディを向かわせた。〈バレリオ〉の交換手はサンプソンがかけ直してきたと思った。一度聞かせてもらったが、きみはサンプソンの声色《こわいろ》を真似るのがうまい。だろ？」

「続けてくれ」とタガートは言った。「空想物語は昔から嫌いじゃない」

「エディが飛行場の出口に車をつけると、サンプソンは何も疑うことなくそれに乗り込んだ。疑う理由がないからね。それまでに彼はきみにへべれけに酔わされていたから、彼は運転手がいつもの男じゃないことにも気づかなかった。そう、人事不省《じんじふせい》なほど酔っていたから、エディのような小柄な男でも充分対処できた。そう言えば、エディはサンプソンに何を使ったんだ、タガート？　クロロホルムか？」

「今聞かされているのはアーチャー・ヴァージョンの話じゃないのか？」と彼は言った。「だったらおれに訊くなよ。想像力が枯渇《こかつ》してきたのか？」

「これは私ときみとのふたりのヴァージョンだ。このキャンセルの電話が実に重要なんだよ、タガート。このキャンセルの電話のためにこそ、私ときみのヴァージョンにはきみが登場せざるをえないんだ。なぜなら、サンプソンが〈バレリオ〉に電話することを知っていたのはきみだけだからだ。サンプソンがラスヴェガスからいつバーバンクに着くのか、知っていたのもきみだけだからだ。前夜にその情報をエディに伝えることができたのもきみだけだからだ。すべてを計画し、計画どおり進めることができたのはきみしかいないんだよ」

「サンプソンと飛行場にいたことをおれがいつ否定した？　あのときあの飛行場には何百人も人がいたんだぜ。あんたもそこらにいるお巡りとおんなじだね。状況証拠の信者なんだね。でも、このレコードのことなんか状況証拠ですらない。こんなものを持ち出したら水かけ論になるだけだよ。ベティ・フレイリーに関してもちゃんとした証拠は何もないんだろ？　だいたいおれとベティの関係についてあんたは何も証明してない。彼女のレコードを持ってる人間なんてこの国に何百といるんだぜ」

彼の声音は落ち着いていた。いかにも屈託《くったく》なく正直にはきはきと話しているふうだった。が、実のところ、困っていた。体がそのことを語っていた。背中が曲がり、全身が強ばっていた。狭い空間に無理やり私に閉じ込められたかのように。口元も醜く歪んでいた。

「きみと彼女の関係を証明するのはさほどむずかしいことでもないだろう」と私は言った。「一緒にいるところを一度や二度は誰かに見られているだろうから。〈バレリオ〉でおれがフェイ・イースタブルックと一緒にいたのを見かけて、ベティにそのことを伝えたのもきみだったんじゃないのか？　きみはサンプソンを捜しに〈ワイルド・ピアノ〉に行こうとしたんじゃない。ベティ・フレイリーに会いに行ったんだろ？　きみは危ないところでパドラーをやっつけて、おれを助けてくれた。だから、そのときはきみは味方なんだと思った。そんなふうに信じ込んでしまったものだから、おれは救いようのない馬鹿になってしまって、気づかなかったんだ。きみが青いトラックに向かって発砲したときのことだ。きみはエディに警告したんだろ、タガート？　きみが誘拐や殺人で自分の手を汚したりしなければ、おれはきみのことを頭の切れるやつと思っただろう。しかし、ここまで愚かな男だったとはね。頭が切れてもなんにもならない」

「おれの悪口を言うのがすんだのなら」と彼は言った。「お遊びはもうおしまいということにしよう」

彼はキャンヴァスチェアにじっと坐ったままだったが、右手が脇からまえに出ていた。そして、その右手には銃が握られていた。見覚えのある競技用の二二口径の拳銃。軽い銃だが、見ていると腹に不快感を覚えるぐらいの重量感はあった。

「手は膝の上に置いておけ」と彼は言った。

「こんなに簡単にあきらめるとは思わなかったよ」

「あきらめちゃいないよ。ただ行動の自由を自分で保証しただけのことだ」

「おれを撃ったってそういうことの保証にはならない。もっと別のことの保証になるだけだ。ガス室行きのね。銃を置けよ。最後まで話し合おうじゃないか」

「もう話すことはないよ」

「これまで同様、きみはまちがってる。きみはこの件をおれがどうしようとしてると思う？」

彼は答えなかった。銃を手にしていつでも撃てる状態にいながら、涼しい顔をしてリラックスしていた。新しい種類の人間の顔だ。おだやかで何事にも物怖じしない。が、それは人間の命に特別な価値を見出していないからだ。少年っぽくて屈託がなさそうに見えるのは、邪悪のなんたるかをさして知ることもなく、どこまでも邪悪なことができるからだ。戦争のさなかに生まれ育つと、人間はよくこんな大人になってしまう。

「おれはサンプソンを見つけようとしているだけだ」と私は言った。「だから彼が無事に帰ってきさえすれば、ほかのことはどうでもいいんだ」

「あんたにそういうことを言われても、とても額面どおりには受け取れないよ、アーチャー。だいたいあんたはゆうべ自分が言ったことも忘れてる。サンプソンを誘拐した犯人に何かあったら、サンプソンはもう一巻の終わりだ。あんた、自分でそう言ったじゃないか」

「きみには何も起きていない――今のところはまだ」

「サンプソンにも何も起きていない」

「彼はどこにいる？」

「見つけられてもいいとおれが思うまでは見つからないところだ」

「もう金を手にしたんだから、彼を解放してくれ」

「そのつもりだったよ、アーチャー。今日解放するつもりだった。だけど、それは延期せざるをえなくなった——無期限に。おれに何かあったら、あんたがゆうべ言ったようにサンプソンはそれで一巻の終わりだ」

「この問題は互いに妥協できるはずだ」

「いや」と彼は言った。「あんたは信用できない。こっちは逃げなきゃならない。あんたはおれたちの逃げ道をつぶしてしまった。それがわからないのか？　あんたにはあれやこれやつぶす力はあっても、おれたちを逃がす力はない。だからおれがあんたにできることはこれしかないんだよ」

彼はちらっと銃を見た。銃は私の体の中心に向けられていた。彼はまた落ち着いた様子で眼を私に戻した。彼にはいつでも撃てた。準備をすることも怒りに任せる必要もなかった。ただ引き金を引けばよかった。

「待ってくれ」と私は言った。咽喉が強ばっていた。汗をかきたいのに肌がかさかさになっているように感じられた。気づくと、両手で自分の膝をきつく握りしめていた。

「こんなことをだらだらとやっていてもしょうがない」彼は立ち上がると、私のほうにやって来た。

私は椅子の上で体の重心をずらした。運がよほど悪くないかぎり、一発で死ぬことはない。一発目と二発目のあいだに何かできるかもしれない。私は足を引いて口早に言った。

「サンプソンを渡してくれれば、きみを捕まえようとも、きみのことを誰かに話そうとも思わない。ほかの連中がどう出るか。それはきみとしても運に任せなきゃならないだろうが。誘拐も企業経営も同じだ。運に任せなきゃならないときは必ず来る」

「運任せはもう試したよ」と彼は言った。「だけど、あんた相手に試したわけじゃない」

強ばった彼の腕が上がった。手の先に虚ろな青い指がついているように見えた。私は横を向いた。自分の動きとは異なる方向を。銃声が聞こえたときには、私は椅子から半分立ち上がっていた。彼に襲いかかったときには、もうすでに彼は力をなくしていた。手から銃が落ちた。聞こえた銃声は別の銃のものだった。アルバート・グレイヴズが競技用の銃の片割れを持って戸口に立っていた。彼は網戸にできた穴に小指の先を挿し込んで言った。

「こんなことになるとは。だけど、ほかに方法がなかった」

顔からどっと汗が噴き出したのが自分でもわかった。

25

私はタガートが倒れるまえにそのぐったりとした体を支え、緑の敷物の上に寝かせてやった。その黒い眼は開いたまま光っていた。指先で触れてもなんの反応もなかった。右のこめかみにできた丸い穴から血はたいして流れていなかった。おぞましい死の印なのに、小さな赤い痣にしか見えなかった。タガートはもはや人間の形をしているだけの売れば三十ドルになる有機物になっていた。

グレイヴズが私のそばに立って言った。「もう助からないか?」

「発作を起こして倒れたわけじゃなさそうだ。すばやかったね。見事だった」

「きみかタガートか。そういう状況だったからね」

「わかってる」と私は言った。「文句を言うつもりはないよ。それでも、手を狙《ねら》って銃を弾《はじ》き飛ばすか、銃を持っていたほうの肘を撃つかしてくれていたら、もっとよかったと思う」

「もうそんな正確な射撃はできないよ。軍にはいって逆に腕が落ちたんだ」彼は口元を歪め、片眉を吊り上げた。「しかし、きみというのはとんでもない不平屋だな、リュー。私はきみの命を救ったんだぞ。なのにそのやり方について文句を言われるとはね」

「彼の言ったことは聞いてたのか?」

「聞くべきことは。サンプソンを誘拐したのがこいつだったとは」

「しかし、単独犯じゃない。仲間がこのことを快く思うわけがない。サンプソンに意趣《いしゅがえ》返しをするだろう」

「サンプソンはまだ生きてるのか?」

「タガートの話を信じれば」

「共犯者は?」

「ひとりがエディ・ラシター。もうひとりがベティ・フレイリー。もしかしたらほかにもいるかもしれない。このタガートの件は警察に報告するよね」

「もちろん」

「だったら、警察にはこのことを公にしないように言ってくれ」

「私は自分のしたことを少しも恥じていないよ、リュー」と彼はきつい口調で言った。「きみは恥じるべきだと思っているようだが。やらざるをえなかった。そういうことに関する法律については私同様、きみもよくわかってると思うが」

「ベティ・フレイリーの立場で見るんだ。法律がどうのこうのという話じゃない。共犯者がどんなことになったかわかれば、彼女は迷うことなくサンプソンの頭に穴をあけるだろう。そもそもどうしてまだサンプソンを生かしておく必要がある？　もう金は手にしたんだから――」

「きみの言うとおりだ」とグレイヴズは言った。「新聞にもラジオにも伏せておくよう言うよ」

「いずれにしろ、彼女がサンプソンに何かするまえに彼女を見つけなきゃならない。が、あんた自身、気をつけてくれ。ベティは危険な女だ。それにどうもタガートに惚れていたような気がする」

「ベティも？」と彼は言い、ややあってから言い添えた。「このことをミランダはどんなふうに受け取るだろう」

「そりゃショックだろう。彼のことが好きだったんだから」

「彼に熱を上げてたというのがあたってる。なにしろロマンティストだからね、彼女は。それにまだ若い。タガートは彼女が欲しいと思うものをすべて持っていた。若さに見てくれのよさにすばらしい戦功。ああ、すごいショックを受けることだろう」

「おれはそう簡単にはショックを受けないが」と私は言った。「それでも驚いたよ。タガートのことはまともなやつだと思っていたからね。いくらか自己中心的なところはあってもまともなやつだとね」

「それはきみがこういうタイプの男を知らなかったからだ。私は知ってる。こういうことが同じようなやつに起きるところをこれまで何度か見てきた。もちろん、これほどひどいのは初めてだが、結局のところ、同じことだ。高校を出て陸軍か空軍にはいって、なかなかの戦功を挙げる。で、高給取りの士官になって、紳士にもなる。しかし、たいてい自分の給料以上に自分のことを評価している。だからずっと成功しつづけなきゃならない。ところが、その気持ちがそいつらを破滅させるのさ。つまるところ、戦争あっての彼らなんだから。戦争が終われば、彼らも終わる。小僧がやる仕事に戻って、民間人の中年男に命令されなきゃならなくなる。操縦桿やマシンガンのかわりにペンや計算機を使いこなさなきゃならなくなる。そういう連中の中には、当然そういうことが受け容れられなくなって、道を踏みはずすやつが出てくる。世の中なんて自分の意のままになると思ってたのに、どうしてそうならないのか理解できないのさ。で、また自分の意のままになるようにしようとする。立身出世する土台も自由になる土台も幸福になる土台も築くことなく、立身出世して自由にも幸福にもなろうとする。自分たちには二日酔いみたいな過去の栄光しかないのに」

彼は敷物に横たわるできたばかりの死体を見下ろした。タガートはまだ眼を開けていた。屋根越しに何もない空を眺めていた。私は屈《かが》んで眼を閉じてやった。

「なんだか気の滅入る話になったね」と私は言った。「いつまでもここにいてもしかたがない」

「あと少しだけ」と彼は言って私の腕に手を置いた。「アーチャー、ひとつ頼みがある」

「なんだね？」

彼は遠慮がちに言った。「私から話したら、ミランダは誤解するかもしれない。わかるだろ――私を咎めるかもしれない」

「おれから話せと？」

「きみがやらなきゃならない仕事じゃないことはわかっている。でも、引き受けてくれたら助かる」

「いいとも」と私は言った。「なにしろこっちはあんたに命を助けてもらったんだからね」

ミセス・クロムバーグは居間で掃除機をかけていた。私がはいっていくと、ちらっと見上げてスウィッチを切った。「ミスター・グレイヴズとはもうお会いになりました？」

「ああ」

彼女の顔が険しくなった。「何か悪いことでも？」

「もう終わった。ミランダはどこにいるかわかるかな？」

「ついさっきまでは朝食の間におられました」

彼女は陽射しの満ちた部屋の戸口まで屋敷の中を案内してくれた。ミランダはパティオが見渡せる窓辺にいて、水仙を花瓶に活けていた。黄色い水仙と彼女が着ている服のくすんだ色はどう見ても合っていなかった。彼女が身に着けている唯一の色は、黒いウールのスーツの襟にあしらわれた緋色の蝶結び飾りだけだった。小さく尖った胸が怒ったようにスーツの生地を突き上げていた。

「おはよう《グッド・モーニング》」と彼女は言った。「でも、〝いい朝ね〟って言ったんじゃないのよ。今のは願望を込めたの」

「言いたいことはわかる気がするよ」彼女は眼のまわりが腫れぼったく、いくらか青みがかっていた。「でも、少しだけいい知らせを持ってきた」

「少しだけいい知らせ？」彼女は丸い顎をつんと突き上げた。が、口元は相変わらず悲しげだった。

「お父さんはまだ生きていると考えていい理由がいくつか出てきた」

「父はどこにいるの？」

「それはわからない」

「だったらどうして生きてるってわかるの？」

「私はわかるとは言わなかった。考えてもいい理由が出てきたと言っただけだ。誘拐犯のひとりと話したんだよ」

彼女は飛ぶように私のところにやって来て、私の腕をつかんだ。「そいつはなんて言ったの？」

「きみのお父さんは生きていると」

彼女は私の腕を放すと、自分のもう一方の手をつかんだ。からまり合った彼女の茶色い指に力が込められたのが見ていてわかった。茎の折れた水仙の花が床に落ちた。「でも、犯人のそのことばは信用できないの？　そりゃ犯人なら当然、父は生きているって言うものね。それで今度は何が望みなの？　向こうから電話でもしてきたの？」

「私が話したのは犯人のひとりとだ。面と向かって話し合った」

「そのあとはそのまま逃がしたの？」

「逃がしはしなかった。そいつは死んだ。そいつの名前はアラン・タガートだ」

「そんな。そんなこと、ありえない。そんなこと――」彼女の下唇から力が抜け、下の歯が剝き出しになった。

「どうしてありえない？」と私は尋ねた。

「そんなこと、彼にできるわけがないからよ。あんなやさしい人が。彼はいつもわたしに正直だった――わたしたちに対して」

「大きなチャンスがやって来るまでは。そういうチャンスがやって来ると、彼はなにより金が欲しくなった。金を得るためなら人を殺してもいいとさえ思うようになった」

彼女の眼に疑念が浮かんだ。「父はまだ生きているって言ったわよね？」

「タガートはお父さんを殺しちゃいない。私を殺そうとしたんだ」

「嘘」と彼女は言った。「彼はそんなことをする人じゃない。あの女が彼をおかしくしてしまったのよ。あんな女と一緒にいたら、彼が駄目になってしまうのは最初からわかってた」

「タガートは彼女のことをきみに話したことがあるのか？」

「もちろんよ。彼はわたしにはなんでも話してくれたわ」

「それでもきみは彼を愛してたのか?」

「彼を愛してたなんて、わたし、言った?」唇が強ばっていた。プライドに歪んでいた。

「言ったと思うが」

「あんな気の利かないのろまを? しばらくのあいだわたしは彼を利用していただけよ。彼はわたしの目的に適った人だったから」

「やめなさい」と私は言った。「私を騙すことはできないよ。自分もね。よけいに辛くなるだけだ」

組み合わせた彼女の手はまったく動いていなかった。体もじっとしていた。一本の木が絶え間ない風に幹を曲げられながらも、そのままじっと耐えているような風情だった。その風が彼女を私のほうに押しやった。床の水仙を踏みつけ、彼女は私に近づくと、私の唇に唇を重ねた。体も胸から膝まで押しつけてきた。長すぎるあいだ。それでも充分には長くないあいだ。

「彼を殺してくれて、ありがとう、アーチャー」彼女の声は苦悶に満ちながらも柔らかかった。傷というものに声があればこんな声になるのではないか。そんなことを思わせる声だった。

私は彼女の肩をつかんで引き離した。「そうじゃない。私が殺したんじゃない」

「でも、あなたは彼は死んだって言ったじゃないの。あなたを殺そうとして」

「アルバート・グレイヴズが彼を撃ったんだ」

「アルバートが?」彼女は引き攣《つ》ったような笑い声をあげた。火花が飛び散るような笑いとヒステリーの中間のような笑い声だった。「アルバートがやった?」

「彼の射撃の腕は一流だからね。以前はよく一緒に射撃練習をしたものだ」と私は言った。「彼の腕が一流でなかったら、私はもうここにはいなかっただろう」

「今はわたしとこうしてここにいたい？」

「実のところ、気が滅入っている。きみはこのことをまるごと呑み込もうとしている。ひとつひとつ咀嚼するのではなくて。そのため呑み込めないでいる」

彼女は私の体を眺めまわすと、可愛い女の子にしかできない猿のような笑みを浮かべた。

「わたしにキスをされたから気が滅入ってるの？」

「そうじゃないことぐらいきみにもわかるだろう。しかし、競争相手が五人も六人もいるようなところでそういう真似をされると、どうしたって頭が混乱する」

「つまり、気が滅入るのね」彼女はからかうようにまた猿のような笑みを浮かべた。

「今度のことをちゃんと理解しないと、きみこそ気が滅入るぞ。今度のことを自分はどう感じているのか、心の整理をきちんとすることだ。それからうんと泣くことだ。そうでもしないと、最後には分裂症にでもなってしまうぞ」

「わたしは昔から分裂症タイプよ」と彼女は言った。「でも、どうしてわたしが泣かなくちゃいけないの、ドクトル・アーチャー？」

「きみにも泣くことができるのかどうか確かめるためだ」

「アーチャー、あなた、わたしのことを真面目に考えてないでしょ？」

「木の裂け目に手を突っ込んでる余裕はないんでね」

「まったく」と彼女は言った。「どうせわたしは人の気を滅入らせる分裂症患者で、木の裂け目みたいに危険な女よ。でも、ほんとうのところ、あなたはわたしのことをどう思ってるの？」

「わからない。きみはゆうべどこへ行ったのか話してくれたら、よくわかるようになるかもしれない」

「ゆうべ？　どこにも行かないわよ」

「ゆうべは赤いパッカードのコンヴァーティブルをずいぶん長いこと運転してたと聞いたが」

「それはそのとおりよ。だけど、どこかへ行ったわけじゃない。ただドライヴをしてたのよ。決心するのにひとりになりたかったのよ」

「決心？　なんの？」

「これから自分はどうするか。これからわたしはどうするか、あなたにわかる、アーチャー？」

「いや。きみはわかってるのか？」

「アルバートに会いたいわ」と彼女は言った。「どこにいるの？」

「ことが起きたときには更衣所にいた。タガートもまだそこにいる」

「彼のところへ連れていって」

グレイヴズは網戸が張られたヴェランダの椅子に坐って、死んだ男を見下ろしていた。タガートの顔はまだ剝き出しのままだった。保安官と地方検事が来ており、ふたりはタガートの顔を見ながら、グレイヴズの話を聞いていた。ミランダに気づくと、全員が立ち上がった。

グレイヴズのところに行くには、ミランダはタガートをまたがなければならなかった。何にも覆われていないタガートの顔を一瞥することもなく、彼女はそれをやってのけると、両手でグレイヴズの手を取り、持ち上げ、自分の唇に押しつけた。それはグレイヴズの右手だった。タガートを撃った手だった。

「今、あなたと結婚するわ」と彼女は言った。

グレイヴズは彼女がそんなことを言うことを知っていたのだろうか。知っていたにしろ、知らなかったにしろ、これだけは言えた。彼にはアラン・タガートを撃つ立派な理由があった。

26

三十分ほど誰も口を利かなかった。〝恋人たち〟はふたり並んで死体のそばに立って、死体を見下ろしていた。ほかの者はそんな彼らを見ていた。

「ずっとここにいるわけにはいかない、ミランダ」とグレイヴズが最後に言った。そう言って、彼は地方検事を見やった。「いいかな？　ミセス・サンプソンにこのことを伝えなきゃならない」

「どうぞ、バート」とハンフリーズは答えた。

検事局の部下がメモを取ったり、敷物の上に横たわった死体の写真を撮ったりしているあいだ、ハンフリーズは私にあれこれ訊いてきた。無駄のない、遺漏《いろう》もない手ぎわのいい聴取だった。私はタガートがどんな人間で、どのように死んだのか、なぜ彼は死ななければならなかったのか、正確に話した。スパナー保安官のほうは、ぼろぼろになるまで葉巻を噛みながら、落ち着かない様子で聞き耳を立てていた。

「検死審問はやらなきゃならない」とハンフリーズは言った。「きみとバートが罪に問われることはもちろんない。タガートは凶器を握っていて、それを使おうとしていたことは明らかなんだから。ただ、不幸なことに、今回のことが招いた結果で事態は悪化してしまった。これで手がかりがまったくなくなってしまった」

「あなたはベティ・フレイリーのことを忘れてる」

「忘れちゃいないよ。しかし、まだ彼女は捕まえられていない。たとえ捕まえられても、彼女がサンプソンの居所を知っていると決まったものでもない。状況は変わってないよ。解決には近づいてない。これまでのままだ。なにより重要なのはサンプソンを見つけることなんだから」

「それと十万ドルをだ」とスパナーが言った。

ハンフリーズは顔を起こして苛立たしげに言った。「金の問題は二の次だと思うがね」

「二の次かもしれないが、それでも十万ドルという金がどうでもいいわけがない」そう言って、スパナーはやけに弾力性のある唇を引っぱった。そして、その灰色の眼を私に向けた。「アーチャーの事情聴取はもういいのかな？　終わったのなら、おれからも話を聞きたいんだがな」

「だったら聞けばいい」とハンフリーズは冷やかに言った。「私は街に戻らなきゃ」彼は死体とともに辞去した。

ふたりだけになると、彼は重々しく立ち上がり、覆いかぶさるようにして私のすぐ脇に立った。

「なんだね？」と私は言った。「何か問題でも？」

「さあ、話してもらおうじゃないか」そう言って、彼はその太い腕を組んだ。

「知ってることはもう話したよ」

「かもしれない。が、あんたは話さなきゃならないことをゆうべ全部は話さなかった。今朝、あんたの友達のコルトンから聞いたんだよ。ラシターがリムジンを運転してたんだってな？それはパサディナのレンタカー会社の車で、あんたはそのことを知っていた」彼はいきなり声を大きくしてそう言った。そうすれば、私が驚いてなんでもしゃべるとでも思ったのか。「しかし、あんたはそのことを話さなかった。身代金要求の手紙が届いたときにその車を見たことも」

「それは同じような車を見かけたのは確かだが、それが同じ車かどうかはわからなかったからだ」

「しかし、たぶん同じ車だと見当をつけた。実際、あんた、コルトンにはそう言ってるじゃないか。要するにこういうことだ。あんたはこの郡の管轄ではない司法関係者に当人にはなんの役にも立たない情報を教えたわけだ。なのに、おれには何も言わなかった。言ってくれてりゃ、おれたちはラシターを捕まえられていたかもしれないのに。こんなことにもならず、金も取り戻せていたかもしれないのに——」

「しかし、それじゃサンプソンは取り戻せない」と私はいった。

「そうと決まったものでもないだろうが。なんでも知ってるようなことは言わんでくれ」怒りが血管の赤いすじとなってその顔に表われた。「あんたはなんでも自分で処理しようとして、こっちの捜査を妨害してる。情報を秘匿《ひとく》して。ラシターが撃たれたときにもあんたは姿をくらました。あんたがただひとりの目撃者なのにいなくなった。なくなったと言えば、そう、十万ドルもだ」

「そういうあてこすりは気に入らないね」私は立ち上がった。彼も背が高く、眼が同じ高さで合った。

「気に入らないか。じゃあ、おれは気に入ってると思うのか？　おれはあんたが金を持ち逃げしたなんて言っちゃいないよ――それは調べてみないとわからないことだ。おれはあんたがラシターを撃ったとも言っちゃいないよ。ただ、やろうと思えばできたと言ってるだけだ。銃を見せてもらいたい。それから、おれの保安官補が南であんたを捕まえたとき、いったいあんたは何をしてたのか知りたい。そのあと何をしたのかも」

「サンプソンを捜してたんだよ」

「サンプソンを捜してた」と彼は皮肉っぽく言った。「そのことばを信じろってわけだ」

「信じなくてもいい。おれはあんたのために働いてるんじゃないんだから」

彼は両手を腰にあてて上体を私のほうに傾げた。「剣呑《けんのん》なことを言うつもりはないが、なあ、こっちはその気になりゃ、おまえなんぞ今すぐにでも片づけられるんだぜ」

だんだんこっちも自制心が利かなくなってきた。「剣呑なふりなんぞしなくても、すでにあんたは充分くそ意地の悪い汚い面《つら》をしてるよ」

「おまえ、誰に口を利いてるのかわかってるのか？」

「保安官だ。面倒な事件を抱え、どうすることもできずにいる保安官だ。それでスケープゴートが欲しいのさ」

彼の顔から血の気が引いて、怒りのために逆に青くなった。「い、いいたいことが、あ、あるなら、サ、サクラメントの裁判所で言うんだな」と彼は吃音《きつおん》交じりに言った。「おまえの探偵許可証なんか――」

「そういう台詞はこれまで何度も聞かされてきたが、おれは今もちゃんと仕事ができてる。なぜか教えてやるよ。それはおれの履歴がクリーンだからだ。それと、むやみに相手を押し込めたりはしないからだ。押し込められた相手がほかにどうすることもできなくなって押し返してくるのを待つような真似はしないからだ」

「おまえ、おれを脅してるのか！」彼は右手で腰のホルスターをまさぐった。「おまえを逮捕する、アーチャー！」

私は椅子に坐って脚を組んだ。「落ち着けよ、保安官。坐って一息つけよ。おれたちには話し合わなきゃならないことがあるんだから」

「そういうことは法廷でやってやるよ」

「いや」と私は言った。「ここでやる。あんたがおれを入国管理官のところに連れていきたいんでなけりゃ」

「いったいなんの話だ？」彼は険しい視線を私に向けようとして眼を細めた。瞼に皺が寄って、結局、ただきょとんとした顔になることに成功しただけだった。「おまえは移民じゃないだろうが」

「おれは生粋《きっすい》のアメリカ人だ。この街に入国管理官はいるか？」

「サンタテレサにはいない。連邦事務官がいるいちばん近い場所はヴェンチュラだ。それがどうした？」

「彼らとはよく一緒に仕事をするのか？」

「ああ、いっぱいいな。不法移民を捕まえちゃ、彼らのところに連れていくことになるんだから。おまえ、おれをからかってるのか、ええ、アーチャー？」

「坐れよ」と私は繰り返した。「ゆうべ探してたものは見つからなかった。だけど、別なものが見つかった。それはあんたと管理官を両方幸せにしてくれるものだ。それをひも付きでない見返りなしのプレゼントとしてあんたに進呈するよ」

彼は重たい尻をキャンヴァスチェアにおろした。怒りはあっというまに消え、好奇心に取って代わられていた。「なんだ？　ろくでもないプレゼントは願い下げだぜ」

私は青い有蓋トラックのこと、寺院にいた茶色い肌の男たちのこと、トロイとエディとクロードのことを話した。「トロイというのが一味の頭目だ。それはまちがいない。ほかのやつらは彼の手下だ。で、やつらはメキシコ国境とベイカーズフィールドとを結ぶ密入国ルートを持ってる。そのルートの南の端はおそらく国境沿いのカレキシコだろう」

「ああ」と彼は相槌を打った。「あのあたりは国境越えには持ってこいだ。ふた月ほどまえになるが、国境警備隊と行ったんだよ。一本の道からもう一本の道へ針金フェンスをくぐるだけで越えられる」

「トロイのトラックがそこでメキシコ人を待っていて、こっちに連れてくるんだろう。その受け入れ拠点として、雲の寺院が利用されてるんだと思う。いったいこれまで何人連れ込んだのか、それはもう神のみぞ知るだ。ゆうべはそこに十人以上いた」

「今もまだいるのか？」

「今頃はもうベイカーズフィールドに移ってるんじゃないかと思うが、そいつらを一斉検挙するのはそうむずかしくないはずだ。クロードを押さえりゃ、あの男ならまずまちがいなくべらべらしゃべるだろう」

「たまげたね」とスパナーは言った。「一晩で十人となると、ひと月で三百六十人って計算になる。不法移民はひとり頭いくら払わされるのか知ってるか？」

「いや、知らない」

「相場は百ドルだ。このトロイってやつは相当稼いでるな」

「汚い金だよ」と私は言った。「貧しいメキシコ人をトラックに乗せて運び、彼らのなけなしの貯金を取り上げ、季節労働者としてほっぽり出すんだからね」

彼は奇妙な眼つきで私を見た。「忘れてもらっちゃ困るが、移民は移民で法を破ってるんだぜ。まあ、こっちとしちゃ、そいつらに前科がないかぎり、起訴はできないがな。国境まで運んで、あとは向こうの連中に任せるしかないが。しかし、トロイとその一味に関しちゃ話は別だ。やつらがやってることは三十年の刑に値する重罪だ」

「すばらしい長さだ」

「そのトロイのロスアンジェルスの根城はわかるか？」

「〈ワイルド・ピアノ〉という店を経営してるが、そこにはあまり現われない。さあ、知ってることは全部話したぜ」ふたつのこと——私が殺した男のことと、エディを今でも待っている女のこと——を除いて。

「正直に話してくれたようだな」と保安官はおもむろに言った。「逮捕のことは忘れてくれ。しかし、これが苦しまぎれのでたらめだとわかったら、おれはまた思い出すからな」

彼から礼を言われることなど期待していなかった。だからがっかりはしなかった。

27

ユーカリ並木の道の脇に車を停めた。トラックのタイヤの跡がまだ土の上に残っていた。小径をくだった先に、錆びてあばたづらになった緑のA型フォードのセダンがフェンスの支柱に尻を向けて停まっていた。ハンドルに取り付けられた登録カードには〝ミセス・マーセラ・フインチ〟と書かれていた。

ゆうべの月明かりはコテージにやさしかったのだろう。白昼、太陽の光の下で見ると、そのコテージは青い大海原のしみのように見えた。卑しく醜い小舟のように。海そのものと、丘の中腹にしがみついている萎れた草を弱々しくそよがせている風以外、動いているものはなかった。私は銃に手を伸ばした。乾いた砂が私の足音を消してくれた。

ノックすると、ドアは音をたてて少し開いた。

気だるそうな女の声がした。「誰？」

彼女が銃を持っていたときの用心に私は戸口から脇に体をずらした。彼女は声を大きくした。

「誰かそこにいるの？」

「エディだ」と私は声を殺して言った。エディにはもう用がなくなった名だ。それでも勝手に使うのはいささか気が引けた。

「エディ？」訝《いぶか》るようなしゃがれた声が返ってきた。

私は待った。床をこするような足音がした。薄暗い部屋の照明の中、彼女の顔が見えるまえに、ドアのへりをつかんだ彼女の右手が見えた。マニキュアの剝がれた彼女の指は汚かった。私は彼女のその手をつかんだ。

「エディ！」ドアのへりから彼女の顔が現われた。陽射しに一瞬眼がくらんだようだが、必死に期待する思いがその顔にありありと表われていた。そのあと彼女は眼をしばたたいて、やってきたのがエディではないことを悟った。

この十二時間のあいだに一気に老け込んでいた。眼のまわりが腫れぼったく、口元が引き攣り、顎のあたりがたるんで見えた。エディを待ちつづけることで生気を失ってしまったかのようだった。そんな顔に電流のような怒りが走った。

彼女の爪が私の手に食い込んだ。オウムの鉤爪のように。彼女自身オウムのように叫びたてた。「この嘘つき野郎！」

その罵声は私を激しく叩いた。が、銃弾ほどの威力はなかった。私は彼女のもう一方の手をつかみ、部屋の奥に無理やり戻すと、踵で蹴ってドアを閉めた。彼女は私の向こう脛《ずね》を蹴ろうとし、私の首に嚙みつこうとした。私は彼女をベッドに押し倒した。

「きみに怪我をさせようなんて思ってないから、マーシー」

彼女の口が丸く開いた。叫び声が顔に飛んできた。その叫び声はすぐにしゃっくりのような乾いた嗚咽《おえつ》になった。彼女は横に飛ぶと、巣穴に逃げ帰る小動物のように寝具の下にもぐり込んだ。極度に興奮し、悲しみに体がリズミカルに痙攣していた。私はそんな彼女を見下ろし、彼女の乾いた嗚咽を黙って聞いた。

汚れた窓越しの陽射しが雨染みのある壁に反射して、部屋の中の光は灰色がかっていた。ベッド脇に置かれた古いポータブルラジオの上に、ひとつかみほどのマッチと、マリファナ煙草を入れた箱が置かれていた。しばらくすると、彼女は上体を起こして、茶色い煙草に火をつけ、深々と一服した。バスローブの身頃がはだけて、たるんだ胸が見えた。もうそんなことはどうでもいいのだろう。

煙の向こうから聞こえてきた声は傲慢で抑揚がなかった。「精一杯愁嘆場《しゅうたんば》を演じないとね。お巡りは喜んでくれないものね」

「おれはお巡りじゃないよ」

「あんた、あたしの名前を知ってたじゃない？　あたしは今朝からずっと警察からお呼びがかかるのを待ってたんだよ」彼女は冷やかな眼で私を見た。「あんたらってどこまで下衆《げす》になれるんだい？　丸腰のあの人を撃ち殺しやがって。そんなことをしておきながら、家にやって来て、エディだなんて名乗りやがって。ほんの一瞬にしろニュースはまちがいだったんじゃないかって思わせやがって。はったりをかけやがって。あんた、どこまで下衆になれるんだい？」

「それほどでもないよ」と私は言った。「銃のお出迎えがあるんじゃないかと思っただけだ」

「銃なんて持ってないよ。銃なんて初めっから持ってないよ。エディもそうだったのに。ゆうべエディが銃を持ってたら、あんたなんかもう今日は歩けまわれてないよ。あの人の墓の上で浮かれることもできなかっただろうよ」抑揚のない声がまた涙声になった。「あたしはあんたの墓の上でワルツを踊ってやるよ、このど腐れ刑事《デカ》」

「少しだけ静かにして、おれの話を聞いてくれ」

「いいとも、いいとも」声がまたきんきんと甲高くなった。「いいからいくらでも話しゃいいよ。どこかにあたしを閉じ込めて、その部屋の鍵を捨てちまってもいいよ。あたしは絶対しゃべらないからね」

「マリファナはもう消してくれ、マーシー。ちゃんとした話をしたいんだ」

彼女は声をあげて笑い、私の顔に煙を吹きかけた。私は彼女の指からマリファナ煙草を取り上げ、靴の踵で揉み消した。緋色の爪が私の顔に向かってきた。私はすばやくうしろにさがった。彼女はベッドに突っ伏した。

「マーシー、きみもこの件には一枚嚙んでたにちがいないんだ。エディが何をしてたのかきみにはちゃんとわかってたんだろ?」

「あたしは全部否定するから。エディはトラックを運転する仕事をしてただけだよ。トラックでインペリアル渓谷から豆を運んでただけだよ」彼女はいきなり立ち上がると、バスローブを脱ぎ捨てた。「あたしを警察でもどこでも連れていきな。きっちり全部否定してやるから」

「おれは警察の人間じゃないって言っただろ?」

彼女はワンピースを頭からかぶろうとして両手を上に上げた。体がまっすぐになり、胸がつんととがった。腹もぴんと張った。彼女の体毛は黒かった。

「気に入った?」と彼女は言い、乱暴にワンピースを引き下ろすと、首のあたりに手をやってワンピースのボタンをまさぐった。メッシュを入れたブロンドが顔にかかった。

「坐れよ」と私は言った。「こんな言い合いをしていてもなんにもならない。おれはきみに言いたいことがあって来たんだ」

「あんた、お巡りじゃないの?」

「パドラーみたいにおんなじことをなんべんも言うんだな。いいか、聞いてくれ。おれはサンプソンを見つけたいだけだ。おれは彼を見つけるために雇われた私立探偵だ。めあては彼だけだ——わかったかい？　彼の居所を教えてくれたら、できるかぎりきみはなんの罪にも問われないようにするよ」

「薄汚い嘘つきがよく言うよ」と彼女は言った。「あたしはお巡りは絶対信用しないの。公のお巡りだろうと、私立のお巡りだろうと、どんな種類のお巡りだろうと。それにそもそもサンプソンがどこにいるかなんて、そんなこと知るわけないだろ？」

私は小鳥のような茶色の彼女の眼を強くのぞき込んだ。その眼に深みはなく、意味もなかった。彼女が嘘をついているのかどうか、その眼からは判断できなかった。

「きみはサンプソンがどこにいるのか知らない——」

「そう言っただろ？」

「だけど、知ってるやつを知ってる」

彼女はベッドに腰をおろした。「なんにも知らない。もう言っただろ？」

「エディがひとりでやったんじゃない。彼には共犯者がいたはずだ」

「エディがひとりでやったんだよ。そうじゃなかったとしても——あんた、あたしのことをタレ込み屋かなんかと思ってんの？　たとえタレ込み屋だったとしても、エディにあんなことされて、あたしが警察に協力なんかすると思う？」

私は丸い座面の椅子に坐って煙草に火をつけた。「面白い話をしてあげよう。エディが撃たれたとき、おれは現場にいたんだ。そのおれを勘定に入れなければ、そのときそのまわり二マイル以内にはお巡りはひとりもいなかった」

「あんたが彼を殺したの?」と彼女はか細い声で言った。

「ちがう。彼は金を別の車に移し替えるために路肩に車を寄せた。クリーム色のコンヴァーティブルに移し替えるために。そのコンヴァーティブルには女が乗っていた。その女が彼を撃ったのさ。その女は今どこにいる?」

彼女の眼が濡れた茶色の小石のように光った。赤い舌先が上唇をなぞり、そのあと下唇をなぞった。「彼女が白い粉の中毒になってからというもの」と彼女は自分に言い聞かせるように言った。「あたしたちはずっと嫌われてきた、マムシみたいに」

「坐ってよく考えてくれ、マーシー。彼女はどこにいるんだ?」

「誰のこと言ってるのかわからない」

「ベティ・フレイリーだ」

長い沈黙のあと彼女は繰り返した。「誰のこと言ってるのかわからない」

私は彼女をベッドに坐らせたままコテージを出ると、車で〈コーナー〉に向かい、駐車場に入れて日よけをフロントガラスに掛けた。彼女には私の顔はわかっても車はわからない。

三十分のあいだ、ホワイトビーチからの道路をやって来た車は一台もなかった。そのあと、緑のA型フォードのセダンが砂煙を巻き上げながらやって来た。ロスアンジェルス方面に向けて南に曲がる刹那《せつな》、厚化粧をした顔がちらっと見えた。グレーの毛皮を首に巻き、明るいブルーの羽飾りのある帽子を極端に斜めにしてかぶっていた。服装と化粧と三十分という時間がマーシーを見ちがえるほど変えていた。

別の車を二、三台先に走らせてから私は国道にはいった。A型フォードはどんなにがんばっても時速五十マイルも出せない。だから視野にとらえつづけるのは簡単だった。よく知っている国道を暑い日にゆっくり運転することの唯一の難点は、眠らないようにすることだ。ロスアンジェルスに近づくと、距離を縮めた。そのあとすぐに交通量が増えはじめた。

A型フォードは国道からサンセット大通りにはいると、パシフィック・パリセーズ地区を一度も停まることなく抜けた。そして、青黒い油煙をたなびかせながら、サンタモニカ山脈の裾の丘をがんばって登り、ベヴァリーヒルズのへりで大通りをいきなり左に曲がって姿を消した。

私も左に曲がり、あとを追い、両側に生け垣のある曲がりくねった道を走った。A型フォードは月桂樹の生け垣の向こう、砂利を敷いた私道の入口に停まった。そのまえを通り過ぎたとき、マーシーが夾竹桃《きょうちくとう》の目隠しと網戸のある煉瓦敷きのポーチのほうに芝生を歩いているのが見えた。まるで突進しているような歩き方だった。まえにつんのめりそうになるほど勢い込んで歩いていた。

28

次の角を曲がると、路肩に車を停めて、郊外の静寂が破られるそのときを待った。一秒一秒が危険をはらんで過ぎた。ポーカーのチップが積み上げられていくように。

私は車のドアを開け、片足を地面についていた。すると、A型フォードのエンジンの咳き込むような音が聞こえた。私は足を引っ込め、運転席で頭を屈めた。エンジン音が高まり、ギアが入れられた。が、そこで音は消えた。より深い音がそれらに取って代わり、黒のビュイックがバックで私道から出てきた。私の知らない男が運転していた。肉づきのいい顔の男だった。パン生地に押しつけた干しブドウみたいな小さな眼をしていた。その横にマーシーが乗っていた。リアウィンドウには霊柩車のようにグレーのカーテンが引かれており、内部の様子はわからなかった。

大通りに出ると、ビュイックは海のほうに向かった。私はできるかぎり近づいてあとを追った。ブレントウッド地区とパシフィック・パリセーズ地区のあいだで、ビュイックは右に曲がり、峡谷に向かう道路を登りはじめた。サンプソン事件もそろそろ終わりに近づいている。そんな気配が感じられた。その最終章に向けて、われわれは狭い場所にはいり込んでいた。

峡谷の西側の崖に造られた道路にガードレールはなく、その下では下生《したば》えがからまり合っていた。道路の左側の上方には雑に造成した地面に家がまばらに建っていた。どの家もまだ新しく無骨《ぶこつ》な感じの建物だった。その反対側の斜面には野生のオークが生えていた。

坂のてっぺんに来ると、ビュイックが次の丘を登っていくのが見えた。私は下り坂でもアクセルを踏み込み、涸《か》れ谷に架けられた石の橋を渡り、また丘を登ってそのあとを追った。ビュイックは丘の下り坂をゆっくりとくだっていた。馴染みのない場所にやって来て、恐る恐る歩を進める巨大な甲虫さながら。タイヤ跡のある小径が右に延びており、ビュイックはそこで一旦停まってからその小径にはいった。

私は木の陰に車を停めた。それで車のうしろ半分が隠れた。ビュイックは小径をくだると、実際の甲虫ぐらいの大きさになったところで、黄色く見える小さな家《マッチボックス・ハウス》のまえで停まった。黒い頭のマッチ棒のような女がマッチ箱から出てきた。車からはふたりの男とふたりの女が降り、家から出てきた女を取り囲んだ。そのあと五人は何本も肢《あし》がある一匹の虫みたいになって、家の中にはいった。

私は車をそこに停めたまま、下生えのあいだを縫って、峡谷の底の乾いた川床まで降りた。丸石がごろごろしている川床だった。近づくと小さなトカゲが慌てて逃げた。土手に沿って生えている節くれだった木々の陰に身を隠しながら、黄色く見える家のちょうど真うしろに出た。家の奥の部分を自然石の支柱にのせて建てた、ペンキを塗っていない小屋のような小さな家だった。

その家の中から女の大きな悲鳴が聞こえてきた。何度も何度も。その声は神経に触ったが、おかげで崖を登り、家の床の下にもぐり込む音をごまかせた。しばらくして悲鳴は聞こえなくなった。私は地面に身を伏せ、頭上で床を動きまわる音に耳をすました。しばらくなんの音も聞こえなかった。まるで床下の静けさが人と化して身をひそめ、次の悲鳴をじっと待っているかのようだった。新しいマツ材と湿った地面と自分自身の汗のにおいがした。

頭上から柔らかな声が聞こえた。「きみには今の状況がまるでわかっていない。きみはわれわれの動機がまるでただのサディズムとただの仕返しみたいに思ってる。そういうことなら

――きみに仕返しをしたいと思っているなら――きみがしたことはわれわれに仕返しされてもしかたがないことだよ」

「もういいって、もう！」ミセス・フェイ・イースタブルックの声だった。「そんなことを言っていても埒《らち》は明かないわよ」

「それじゃ、ベティ、悪く思わないでほしいが、はっきり言わせてもおう。私が言いたいのは、きみは取り返しのつかないことをやってしまったということだ。私に相談もせず、きみは自分ひとりでことを運んだ。それは私がきみたちに絶対許さないことだ。さらに悪いことに、きみが立てた計画はいかにも向こう見ずなものだった。その結果、失敗した。警察は今頃きみを捜していることだろう。きみだけじゃない。私もフェイもルイスもだ。さらにきみは私の貴重な仲間をろくでもないきみの計画の犠牲者に選んだ。加えて思いもよらない真似をした。きみは団結心《エスプリ・ド・コール》だけでなく、肉親の愛情もないことを自分からさらけ出してしまった」

「あなたが生き字引きだってことはみんなよく知ってるから」とフェイ・イースタブルックが言った。「さっさとやろうよ」

「わたしは殺してない」傷ついた猫のような哀れっぽい声がした。

「この嘘つき女！」とマーシーが噛みつくように言った。

トロイは声を大きくして言った。「静かに。みんな。すんだことはすんだことにしてもいいが、ベティ――」

「あんたが殺さないなら、あたしが殺すからね！」とマーシーが言った。

「馬鹿なことを言うな、マーシー。きみも私の言うとおりにするんだ。損失を取り戻すチャンスはまだあるんだから。われわれはくだらない感情に流されてそのチャンスを逃すようなことはしない。そのためにこそわれわれはこのささやかなパーティを開いたんだから。そうだろ、ベティ？　金の在処《ありか》はまだわからない。が、すぐにわかるようになるだろう、もちろん。それがわかればきみの罪も赦される。そういうことだ」

「こんな女、生かしちゃおけないよ」とマーシーが言った。「あんたが殺《や》らないなら、あたしが殺るからね」

いかにも馬鹿にしたようなフェイの笑い声がした。「そんな度胸もないくせに、お嬢さん。自分でベティをどうにかできるようなら、そもそもわたしたちを呼んだりはしなかったでしょうが」

「いいから静かにしてくれ、ふたりとも」トロイはそう言うと、またおだやかで抑揚のない口調に戻って続けた。「マーシーの対処ぐらい私にはなんでもないことだ。ベティ、それはきみにもわかるね？　私にはきみの対処もなんでもない。それもわかるね？　だからさっさと言ったほうがいいんだよ。さもないと、ひどく嫌な思いをすることになる。実際の話、もう二度と歩けなくなるかもしれない。そう、それは約束してもいい」

「わたしはしゃべらない」とベティは言った。

「でも、われわれに協力すれば」とトロイは穏やかな口調のまま続けた。「自分の利益より仲間の利益を優先させれば、そのお返しに仲間はきっときみを助けてくれるはずだ。実際の話、今夜のうちにもきみを国外に出してやってもいい。ルイスと私にはそういうことができることはきみも知ってるだろ？」

「あなたはそんなことはしてくれない」とベティは言った。「わたしはあなたって人をよく知ってるのよ、トロイ」

「だったら今はもっと親密になるときか、ベティ。彼女のもうひとつの靴も脱がせるんだ、ルイス」

　床の上で彼女がもがいたような気配があった。息づかいまで聞こえた。脱がされた靴が床に放り投げられた音がした。私は上で起こっていることに自分ひとりでけりをつけられる可能性を考えた。相手は四人だ。銃一丁で太刀《たち》打ちするには多すぎる。しかし、ベティ・フレイリーには生きていてもらわなければならない。

　トロイが言った。「足底反射のテストをしよう。バビンスキー反射。確かそういう名だった」

「わたしはあまり気が進まないけれど」とフェイが言った。

「私もだよ。むしろこういうことには強い嫌悪を覚えるほうだ。しかし、ベティはすこぶるつきの頑固者のようなんでね」

　薄い膜が破れるのを待つような緊張のいっときが過ぎた。そのあとまた悲鳴が始まった。それが終わると、私は自分が知らず知らず地面を歯で噛んでいたのに気づいた。

「きみの足底反射はすばらしいね」とトロイは言った。「きみの舌の働きがそれほどでもないのは返す返すも残念なことだ」

「しゃべったら逃がしてくれるの?」

「約束するよ」

「約束!」彼女はおぞましいため息をついた。

「それは信じてほしいね、ベティ。私だって何も愉しくてこんなことをしてるんじゃないんだから。きみだって痛めつけられることを愉しんでいるわけがないんだから」

「だったら起こして。坐らせて」

「いいとも」

「ブエナヴィスタのバス・ターミナルのロッカー。鍵はわたしのバッグの中よ」

床の下から抜け出し、家が見えなくなると、私は走った。自分の車にたどり着いたときにもビュイックはまだ下の小径の端に停まっていた。私は石橋のところまで丘をくだると、反対側の斜面を半分登ったところで車を停めてビュイックを待った。片足をクラッチに、もう一方の足をブレーキに置いて。

かなり経って、ビュイックが反対側の斜面を登る音が聞こえた。私はギアをローに入れると、そのままゆっくりと車を出し、来た小径を戻った。ビュイックが丘のてっぺんに来たところで、車体のクロームの部分が太陽の光を受けて光った。私は小径の真ん中を走り、石橋のところでビュイックと出会った。クラクションをしのぐブレーキ音が鳴り響いた。ビュイックは私の車のまえで急停車した。二台の車のあいだは五フィートと空いていなかった。私は車が完全に停まるまえに車を降りた。

ルイスという男がハンドル越しに私を睨んだ。その肉づきのいい顔が怒りに歪み、ぎらぎらと光った。私は運転席側のドアを開けると、銃を見せた。彼の隣りに坐っていたフェイ・イースタブルックが怒りの声をあげた。

「降りろ！」と私は言った。

ルイスは片足を地面につけ、私に手を伸ばしてきた。私はすばやくあとずさった。「よけいなことは考えるな。手を頭の上に置け」

彼は言われたとおり手を上げると、道に降り立った。指の一本にはめた緑のエメラルドが光った。ルイスはクリーム色のギャバジンのスーツに包んだ尻を左右に揺らしていた。

「きみもだ、フェイ。こっちだ」

彼女も降りた。ハイヒールを履いており、よろめきながら。

「うしろを向いてもらおう」

ふたりとも警戒して自分の肩越しに私を見ながら私に背を向けた。私は銃身を握るとその銃で、ルイスの後頭部を思いきりぶっ叩いた。ルイスは膝を折り、顔からゆっくりと地面に倒れた。フェイは両腕で頭を守り、身をすくめ、私から逃れようとした。かぶっていた帽子がまえにずれ、ぶざまに片眼にかかった。道の上では彼女のそんな動きを彼女の影が嘲っていた。

「こいつを後部座席に乗せるんだ」と私は言った。

「この薄汚い豚野郎！」と彼女は私を罵った。さらに別な罵声も浴びせてきた。頬骨が赤くなっていた。

「早くしてくれ」

「持ち上げられないわよ」

「やるんだ」私は彼女のほうに一歩踏み出した。

彼女は路上に倒れている男の上に不器用に屈み込んだ。ルイスはぐんなりとして重かった。それでも、フェイは彼の腋の下に手を差し込むと、車のところまで引きずった。私はドアを開けた。ふたりでルイスを後部座席に放り込んだ。

彼女は喘《あえ》ぎながら体を起こした。汗と一緒に顔の化粧も流れていた。陽光があふれ、牧歌的な静かな峡谷というのは、われわれがしていることにはなんともそぐわない舞台セットだった。私には高みから自分とフェイが見えた。太陽の下、血と金を胸に宿したふたりが短縮法で描かれていた。

「鍵を寄越してもらおう」

「鍵?」怪訝な顔をつくるのにしかめすぎた彼女の顔はまるで戯画だった。「なんの鍵?」

「ロッカーの鍵だ。フェイ、さあ、早く」

「鍵なんて持ってないわよ」そう言いながらも、彼女の眼がビュイックの前部座席のほうにほんのかすかに動いた。

座席には黒いスエードのバッグが置かれていた。鍵はその中にあった。私はそれを自分の財布に入れて言った。

「乗るんだ。ちがう。運転席だ。運転してくれ」

彼女は言われたとおりにした。私は彼女のうしろに乗り込んだ。ルイスは後部座席の反対側でぐったりとしていた。眼を半分開いていたが、黒眼は見えなかった。その顔はそれまで以上にパン生地めいて見えた。

「あんたの車をよけて通れない」とフェイが拗ねたように言った。

「バックで丘を登るんだ」

彼女はレヴァーをぐいと引いてギアをバックに入れた。

「ゆっくりでいい」と私は言った。「事故を起こしたら、まっさきに死ぬのはあんただ」

彼女はまた私を罵《ののし》った。それでもスピードは落とした。慎重に丘を登り、そのあとも慎重に丘を降りた。小径の入口まで来ると、私は彼女にそこで方向転換してからコテージまで行くように言った。

「ゆっくりと、慎重に、フェイ。クラクションを鳴らそうなんて思わないことだ。背骨がないと健康には生きられない。双子座には心がないことを忘れないことだ」

私は銃口を彼女のうなじに押しつけた。彼女は身をすくめた。その拍子に車は勢いよくまえに出た。私はルイスの上にのしかかるようにしてうしろの右側の窓を開けた。コテージのまえの平らな空所まで来ると、道が広くなった。

「左に曲がれ」と私は言った。「玄関のドアのまえで停めたら、サイドブレーキを引け」

コテージのドアが内側に開きはじめた。私は頭を屈めた。また上げると、戸口にトロイが立っていた。ドア枠をつかんでいる彼の片手の拳が見えた。私は狙って撃った。二十フィートばかりの距離だと、弾丸《たま》があたったところが見えた。トロイの右手の人差し指と中指の拳のあいだに赤くて肥った虫が止まったかのようだった。

一瞬、彼は動けなかった。すぐに左手を銃に伸ばしたものの、私としてはその一瞬だけあればよかった。彼との距離を詰めると、また銃のグリップを使った。彼は玄関の階段にへたり込んだ。膝と膝とのあいだに頭を垂れて。

背後でビュイックのエンジン音が鳴り響いた。私は走って追いかけ、角を曲がる直前で追いつくと、フェイの両肩をつかんだ。彼女は私に唾を吐こうとした。が、結局、その唾は彼女の顎を垂れただけだった。

「中にはいるんだ」と私は言った。「あんたからさきに」

ハイヒールを履いた彼女はまるで酔っぱらっているかのようによろけながら歩きだした。トロイは戸口から転がっていた。奥行きのないポーチに体をくの字に曲げて横たわり、身じろぎひとつしていなかった。私とフェイはそんな彼をまたいで家の中にはいった。

部屋の中には焼けた肉のにおいがまだ漂っていた。ベティ・フレイリーは床に横たわっていた。マーシーはベティの咽喉をつかんで、テリアが獲物を弄ぶように揺すっていた。私はマーシーを引き離した。マーシーは私に悪態をつき、踵で床を蹴ったが、立ち上がろうとはしなかった。私は銃でフェイに部屋の隅に——マーシーの脇に——立つように示した。

ベティ・フレイリーは咽喉をぜいぜい言わせながら上体を起こした。顔の片側、髪の生えぎわから顎まで、引っ掻き傷が四本走り、血が垂れていた。顔のもう一方の側は白く、黄味がかっていた。

「なかなか可愛い顔になった」と私は言った。

「誰なの、あなた?」抑揚のないカラスの鳴き声のような声だったが、眼はしっかりと私を見すえていた。

「それはどうでもいいことだ。おれがこいつらを殺すまえにここを出よう」

「殺すというのも愉しそうな仕事に思えるけど」と彼女は言って、立ち上がりかけ、そこでまえに倒れて四つん這いになった。「歩けない」

私は彼女を抱え上げた。彼女の体は乾いた棒のように軽くて固かった。私の腕から頭ががくんと垂れた。邪悪な子供を抱いているような気分だった。フェイとマーシーは部屋の隅から私を見ていた。邪悪さとは女の属性のような気がした。女が秘密につくり、病気のように男にうつす毒のように思えた。

私はベティを車まで運び、前部座席に坐らせた。それから後部ドアを開け、ルイスを地面に引きずり出した。血の気の失せたぶ厚い唇に泡がついており、浅い呼吸に合わせてふくらんだりしぼんだりしていた。

「ありがとう」私が運転席に着くと、ベティはまたもやカラスの鳴き声のような声で言った。

「あなたはわたしの命を救ってくれた。わたしの命にも救うだけの値打ちがあればの話だけど」

「大した値打ちはないだろうが、それなりの礼はしてもらう。十万ドルで——それにラルフ・サンプソンで」

29

石橋の手前でビュイックを停めると、イグニッション・キーを抜いて車を降り、ベティ・フレイリーを抱えて車から降ろした。彼女は腕を私の肩にまわしてきた。彼女の細い指がうなじに感じられた。

「あなた、力があるのね」と彼女は言った。「あなたがアーチャーなんでしょ?」彼女は狡猾《こうかつ》な猫のような無邪気さを装って言った。自分の顔にこびりついている血には気づいていないようだった。

「もうそろそろ覚えてもらってもいい頃だと思ってたよ。おれの首から手を離してくれ。さもないと放り出すぞ」

彼女は眼を伏せた。そして、私が自分の車をいったんバックさせると、いきなり叫んだ。

「彼らはどうするの?」

「全員乗るだけのスペースはないんでね」

「あのまま放っておくの?」

「どういう容疑であいつらをおれに拘束させたいんだ? 暴行傷害か?」私は道路の幅が広くなっているところで車を方向転換させると、サンセット大通りをめざした。

私の腕を指でつねって彼女が言った。「わたしたち、戻らないと」

「おれに触れるなって言っただろ？　おれもやつらと同じだよ。きみがエディにやったことを認めるわけにはいかない」

「だけど、やつらはわたしのものを手に入れたわ！」

「いや」と私は言った。「おれが持ってる。それにもうきみのものじゃない」

「鍵を持ってるの？」

「そうだ」

彼女はまるで背骨が溶けてしまったかのように座席の上でぐにゃりとなった。「あんなやつら、あのままにしておくなんてできない」と彼女は拗ねたように言った。「わたしにあんなことをしたのよ。それにトロイをあのまま自由にしたら、あなた、今日のうちに彼に捕まるわよ」

「それはどうかな」と私は言った。「彼らの心配はもうやめて、自分の心配をすることだ」

「わたしには心配しなくちゃならない未来なんてもうない。ちがう？」

「おれがなにより見たいのは無事なサンプソンの姿だ。きみの未来はそのあと考えよう」

「彼のところに連れていってあげる」

「どこにいる？」

「彼の家からそんなに遠くないところ。サンタテレサから四十マイルほどのビーチよ」

「まちがいないな？」

「まちがいないわ、アーチャー。でも、あなたはわたしを逃がしたりはしてくれない。お金だって取らないんでしょ?」

「きみからはね」

「今さらそんなことはもうできないわよね」と彼女は卑しい声音で言った。「だってわたしの十万ドルはもうあなたのものなんだから」

「おれはサンプソン家のために働いてるんだよ。だから金は彼らに返す」

「そんなお金、彼らには要らないわよ。どうしてもっと賢くならないの、アーチャー? 今回のことにはまだもうひとり関わってる人間がいる。その人はエディのこととはなんの関係もないけど。お金は自分のものにして、その人と分ければいいじゃないの?」

「誰だね、その男は?」

「男だなんて誰も言ってないけど」やけに少女っぽい声音で彼女は言った。マーシーに絞められた咽喉ももとに戻ってきたようだった。

「きみは女とは一緒に仕事はできない。誰なんだ、その男は?」彼女はタガートが死んだことをまだ知らない。そろそろ話してもいい頃だった。

「忘れて。一瞬にしろ、なんだかあなたが信用できるような気がしちゃったのよ。頭が鈍くなってるのね、きっと」

「かもしれない。だけど、きみはまだサンプソンの居所を話してない。それが長引けば長引くほど、おれとしちゃきみのために何かしてやりたいと思う気持ちが萎《な》えていく」

「ブエナヴィスタから北に十マイルほど行ったビーチよ。戦争中に閉鎖されたビーチクラブの更衣所」

「で、まだ生きてるんだな？」

「少なくとも昨日は生きてたわ。最初の日はクロロホルムのせいで気分が悪そうだったけど、それからあとはいたって元気よ」

「少なくとも昨日までは。そういうことだな。縛られてるのか？」

「わたし、彼には会ってないのよ。そういうのはエディの仕事だった」

「ということは、きみは餓死するまでサンプソンをそこに放置しようと思ったのか？」

「わたしはそこには行けなかったのよ。サンプソンはわたしの顔を知ってるから。エディは彼に知られていなかった」

「そのエディは神の御業《みわざ》によって死んだ」

「いいえ、わたしが殺したのよ」と彼女はむしろ乙《おつ》にすまして言った。「それを証明することは誰にもできないけれど。エディを撃ったときにはわたし、サンプソンのことなんかまるで考えていなかった」

「考えてたのは金のことだけだ、だろ？　三人で分けるよりふたりで分けるほうがいいに決まってる」

「お金のこともなくはなかった。それは認めるわ。でも、それは理由の一部でしかないわ。子供の頃、わたしはエディにこき使われていた。それだけじゃない。エディはわたしがひとり立ちできるようになって、さらに上をめざしてるときに、わたしを密告したのよ。そのせいでわたしは刑務所にはいらなくちゃならなくなった。ヤクはわたしが使って、彼は売ってたんだけど、ＦＢＩと手を組んでわたしを罠にかけて、取引きをして、自分の刑期だけ軽くしてもらったのよ。それをわたしが知ってることは知らなかったみたいだけど、わたしは心に誓ったわ。絶対復讐してやるって。で、有頂天になっているときに殺してやったのよ。でも、エディはたぶんそのことにびっくりしなかったはずよ。何かおかしなことになったら、どこを捜せばわたしを見つけられるか、まえもってマーシーに教えてたところを見ると」

「何かおかしなことは必ず起きるものなのさ」と私は言った。「誘拐というのはそうそううまく行くものじゃない。誘拐犯が互いに殺し合いなど始めたらなおさら」

私は大通りにはいると、見かけた最初のガソリンスタンドで車を停めた。彼女は私がイグニッション・キーを抜くのを見て言った。「何するの？」

「サンプソン救出のための援軍を呼ぶ。もしかしたら彼は死にかけてるかもしれない。われわれがそこに着くのにはあと一時間半はかかる。その場所の名は？」

「以前は〈サンランド・ビーチ・クラブ〉って呼ばれてたところよ。細長い緑の建物。国道からでも見えるわ。小さな岬の先に建ってる」

そのとき初めて私は彼女が真実を話していることが確信できた。店員がガソリンを入れているあいだに、公衆電話でサンタテレサに電話した。ベティの姿は窓越しに見張れた。

フェリックスが電話に出た。「サンプソンです」

「アーチャーだ。ミスター・グレイヴズはいるかい？」

「はい、サー。すぐお呼びします」

グレイヴズは電話に出るなり言った。「いったいどこにいるんだ？」

「ロスアンジェルスだ。サンプソンは生きてる。少なくとも、昨日は生きてた。〈サンランド〉というビーチ・クラブの更衣室に閉じ込められてる。知ってるか？」

「知ってる。閉鎖されてもう何年にもなる。場所もわかる。ブエナヴィスタの北の国道沿いだ」

「応急手当てに必要なものと食べものを持って、できるだけ早く行ってくれ。医者と保安官も一緒に連れていってくれ」

「具合がよくないのか？」

「わからない。昨日からはずっとひとりのようだから。こっちもできるだけ早く着けるようにする」

私は電話を切ると、次にピーター・コルトンに電話した。まだ勤務中だった。

「プレゼントがあります」と私は言った。「一部はあなたに、一部は司法省に」

「どうせまた片頭痛の種だろ？　まちがいないな」彼は私の声を聞いてもあまり嬉しそうではなかった。「このサンプソンの件は世紀の頭痛の種だよ」

「種でした。でも、今日解決しそうです」

彼の声が優に一オクターヴは下がった。

「サンプソンの居所がわかりました。誘拐犯のひとりと今一緒にいます」

「おいおい、もったいぶるなよ。洗いざらいしゃべるんだ。彼はどこにいる？」

「あなたの管轄外です。サンタテレサ郡。今、サンタテレサの保安官が彼のところに向かっています」

「で、自慢してたくて電話したのか？　きみが食えないナルシシストだとは知らなかったな。いや、たしか私と司法省にプレゼントがあるということだったが」

「ええ、そうです。ただ、誘拐に関してじゃありません。サンプソンは州を越えて拉致されたわけじゃありませんでした。だからＦＢＩの管轄外です。ただ、今回の件で明らかになったことがあります。サンセット大通りを行くと、ブレントウッドとパシフィック・パリセーズのあいだで、峡谷に降りるホプキンズ通りにぶつかります。その道を五マイルほど行ったところに黒のビュイックのセダンが停まっていて、さらに行くと、ペンキが塗られていないマツ材で造ったコテージがあります。そのコテージに四人の人間がいて、その中のひとりがトロイです。すでに司法省が眼をつけているのかどうかは知らないけれど、そこにいる四人はどいつも司法省にとっては捕まえて損のないやつらです」

「容疑は？」

「不法移民の密入国。ちょっと急いでるんですが、これで伝わりましたか？」

「今のところはな」と彼は言った。「ホプキンズ通りだな？」

車に戻ると、ベティはぼんやりと私を見た。その眼が徐々に意味を帯びた。ヘビが巣穴から顔を出すように。「おチビちゃん、今度は何？」と彼女は言った。

「きみの役に立つことをしてきた。警察に電話して、トロイたちを捕まえるように言ってきた」

「わたしは？」

「きみのことは何も言わなかった」私はサンセット大通りを国道一〇一号線方面に向かった。

「わたしにはトロイが連邦法に触れることをやってる証拠を提出できる」

「それには及ばない。おれも持ってるから」

「密入国の件で？」

「そうだ。トロイにはがっかりさせられたよ。メキシコ人を密入国させるなどというのは紳士泥棒には似つかわしくない。程度の悪すぎる闇商売だ。右も左もわからないおのぼりさんを騙して、〈ハリウッドボウル〉（ハリウッドにある著名な野外音楽堂）を売りつけるような詐欺のほうがまだ上等だよ」

「いい儲けになったのよ。しかも彼は一度の仕事で倍儲けてた。貧しいメキシコ人から運賃を取って、農場に送りつけたら農場主からもひとり頭いくらでお金を受け取るんだから。メキシコ人はそのことを知らず、スト破りに利用された。それでトロイは地元警察からも守られてたのよ。ルイスのほうは送り出す側のメキシコの役人に鼻薬を効かせてた」

「サンプソンはスト破りのメキシコ人をトロイから買ってたのか？」

「ええ。証明はできないけど。サンプソンは自分を安全地帯に置くためには細心の注意を払う人よ」

「しかし、その注意は充分じゃなかった」と私は言った。私のことばのあと彼女は黙った。

北に向けて国道にはいったあたりで、私は彼女の顔が苦痛に歪んでいるのに気づいた。「グラヴボックスにウィスキーの一パイント瓶がはいってる。火傷と顔のすり傷を消毒するのに使ってもいいし、飲んでもいい」

彼女は私のその両方の勧めに従い、蓋を開けたまま私にボトルを差し出した。

「おれはいい」

「わたしがさきに口をつけて飲んだから？　わたしの病気は精神的なものよ」

「しまってくれ」

「あなた、わたしが嫌いなのね、でしょ？」

「おれは毒は飲まない。きみが今言ったことがあたってないわけでもないが。きみにも頭はありそうだ。だけど、きみの頭はくだらないことにしか使えない頭だ」

「どうでもいいことをありがとう、学のある探偵さん」

「それにきみはすれっからしだ」

「わたしは、そう、ヴァージンじゃないわ、そういうことを言ってるのなら。初体験は十一のときよ。エディが思いついたのよ、わたしにそういうことをさせて一ドル稼ぐ商売を。でも、わたしは下半身を生活の糧《かて》にしたことはないわ。音楽がわたしをそういうことから救ってくれたのよ」

「こういうことからも救ってくれたらよかったのにな」

「自分の運に賭けたのよ。それがうまく行かなかった。ただそれだけのことよ。そんなことをわたしがいくらかでも気にしてるなんて、あなた、どこからそんなことを思うの？」

「きみは仲間のひとりのことを気にしている。自分の身に何があろうと、そいつにだけは金を持たせたいと思ってる」

「そのことは忘れてって言ったでしょ？」そう言ったあと、ややあって彼女は言った。「わたしを逃がして十万ドルを自分のものにしたら？　十万ドルなんて大金はきっともう二度と拝めないわよ」

「それはきみも同じだ、ベティ。アラン・タガートもね」

彼女はショックを受けたような、いかにも驚いた声をあげた。どうにか心を静めて発した声音は敵意に満ちていた。「寝言を言わないでよ。あなた、タガートの何を知ってるって言うの？」

「彼がおれに話してくれたことは知ってるよ」

「いい加減なことを言わないで。彼があなたなんかに話すもんですか」そう言って、すぐに言いつくろった。「彼にはあなたに話すことなんか何もないんだから」

「あったよ」

「彼に何かあったの？」

「彼は死んだよ。エディみたいに頭に弾丸《たま》を食らって」

彼女は何か言いかけた。が、ことばが出てこなかった。泣き声しか出てこなかった。甲高い鳴き声がやがて乾いた嗚咽に変わり、長い間《ま》のあと、彼女はかすれた声で言った。

「そのこと、どうして話してくれなかったの？」

「訊かれなかったからね。彼のことが好きだったのか？」

「そう」と彼女は言った。「わたしたちはお互い夢中だった」

「そんなに好きだったのなら、どうしてそんな相手をこんなことに引きずり込んだんだ？」

「わたしが引きずり込んだんじゃない。彼がやりたがったのよ。うまくいったら、ふたりでどこかへ逃げるつもりだった」

「そうしていつまでも幸せに暮らすつもりだった」

「安っぽい軽口は自分だけに叩いてなさい」

「若い恋人たちの夢物語をきみから買おうとは思わないよ、ベティ。彼にはまだまだ少年みたいなところがあった。一方、きみは経験からすれば年増と言ってもいい。うまいことを言って取り込んだんじゃないのか？　きみには手引きをする人間が必要だった。そんな人間として彼はいかにもちょろい相手だった」

「そうじゃないわ」彼女の声音は驚くほどおだやかだった。「わたしたちはつきあって半年ほどになるんだけど、サンプソンが〈ワイルド・ピアノ〉に彼を連れてきて、出会ったのよ。わたしがあの店に出るようになって一週間後のことだった。一目惚れだった。それは彼も同じよ。でも、わたしたちは何も持ってなかった。過去を清算して再出発するのにわたしたちにはお金が要った」

「きみたちにとってサンプソンは恰好の金づるだった。誘拐は恰好の手段だった」

「サンプソンなんかに同情心を無駄づかいするなんて、やめておくことね。でも、最初は別の計画があった。アランがあの娘、サンプソンの娘と結婚するようにことを運んで、それを嫌がったサンプソンがお金を出せば、アランが手を引くという計画よ。でも、その計画はサンプソンのせいで駄目になってしまった。サンプソンがアランにあの〈バレリオ〉のバンガローを貸してくれたことがあったんだけど、真夜中にサンプソンがアランにあのカーテンの陰に隠れて、わたしたちをのぞき見したのよ。その一件のあと、サンプソンはアランと結婚したりしたら、親子の縁を切るってあの娘に宣言したの。彼はアランも馘にするつもりだったようだけど、わたしたちは彼のことを知りすぎていた」

「だったら、どうして強請《ゆす》らなかったんだ？　そのほうがずっときみに向いていそうだが」

「わたしたちも最初はそれを考えた。でも、手玉に取るには彼は大きすぎた。それに彼には州で一番の弁護士がついている。わたしたちは彼のことをいっぱい知っていたけど、彼の急所を押さえられるほどじゃなかった。たとえばあの雲の寺院。トロイやクロードやフェイがあそこを利用している目的はサンプソンも承知の上だったなんて、どうやれば証明できる？」

「サンプソンのことをそれほどよく知っているということならひとつ訊きたい」と私は言った。

「彼はどうしてそんな人間になってしまったんだ？」

「それはむずかしい質問ね。もしかしたら同性愛的な傾向があるんじゃないかって思ったこともあるけど、なんとも言えないわね。ただ、年を取って、自分が役立たずになったみたいな気分になったんじゃないかしら。それでまた自分のことをまともな男だと思わせてくれるものを探してたんじゃないかな。星占いにしろ、変態っぽいセックスにしろ、何にしろ。彼が唯一大切にしているのは娘ね。その大切な娘がアランに夢中なのがわかって、それで金輪際アランを赦せなくなったのね」

「タガートもミランダに夢中になればよかったのにな」

「そう思う?」声がかすれた。そのあとは蚊《か》の鳴くような弱々しい声になった。「わたしは彼にどんないいこともしなかった。それは自分でわかってるから、いちいち教えてくれなくていいわ。でも、どうしようもなかったのよ。彼のほうもね。彼はどんなふうにして死んだの、アーチャー?」

「追いつめられてもう逃げ場はなかったのに、銃でどうにか血路《けつろ》を開こうとしたんだ。が、さきに撃たれた。グレイヴズという男に」

「その男に会ってみたいわ。あなた、さっきアランから話を聞いたって言ったけど、ほんとうは彼はそんなことはしなかったんでしょ?」

「きみのことはひとことも言わなかった」

「それだけでも嬉しいわ」と彼女は言った。「今はどこにいるの?」

「サンタテレサの死体仮置場だ」

「会いたいわ——あと一度だけでも」

暗い夢の中から発せられた甘いことばだった。続く沈黙の中、その夢は彼女の心の際《きわ》を超えて広がり、沈む太陽がつくる影と同じ長さの影となった。

30

ブエナヴィスタに近づき、私は車のスピードを落とした。薄暮が建ち並ぶ建物の醜さを和らげていた。目抜き通り沿いでは光が長く連なっていた。〈グレイハウンド〉のネオンサインが出ているバス・ターミナルのまえを通ったが、そこでは停まらなかった。街を過ぎて二、三マイル行くと、国道は海岸線に近づき、建物のない浜辺の上の崖ぎわを走るくねくね道になった。日の名残りのような最後の灰色が海面にしがみついていたが、やがてそれも海中に溶けていった。

「ここよ」とベティ・フレイリーは言った。ずっと黙り込み、あまりにじっとしていたので、私は彼女が隣に坐っているのをほとんど忘れかけていた。

交差点の少し手前でアスファルトの路肩に車を停めた。国道と交差している小径は浜辺までずっと下り坂になっていた。交差点脇に看板が立っており、〝理想的な海浜地区分譲地〟と宣伝していたが、その文字は風雨にさらされ、消えかけていた。見るかぎり家屋はなかった。ただ、古いビーチ・クラブの建物は見えた。国道から二百ヤードほどくだったところに建物がいくつかかたまって建っていた。低層建築の細長い建物で、きらめくような波の白とは対照的な無彩色が塗られていた。

「車では行けない」と彼女は言った。「その小径は下のほうでなくなってるのよ」

「ここへは来たことがないんだと思っていたが」

「先週からはということよ。エディがここを見つけたときに来てる。サンプソンは小さな男性用更衣室のひとつにいるはずよ」

「是非ともいてほしいね」

私はイグニッション・キーを抜いて、彼女は車に残した。小径はすぐに狭まり、最後には両脇が深くえぐられた、人が歩けるだけのでこぼこ道になった。最初の建物のまえのウッドデッキは木が歪んでしまっていた。木の隙間から草が伸びてきているのが靴底に感じられた。庇《ひさし》のすぐ下に暗くて高い窓があった。

建物の真ん中にふたつ設えられたドアを懐中電灯で照らした。ひとつには〝男性用〟、もうひとつには〝女性用〟と浮き出し文字で表示されていた。右側の〝男性用〟のドアは少し開いていた。引いて広く開けてみた。気持ちが逸《はや》ることはなかった。中はがらんとして死んだように静かだった。小やみない波の音以外には何も聞こえず、そこにもそのまわりにも生命を感じさせるものはなかった。

サンプソンの姿もグレイヴズの姿もなかった。私は腕時計を見た。七時十五分前。グレイヴズに電話してから一時間を超えていた。カブリロ峡谷からは四十八マイル。余裕でたどり着けているはずだ。いったい彼は何をしているのか。保安官は？

懐中電灯で床を照らしてみた。茶色い砂と積年の残滓《ざんし》に覆われていた。奥にベニヤ板で仕切った個室のドアが並んでいた。私はそのドアに向けて一歩踏み出した。背後で動きがあった。その動きはトカゲのようにすばやく、振り返る暇もなかった。〝待ち伏せ〟。意識を失う寸前、最後に浮かんだことばがそれだった。

〝おれもトロいな〟。意識が戻って最初に浮かんだことばがそれだった。ランタンのひとつ眼が私を見下ろしていた。意識というお化けの眼のように。私の本能は立ち上がって闘えと命じていた。アルバート・グレイヴズの低い声がその本能をなだめてくれた。

「どうしたんだ？」

「電灯を離してくれ」光が私の眼窩に突き刺さり、後頭部から抜けていた。

彼はランタンを下に置いて、私の脇に膝をついた。「立てるか、リュー？」

「立てる」と答えたものの、私はまだ床に横たわったままでいた。「遅かったじゃないか」

「暗がりの中で探すのに手間取ったんだ」

「保安官は？　彼も探すのに手間取ってるのか？」

「別件で妄想症患者を郡立病院まで護送している途中だそうだ。伝言は残しておいた。医者を連れてここに来るように。時間を無駄にしたくなかったんでね」

「おれにはあんたはもうずいぶんと時間を無駄にしてしまったみたいに見えるが」

「ここを知ってると思ったんだよ。でも、見過ごしてしまったんだ。で、ブエナヴィスタの近くまで行って、そのとき気づいて、引き返したんだが、そこでまた見つけるのに手こずってしまった」

「おれの車に気づかなかったのか？」

「どこに停めたんだ？」

私は上体を起こした。むかつきとめまいが時計の振り子のように頭の中で揺れていた。「このすぐ上の角のところだ」

「私もそこに車を停めたけれど、きみの車はなかった」

私は車のキーを手探りした。ポケットにあった。「確かか？　そいつらに車のキーは取られてないようだが」

「きみの車はなかった。それは確かだ、リュー。そいつらというのは誰のことだ？」

「ベティ・フレイリーと、誰にしろ、おれの頭をぶっ叩いたやつだ。サンプソンの誘拐には四人目の犯人がいることになるな」どうしてこの場所がわかったのか、私はグレイヴズにその経緯を説明した。

「彼女を車にひとり残したのはあまり賢明とは言えなかったな」と彼は言った。

「二日で三回も頭をぶっ叩かれたら、そりゃ誰だって賢明じゃなくなるよ」

立ち上がると、脚がふらふらした。彼は肩を貸してくれた。私は壁にもたれた。

彼はランタンを掲げて言った。「頭を見せてくれ」揺れる電灯の光に照らされた彼の幅広の顔には、心配の皺が刻まれていた。そんな彼は鈍そうに見えた。老けても見えた。

「あとでいいよ」

そう言って、私は懐中電灯を取り上げ、ドアが並んでいるところまで行った。サンプソンは二番目の個室にいた。肥った老体を小さな個室の奥の壁にあずけ、ベンチに坐っていた。頭を部屋の隅にはさみ込むようにして。眼は開いていた。ひどく血走っていた。

グレイヴズが私のうしろにやって来て、大きな声をあげた。「ああ！」

私は懐中電灯をグレイヴズに渡して、サンプソンの上に屈み込んだ。両手首と両足首を四分の一インチほどの太さのロープで縛られ、そのロープは壁から出ているU字管に通され、肉に食い込むほど首にきつく巻かれて、左の耳の下でしっかりと結ばれていた。私はサンプソンの体のうしろに手をまわして、縛られている手首を探った。温《ぬく》もりはまだ残っていたが、脈はなかった。血走った眼の瞳孔は左右非対称だった。ぴくりともしない太い足首を覆っている黄と赤と緑の明るいチェックのソックスがなぜか哀れを催した。

グレイヴズが止めていた息を吐いて言った。「死んでるのか？」

「ああ」途方もなく気が滅入り、無力症にでもなったかのような気がした。「しかし、おれがここに来たときにはまだ生きていたにちがいない。おれはどれくらい失神してたんだろう？」

「今は七時十五分だ」

「七時十五分前にはここにいた。ということは三十分は先を越されたことになる。ぐずぐずしてはいられない」

「サンプソンはこのままここに置いていくのか？」

「ああ。警察もそのほうが喜ぶだろう」

サンプソンを暗がりに残して外に出た。坂道を登るだけで一苦労だった。私の車はなくなっていた。グレイヴズの車が交差点の反対側に停まっていた。

「どっちだ?」と彼は運転席に着くと言った。

「ブエナヴィスタだ。まずハイウェイパトロールに知らせよう」

私は自分の財布を調べた。当然、ロッカーの鍵はなくなっているだろうと思った。が、あった。カードを差し込むところに入れたままになっていた。私の頭をぶっ叩いたやつが誰にしろ、そいつにはベティ・フレイリーと話し合うチャンスがなかったということになる。あるいは、犯人は金よりなにより逃げることを優先させたのか。それはあまりありそうにない話だが。

市境を越えたところで、私はグレイヴズに言った。「バス・ターミナルで降ろしてくれ」

「どうした?」

私は理由を話してからつけ加えた。「まだ金があるようなら、取りに戻ってくるかもしれない。もうなくなっているようなら、たぶんそのロッカーは壊されていることだろう。あんたはまずハイウェイパトロールに行って、そのあとおれを拾ってくれ」

彼はバス・ターミナルの赤い縁石に車を寄せて、私を降ろした。私はガラスのドアのまえに立ち、だだっ広い矩形の待合室を見渡した。つなぎを着た三、四人の男が疵だらけのベンチに坐って新聞を読んでいた。蛍光灯の下、見るからに時代がかって見える老人が数人、ポスターの張られた壁にもたれて世間話をしていた。隅にメキシコ人一家がいた。父親と母親と四人の子供が肩を寄せ合っていた。固い絆で結ばれた六人制フットボールのチームのように。奥の壁に取り付けられた時計の下の切符売場には、アロハシャツを着たにきびづらの若者の一団がいた。左手にドーナツ・カウンターがあり、カウンターの向こうに制服を着たブロンドの肥った女が立っていた。緑色の金属のロッカーは左手の壁ぎわに並んでいた。

注意を払って観察しても緊張した面持ちの人間はひとりもいなかった。誰もがごく月並みなものを待っていた。夕食にしろ、バスにしろ、土曜日の夜にしろ、年金の小切手にしろ、あるいはベッドの上での自然死にしろ。

私はガラスのドアを押し開けると、煙草の吸い殻の散らかる床を歩いてロッカーのあるところに向かった。鍵に刻まれている番号は28。私はそのロッカーの鍵穴に鍵を挿し込み、待合室を見まわした。ドーナツ・カウンターの女がさして関心もなさそうに怒ったような青い眼を私に向けていた。それ以外、関心を示している者はひとりもいなかった。

ロッカーには赤いキャンヴァス地のビーチバッグがはいっていた。引っぱり出すと、バッグの中で紙がこすれる音がした。いちばん近いベンチに坐り、バッグを開けた。ひとつの茶色の包みの端が破れて開いていた。私はそこに指を差し込んだ。新札の固いへりが指先に感じられた。

私はバッグを小脇に抱えて、ドーナツ・カウンターまで行くと、コーヒーを注文した。

「シャツに血がついてるけど、わかってます?」とブロンドの女は言った。

「わかってる。血がついてるシャツを着るのが好きなんだ」

ブロンドの女は私をまじまじと見た。この男にはちゃんとコーヒー代が払えるのだろうかと疑う眼で。私は百ドル札を彼女にやりたくなった衝動と闘って、十セントをカウンターに放った。彼女は白くてぶ厚いカップにコーヒーを注いで私のまえに置いた。

左手にカップを持ってコーヒーを飲み、右手はすぐに銃を取り出せるようにして、ドアを見張った。切符売場の上の電気時計が時を少し刻んだ。バスが到着し、また出発して、待合室の人間が入れ替わった。時計は時間をゆっくりと嚙み砕いていた。一分に六十回も咀嚼していた。八時十分前になったときには、犯人がやって来ることを期待するのは望みすぎのような気がしてきた。どうやら金はあきらめ、ブエナヴィスタとは反対方向に逃げることを優先したらしい。

グレイヴズが戸口に現われ、さかんに手招きをした。私はカップをカウンターに置くと、彼について外に出た。彼は通りの反対側に二重駐車していた。

「きみの車は乗り捨てられていた」と彼は歩道に立って私に言った。「ここからほぼ十五マイル北に行ったあたりに」

「で、犯人は逃げたのか?」

「少なくともひとりはね。フレイリーという女は死んだ」

「もうひとりは?」

「ハイウェイパトロールにもまだわかっていない。最初の無線でわかったことしかまだわかってない」

われわれは十五マイルを十五分たらずで走った。並んで停まっている車の列と、車のヘッドライトに照らされて、動く黒い切り抜きのように見える人影で、現場はすぐにわかった。グレイヴズは、赤い光線の懐中電灯をわれわれのほうに向けて振っていた警官のそばまで行って車を停めた。

スチュードベーカーのステップに乗ると、車列の向こうが見えた。光が一か所に集まっており、そこに私の車があった。土手に鼻づらを突っ込んでいた。私は駆け足でそっちに向かい、事故車を取り囲んでいる者たちを肘で掻き分けてまえに出た。

深く皺が刻まれた茶色い顔をしたハイウェイパトロール警官に手を腕に置かれて、制止された。私はその手を払って言った。「これはおれの車だ」

訝しげに警官の眼が細くなり、日焼けした顔の皺が耳のほうまで広がった。「ほんとうに？名前は？」

「アーチャーだ」

「なるほど、あんたのだ。車の登録証ではそうなってる」警官はどこかしら居心地が悪そうにバイクのそばに立っていた若い警官に声をかけた。「来てくれ、オリー！　この人の車みたいだ」

人垣が私を中心に新たにできた。事故を起こした私の車のまわりにできていた人の輪が崩れ、毛布を掛けられて横たわっているものが車の脇に見えた。私は横たわっているものに眼を釘づけにされているふたりの女を押しのけて、毛布の端を持ち上げた。その下にあったものを見ても断言できなかったが、誰なのか、着ている服からわかった。

一時間のあいだにふたりというのは、さすがに私にしても多すぎた。胃袋がひっくり返ったような気分になった。胃にはバス・ターミナルで飲んだコーヒーしかはいっていなかったが、それが苦みをともなって込み上げた。私が話せるようになるまでふたりの警官は待ってくれた。

「この女性があんたの車を盗んだんだね？」と年嵩のほうが言った。

「そうだ。名前はベティ・フレイリー」

「指名手配の通達が出ている女か？」

「そうだ。しかし、もうひとりのほうはどうなった？」

「もうひとりのほう？」

「彼女ともうひとり男がいたはずだ」

「彼女が事故を起こしたときにはいなかった」と若い警官が言った。

「そんなことは断言できないだろうが」

「いや、できるんだよ。事故を起こしたところを見てたんだから。ある意味じゃ、この事故はおれにも責任があるんだ」

「いや、いや、オリー」と年嵩のほうがオリーの肩に手を置いて言った。「おまえは完璧に正しいことをしたんだ。誰もおまえを咎めたりしないよ」

「でも、盗まれた車だとわかってちょっとほっとしたな」

そのことばは私を苛立たせた。保険はかけてあった。しかし、取り替えられるわけではない。それにこの車には愛着があった。カウボーイが自分の馬に抱くような気持ちだ。

「何があったんだ？」と私は若い警官に尋ねた。語気がどうしても鋭くなった。

「ここから五十マイルちょっと南を走ってたんだよ。北に向かって。そしたら、このご婦人がおれなんかまるで突っ立ってるみたいに思えちゃうスピードで追い越していったんだ。そりゃ追いかけたよ。彼女の車に追いついたときには九十マイルぐらいはスピードが出てた。だけど、並走しても彼女は車を停めようとしないんだ。まるで鉄砲の弾丸《たま》みたいにぶっ飛ばしていた。路肩に寄せるように合図しても全然こっちを見ないのさ。しょうがないから彼女の車のまえに出たんだ。そしたら彼女、おれを追い越そうとしてさ。右側にハンドルを切ったところでコントロールできなくなったんだ。二百フィートぐらい路面をすべって、でもって土手に激突したんだよ。車から引っぱり出したときにはもう死んでた」

言い終えたオリーの顔は汗まみれになっていた。年嵩のほうが労《いた》わるようにオリーの肩を揺すった。「こんなことで落ち込むんじゃないぞ、オリー。おまえは法の番人なんだからな」

「今の話にまちがいはないんだね？」と私は言った。「この車にはほかに誰も乗ってなかったんだね？」

「煙になって消えたんでないかぎり――ただ、ちょっと変なんだけど」とオリーは言って、神経の昂った甲高い声で続けた。「火は出なかったのに、彼女の脚の裏には火ぶくれができててさ。それと靴がなかったんだよ。彼女、裸足《はだし》だったんだ」

「そりゃ変だな」と私は言った。「実に変だ」

そのときにはもうアルバート・グレイヴズも人垣を掻き分けてやって来ていた。「もう一台車があったということか」

「だったらどうして彼女はおれの車を運転しなきゃならなかった？」私は車の中に手を伸ばし、

血にまみれ、歪んだダッシュボードの下を手探りした。私が今朝置いたままにした銅線と端末がつながれていた。「エンジンをかけるのにイグニッションに銅線をつないでる」

「そういうのはむしろ男がやりそうなことだ。ちがうか？」

「そうともかぎらない。兄貴から教えてもらっていたかもしれない。自動車泥棒なら誰でも知ってることだ」

「もしかしたら二手に分かれて逃げたほうがいいと思ったのかもしれない」

「かもしれない。だけど、どうかな。おれの車を運転していたらすぐに見つかってしまうことがわからないほど、彼女は馬鹿じゃないよ」

「報告書を書かなきゃならないんでね」と年嵩の警官が言った。「ちょっと時間もらえるかな？」

最後の質問に答えていると、保安官補に無線車を運転させて、スパナー保安官が到着した。ふたりは車を降りると、駆け足で私たちのほうにやって来た。地面を蹴るたび、スパナーのぶ厚い胸が揺れた。女の乳房のように。

「何があったんだ？」とスパナーは私からグレイヴズに潤《うる》んだ眼を疑わしげに向けて言った。

私はグレイヴズに話させた。サンプソンとベティ・フレイリーの身に何があったのか聞き終えると、スパナーは私のほうを向いた。

「あんたがよけいなことをした結果がこれだよ、アーチャー。仕事はおれの監督下でやるように警告したはずだが」

私は能無し保安官のたわごとを黙って聞いていられるような気分ではおよそなかった。「監督下だと！　ふざけるな！　あんたがすぐにサンプソンのところに駆けつけてたら、彼は助かっていたかもしれないんだぞ！」

「あんたには彼の居場所がわかってた。なのにおれに直接そのことを伝えなかった」とスパナーは不満がましく言った。「そのことをあんたはずっと悔やむことになるだろうよ、アーチャー」

「ああ、わかってる。探偵許可証更新のときが来たらな。これはあんたがまえに言ったことだ。だけど、自分の無能さ加減についてはサクラメントになんと報告するつもりだ？　事件が急展開を見せたのに、そんなときにイカレ頭を郡立病院まで護送してたなんてな」

「昨日のあとおれは病院なんぞには行ってないぞ」と彼は言った。「なんの話をしてるんだ？」

「サンプソンに関する伝言を受け取ったんじゃないのか？　二時間かそこらまえに」

「伝言なんか受けちゃいないよ。わけのわからないことを言って、わが身を守ろうとしたって、そりゃ無駄だよ」

私はグレイヴズを見やった。すると、彼は私の眼を避けた。私はその場では何も言わないことにした。

国道を走る救急車のサイレンがサンタテレサ方面から近づいてきた。

「やけに遅いな」と私はパトロール警官に言った。

「もう死んじまってるってわかってるから、急ぎゃしなかったんだろうよ」

「どこに運ばれるんだ？」

「サンタテレサの死体仮置場だろうな。引取り人が現われないかぎり」

「現われないだろうな。彼女にとってはそこの死体仮置場はむしろ願ってもない場所だろう」

アラン・タガートとエディ、恋人と兄がもうすでにそこにいるのだから。

31

グレイヴズはゆっくりと運転した。事故車両を見たことに影響を受けたかのように。そのためサンタテレサに帰るのに一時間近くかかった。その間、私はひたすら考えた――アルバート・グレイヴズのこと、次にミランダのことを。頭に浮かぶことはどれも愉しい道づれとはいかなかった。


街にはいると、グレイヴズが興味深げに私を見た。「私はまだ希望を捨ててないからな、リュー。犯人が捕まる可能性はまだまだ大いにある」

「犯人というと？」

「もちろん殺人犯だ。もうひとりの男だよ」

「もうひとりの男がいたかどうか、おれには確信がないな」

ハンドルを握る彼の手に力が込められたのがわかった。指の関節が盛り上がった。「しかし、誰かがサンプソンを殺したんだろうが」

「ああ」と私は言った。「誰かがね」

彼をじっと見ていると、彼はおもむろに私のほうを向いて私と眼を合わせた。そのあと長いこと冷ややかに見つづけた。

「気をつけてくれ、グレイヴズ。何事もね」

彼はまた眼を道路に戻した。が、戻すその刹那、自らを恥じるような表情が浮かんだのを私は見逃さなかった。

国道とサンタテレサの目抜き通りとの交差点で信号に捕まり、車を停めると彼は言った。

「ここからどっちに行く?」

「どっちに行きたい?」

「どっちでもいい」

「だったらサンプソンの屋敷だ。ミセス・サンプソンに報告しないと」

「それは今やらなければならないことか?」

「おれは彼女に雇われてるんだ。報告の義務がある」

信号が変わり、われわれはサンプソンの屋敷の私道の入口に着くまで、ことばを交わさなかった。大きな黒い塊に見える屋敷のところどころに切れ目のような明かりがついていた。

「できることならミランダには会いたくない」と彼は言った。「実は今日の午後、結婚したんだ」

「それはまた早まったもんだな」

「どういう意味だ？　私は結婚許可証をもう何か月も持ち歩いてたんだからな」

「彼女の父親の遺体が家に帰ってくるか、あるいは埋葬されるかするまで待つこともできただろうに」

「彼女が今日することを望んだんだ」と彼は言った。「で、裁判所で結婚した」

「あんたのほうは初夜をそこで過ごすことになりそうだな。拘置所と裁判所は同じ建物にあるんだから。ちがうか？」

彼は何も言わなかった。ガレージのまえで彼が車を停めると、私は上体を倒して彼の顔をのぞき込んだ。恥はもう呑み込まれていた。彼の顔に残っていたのは勝負に負けたギャンブラーのあきらめの表情だった。

「なんとも皮肉なことだよ」と彼は言った。「今夜がわれわれの初夜だというのは。何年も待ち望んだ夜だというのは。そんな夜に彼女に会いたくなくなるとはね」

「おれがあんただけ目こぼしするなどと思ってるのか？」

「しないのか？」

「あんたのことは信用できない。あんたはおれが唯一信用した人間だったのに、なのに――」

次のことばが見つからなかった。

「私のことは信用していいよ、リュー」

「これからはミスター・アーチャーと呼んでくれ」

「だったら、ミスター・アーチャー、私のポケットには銃がはいっている。だけど、それを使おうとは思わない。もう暴力はたくさんだ。わかるか？　吐き気さえ覚える」

「そりゃそうだろうとも」と私は言った。「殺人をふたつも腹に抱え込んだら誰でもそうなるよ。いっときのことにしても多すぎた」

「殺人をふたつというのはどういうことだ、リュー？」

「ミスター・アーチャーだ」

「高徳の士みたいなことは言わなくてもいいよ。私もこんなことになるとは思わなかったんだ」

「みんなたいていそう言うんだよ。あんたは急場しのぎにタガートを撃った。そのあとはそれが得意技になった。最終章に向かうにつれてあんたは不注意になった。今夜、あんたが保安官に電話しなかったのはどっちみちばれることだ。それぐらいわかりそうなものなのに」

「きみが私に保安官に連絡しろと言ったことは誰にも証明できない」

「それは証明するまでもないことだよ。しかし、おれにはあんたの狙いがそれで充分すぎるほどわかった。あんたとしてはあの更衣室にいっときサンプソンとふたりだけになる必要があった。タガートの相棒たちがしくじった仕事を果たすために」

「きみは私が今度の誘拐事件に関わっているなどと本気で思っているのか？」

「いや、あんたは今度の誘拐に関わっちゃいない。それぐらいわかってるよ。だけど、誘拐事件のほうからあんたに関わってきたのさ。誘拐事件のおかげであんたにはタガートを消すまっとうな理由ができた」

「私がタガートを撃ったのは正当な理由があったからだ」と彼は言った。「ああいう形でタガートを消し去ったことを後悔してるなどと言えば嘘になる。それは認めるよ。ミランダは彼にぞっこんだった。それでもだ。私があいつを撃ったのはきみを助けるためだ」

「おれには信じられない」胸に冷ややかな憤りが湧くのがわかった。黒い空には星が雪の結晶のようにへばりついて、私の頭上に冷気を降り注いでいた。

「あんなことは計画してできることじゃないよ」と彼は言った。「そもそもそんな余裕などなかった。タガートがきみを撃つかわりに私がタガートを撃った。単純この上ないことだ」

「殺しが単純であったためしなどない。あんたみたいな頭脳の持ち主が関わったときにはなおさら。あんたの射撃の腕は第一級じゃないか、グレイヴズ。何もタガートを殺すことはなかった」

彼は耳ざわりな声で言った。「あの男は死んで当然だった。自業自得というやつだ」

「しかし、あのときの彼が自業自得だったとはとても言えない。今でも思ってる、あんたはいったい彼の話をどこまで聞いてたんだろうって。彼が誘拐犯のひとりであることがわかるくらいには充分聞いていたはずだ。それればかりか、タガートが死ねば、彼の相棒たちがサンプソンを殺すこともわかっていたはずだ」

「声はほとんど聞こえなかった。ただ、あの男がきみを撃とうとしていることだけはわかった。だからかわりに私が彼を撃っただけのことだ」彼の声にまた鉄の意志が戻っていた。「しかし、どうやらそんなことをしたのは私のまちがいだったようだな」

「あんたはまちがいをいくつか犯してる。タガートを殺したのがまず第一のまちがいだ――それが引き金になったんじゃないのか、ええ？　実際のところ、死んでほしい相手はタガートじゃなかった。サンプソンを生きて家に帰したくなかった。で、タガートを殺せば、当然、サンプソンその人だった。サンプソンは殺されるはずだと思った。しかし、タガートの共犯者はもうあとひとりしか残っておらず、その共犯者は行方をくらまし、おれが教えるまでタガートが死んだことを知らなかった。だからサンプソンを殺したくても彼女にはその機会がなかった。機会が与えられればたぶん殺してただろうが。だからサンプソンはあんたが殺さなきゃならなくなった」

恥、あるいは躊躇《ちゆうちよ》の影がまた彼の顔に射した。が、彼はそんなものを振り払って言った。「私はリアリストだ、アーチャー。きみ同様にな。サンプソンの死は誰にとってもマイナスとはならなかった」

そう言った彼の声音はそれまでとはちがったものになっていた。いきなり抑揚も深みもなくした声に変わっていた。自らを支えてくれる体勢を取ろうとするかのように、彼は体を動かしていた。全身でこの場をやり過ごそうとしていた。それが態度に表われていた。

「あんたは昔より簡単に人を殺すようになった」と私は言った。「あんたは殺人罪で有罪になった者たちを何人もガス室に送り込んだわけだが、自分もまたそこに行くことになるとはこれまで思いもよらなかったんじゃないか？」

彼はどうにか笑みを浮かべた。その笑みは彼の口元と眉間に醜い皺を刻んだ。「きみにはなんの証拠もない。証拠のかけらさえ」

「そのかわり揺るぎない確信がある。それに犯行を仄《ほの》めかすあんたの自供も――」

「しかし、それは録音されているわけじゃない。起訴に持ち込めるかどうかさえ怪しい」

「そういうのはおれの仕事じゃない。あんたは今どういう立場にいるのか。それはおれよりあんたのほうがよくわかってるはずだ。ただ、おれにわからないのはどうしてサンプソンを殺さなきゃならなかったのかということだ」

彼が答えるまで長い間《ま》ができた。改めて彼が発した声音はまた変わっていた。あけすけで、どこか若々しく、何年もまえに私が公判の弁論で聞いたことのある男の声になっていた。「私はどうしてサンプソンを殺さなければならなかったのか。そんなことをこともあろうにきみから訊かれるとはね。それが今の私の正直な気持ちだよ。私はやらなきゃならなかった。もっとも、それはあの更衣室にサンプソンがたったひとりでいるのを見つけるまでは考えてもいなかったことだが。私は彼に話しかけさえしなかった。今自分に何ができるのか。それがわかったら、あとはもうそれをしないわけにはいかなくなった。そのことが自分の気に入ろうと入るまいと」

「あんたはそのことが気に入った」

「そうだ」と彼はきっぱりと言った。「私は自ら進んで彼を殺したのさ。なのに今はそのことを考えるのも耐えられない」

「そういうのはちょっと自分に甘すぎないか、ええ？　おれは精神分析医じゃないが、あんたにはほかにも動機があったことぐらい容易に察しがつくよ。より明らかで、より面白みに欠ける動機だ。あんたは今日の午後、将来大金持ちになる娘と結婚した。その娘の父親が死ねば、その娘は将来ではなく今、大金持ちになる。数時間前からあんたたち夫婦は五百万ドルの値打ちのあるカップルなわけだ。頼むからそんなことは思いもしなかったなんて言わないでくれ」

「もちろんそれぐらいわかってるよ」と彼は言った。「だけど、五百万というのはまちがってる。ミセス・サンプソンが半分持っていくからね」

「彼女のことは忘れてたよ。だったらどうして彼女も殺さなかったんだ？」

「手厳しいんだな、アーチャー」

「あんたはサンプソンにもっと手厳しくあたった、百二十五万ドルなんてはした金のために。そう、五百万の半分の半分は百二十五万だろ？　あんた、いつからそんなしみったれになったんだ、グレイヴズ？　それとも、ゆくゆくはミセス・サンプソンもミランダも殺すつもりだったのか？」

「たわごとと わかりながら言うのはやめろ」と彼はむしろ淡々と言った。「私をなんだと思ってる？」

「まだ決めかねてる。あんたはひとりの娘と結婚し、その同じ日にその娘の父親を殺して、その娘を遺産相続人に仕立て上げた男だ。いったいどうしたと言うんだ、グレイヴズ？　百万ドルの持参金付きじゃなきゃ、彼女とは結婚したくなかったのか？　あんたは彼女に惚れてるんだとばかり思ってたよ」

「そういう話はやめてくれ」彼の声はいかにも苦しげだった。「このことにミランダを巻き込まないでくれ」

「それはできないが、ミランダのことを抜きにしても、話すことはほかにもある」

「いや」と彼は言った。「話すことなどもう何もないよ」

私は彼を運転席に残して車を降りた。彼はギャンブラーのあのユーモアのかけらもない笑みを浮かべていた。屋敷に行くのに砂利敷きの私道を渡ったときには、彼に背を向ける恰好になった。彼はポケットに銃を持っていた。が、私はうしろを振り返らなかった。もう暴力には吐き気を覚えると言った彼のことばを信じた。

キッチンの明かりはついていたが、ドアをノックしても誰も出てこなかった。私はエレヴェーターのところまで屋敷の中を歩いた。二階に着いてエレヴェーターを降りると、ミセス・クロムバーグが廊下にいた。

「どこに行くんです?」

「ミセス・サンプソンに会わなきゃならない」

「それはできません。奥さまは今日はとても神経質になっておられて、つい一時間前にネンブタールを三錠お飲みになったところなんです」

「とても重要なことだ」

「どれぐらい?」

「奥さんがずっと聞くのを待ち望んでいたことだ」

ミセス・クロムバーグの眼を見ると、それだけで私の言いたいことは伝わったようだが、彼女のような優れたメイドは、私のことばの意味をいちいち問い質《ただ》してきたりはしなかった。「お休みかどうか見てきます」そう言って、閉められたミセス・サンプソンの寝室のまえまで行くと、ドアをそっと開けた。

驚いたような囁き声が中から聞こえた。「誰？」

「クロムバーグです。ミスター・アーチャーがお会いになりたいそうです。とても大切な用件だとおっしゃっておられます」

「わかったわ」とまた囁き声が聞こえた。明かりがつけられ、私を通すためにミセス・クロムバーグは脇に寄った。

ミセス・サンプソンは片肘をついて横たわり、明かりにまぶしそうに眼をしばたたいた。陽に焼けた彼女の顔は眠りのせいか、眠ろうとしたせいか、どこかぼうっとしてむくんでいた。丸くて茶色い乳首がシルクのパジャマ越しに鈍い眼のように私を見つめていた。

私はドアを閉めて言った。「ご主人は亡くなられました」

「亡くなった」と彼女はおうむ返しに言った。

「あまり驚かないんですね」

「驚くべき？　あなたがそんなふうに言うのは、それはあなたがこのところわたしが見ている夢を知らないからよ。自分の心を黙らせることができないというのは恐ろしいことよ。眠りかけてさまざまな顔が眼のまえに現われても、それでも眠るところまでいけないというのは。今夜はその顔がことさら鮮明に見えたわ。彼の顔が海の水に浸かってどんどんふくれ上がって、今にもわたしを呑み込もうとするの」

「私が言ったことをちゃんと聞きましたか、ミセス・サンプソン？　あなたのご主人は亡くなったんですよ。二時間ほどまえに殺されたんです」

「聞いたわ。わたしのほうが彼より長生きするのは最初からわかっていたことよ」

「あなたにはそれだけの意味しかないんですか？」

「どうしてもっとほかに意味がなくちゃいけないの？」声が不明瞭だった。感情のかけらも感じられず、歯擦音が眠りと目覚めとのあいだの深い溝にはまり込み、ただ浮遊しているだけだった。「わたしは以前から未亡人だったのよ。ずっとそういう気持ちでいたの。ロバートが戦死したとき、わたしは何日も泣いたけれど、彼の父親の死を悼《いた》んで嘆くことはないわね。むしろわたしは彼の死を望んでいたんだから」

「だったら、その願いが叶《かな》ったことになりますね」

「全部じゃないけど。あの人の死は早すぎたけれど、でも、充分早くはなかった。誰の死も早すぎた。ミランダがあのもうひとりの男と結婚していたら、あの人は遺言書を書き換えて、彼の遺産は全部わたしのものになっていたのに」彼女はずるそうな眼を私に向けた。「あなたが何を考えてるか、わたしにはわかるわ、アーチャー。こいつはなんて邪悪な女なんだ。そう思ってるんでしょ？　でも、わたしはそれほど邪悪なわけじゃない。わたしが手にできるものなんてわずかなものよ。そのわずかなものぐらい自分でちゃんと持てるようにしておきたいだけよ」

「五百万ドルの半分というのはわずかなものとは言えないけれど」と私は言った。

「お金そのものじゃないのよ。お金が人に与える力よ、問題なのは。わたしにはその力がどうしても必要だった。これでミランダもどこかへ行ってくれたら、わたしはひとりになれる。こっちへ来てそばに坐って。眠りに就くまえには必ずひどい恐怖に襲われるの。わたしはこれからも眠るまえには毎晩彼の顔を見なくちゃならないのかしら?」

「さあ、わかりません、ミセス・サンプソン」私は彼女が哀れに思えた。が、それ以外の感情のほうが強かった。戸口に向かうと、聞えよがしにドアを閉めた。

ミセス・クロムバーグはまだ廊下に立っていた。「旦那さまが亡くなられたって聞こえてきましたけど」

「ああ、そうだ。薬のせいか、ミセス・サンプソンとはきちんと話ができなかった。ミランダはいるのかな?」

「一階のどこかにいらっしゃるはずです」

居間にいた。暖炉の脇に置かれたぶ厚いクッションの上に坐って膝を抱えていた。明かりは消されており、中央の大きな窓越しに暗い海と銀筆で描いたような水平線が浮かんでいた。

私がはいっていくと、彼女は顔を起こしたが、立ち上がって私を出迎えようとはしなかった。

「あなたなの、アーチャー?」

「そうだ。話さなきゃならないことがある」

「父を見つけたの？」暖炉の中の焚き木の炎が断続的に彼女の頭と首をバラ色に染めていた。見開かれた黒い彼女の眼はしっかりとして落ち着いていた。

「そうだ。お父さんは亡くなった」

「父が死んでいるのは最初からわかってた。そうだったんでしょ、最初から死んでたんでしょ？」

「そう言えればまだいいんだが」

「どういうこと？」

私は考えていた説明はあとまわしにした。「金は取り戻した」

「お金？」

「これだ」私は彼女の足下にバッグを放った。「十万ドルだ」

「こんなものはどうでもいいわ。父はどこにいたの？」

「よく聞いてくれ、ミランダ。きみはひとりになった」

「必ずしもそうでもないわ」と彼女は言った。「今日の午後、アルバートと結婚したのよ」

「知ってる。彼から聞いたよ。それでも、きみはこの家を出て、自分の面倒は自分でみなきゃならない。そのためにまずやるべきはその金をしまうことだ。私としてもけっこう苦労して取り返したんだ。そのうちのいくらかはきみもこのあと必要になるかもしれない」

「ごめんなさい。でも、どこにしまえばいい？」

「銀行に行くまでは書斎の金庫に入れておくといい」

「わかった」彼女はいきなり意を決したように立ち上がると、書斎に行った。腕を強ばらせ、肩を怒らせていた。まるで重力に逆らおうとでもするかのように。

彼女が金庫の扉を開けているときに車が私道を走って出ていく音がした。彼女は優美というよりどこか訴えるようなぎごちない所作で振り返った。「誰かしら？」

「アルバート・グレイヴズだ。彼にここまで送ってきてもらった」

「なのに、彼はそのまま帰っちゃったの？」

私は残されている意志の力を掻き集めて言った。「彼がお父さんを殺したんだ」

彼女は息を呑んだ。ややあって口がようやく動き、その口からことばが無理やり押し出された。「嘘でしょ？　そんなこと彼にできるわけがない」

「いや」私は事実に救いを求めて言った。「今日の午後、私はお父さんが監禁されている場所を突き止めた。で、ロスアンジェルスからグレイヴズに電話をして、できるだけ早くそこに行くように言った。保安官と一緒に。グレイヴズは私よりさきに現場に着いた。保安官と一緒ではなくひとりで。私が着いたとき、彼の姿はなかった。車をどこか見えないところに停めて、建物の中にいたんだ。きみのお父さんと。私が中にはいると、彼は背後から私を殴打《おうだ》した。私は気を失った。眼が覚めると、彼はちょうど今着いたようなふりをした。そのときにはもうお父さんは死んでいた。が、体はまだ温かかった」

「アルバートがそんなことをしたなんて信じられない」

「しかし、信じなきゃならない」

「証拠はあるの？」

「きちんと証明するには物的な証拠が要る。私にはそれを見つけている時間はなかった。そういうものを見つけるのは警察の仕事だ」

彼女は体の力をなくしたように革張りの肘掛け椅子にぐにゃりと腰をおろした。「死んだ人が多すぎる。父にアランに——」

「グレイヴズがふたりとも殺した」

「でも、アランを殺したのはあなたの命を救うためだったんでしょ？　あなた、そう言ったじゃない——」

「あれはいささか込み入った殺人だった」と私は言った。「正当防衛と言えなくはないが、それだけでは説明できない。何も殺すことはなかったんだから。グレイヴズは射撃の名手だ。だから、ただ怪我をさせようと思えばできたはずなんだ。でも、彼はタガートをこの世から消したかった。それにはそれなりの理由があった」

「どんな理由？」

「理由のひとつはきみもわかっているはずだ」

彼女は顔を起こした。その顔を明かりが照らした。いくつもの選択肢の中から、彼女は思いきって口にすることを選んだようだった。「ええ、そうね。わたしはアランに恋してた」

「それでも、きみはグレイヴズと結婚することを考えていた」

「決心したのはゆうべよ。誰かと結婚しようとは思っていて、グレイヴズがその誰かであってもいいような気がしたのよ。〝肉欲に身を焦がすより結婚するほうがいい〟。聖書にも書いてあるわ」

「彼はきみを獲得するギャンブルには勝った。だけど、手を出したほかのギャンブルはそううまくはいかなかった。タガートの相棒にはきみのお父さんを殺すことができなかった。その結果、グレイヴズはきみのお父さんを自分で殺すしかなくなった」

彼女は片手を眼にやり、さらに額にやった。彼女のこめかみに浮いて見える青い血管がいかにも幼く繊細に見えた。「信じられないほど醜い話ね」と彼女は言った。「彼がどうしてそんなことをしたのか、わたしには理解できない」

「彼は金のためにやったのさ」

「でも、彼はお金のことを気にする人じゃないわ。わたしが彼に好意を持った理由のひとつがそれよ」彼女は手を顔から離した。苦い笑みを浮かべているのがわかった。「もっとも、誰に好意を持てばいいのかということについては、わたしにはあまり自信はないけど」

「グレイヴズが金のことなど気にしていなかった時期もあったかもしれない。どこかほかの場所ならそのままでいられたかもしれない。だけど、サンタテレサでは無理だった。この街じゃ金は生きていく上で欠かすことのできない血のようなものだ。ここじゃ金がなければ、半分死んでいるようなものだ。だから、百万長者のために働き、彼らの金を扱いながら、自分自身は持たざる者だという事実が徐々に腹立たしく思えてきたんだろう。そんなところへ自分が百万長者になるチャンスが転がり込んできた。で、気づいたのさ、この世の何より自分は金を欲しがっていることに」

「今、わたしの望みが何かわかる、アーチャー?」と彼女は言った。「お金もセックスもなければいいと思う。両方ともわたしにはその価値よりそれがもたらす災いのほうが大きいものよ」

「金が人にどんな影響を与えようと、金自体に罪はないよ。邪悪さというものが人の心にあるとすれば、金というのはそれを引っかける掛け釘みたいなものだ。人は人としての値打ちを失うと、金だけに夢中になる」

「アルバート・グレイヴズという人にいったい何があったの?」

「それは誰にもわからない。おそらく彼自身にもね。それより今大切なのはこのあと彼はどうなるかだ」

「警察にはやはり知らせるの?」

「そのつもりだ。きみがそれに同意してくれれば、その仕事が少しは楽になる。きみにしても同意するほうが長い目で見れば得策だと思う」

「責任を分かち合うわけね。でも、それはどういうことかって言えば、あなたはわたしの気持ちなんか少しも考えてないってことよ。どっちみち警察には知らせるんでしょ? でも、あなたはさっき証拠はないって言ったわね」彼女は椅子の上で落ち着かなげに体を動かした。

「起訴されれば、彼は否認しないだろう。彼というのはどういう人間か、それはきみのほうがよく知ってると思うが」

「よく知ってると思っていたけど、今は自信がないわね――あらゆることに」

「だから私の思うとおりにさせてくれって言ってるのさ。解決しなきゃならない謎があるのに何もしなきゃ、その謎は解決しない。自信がなけりゃ生きてもいけない」

「生きていかなくちゃならないのかどうか、それも自信がないわ」

「そういうロマンティックなたわごとは私には通用しないよ」と私はにべもなく言った。「自己憐憫《れんびん》がきみの出口じゃない。ふたりの男に関しちゃ、なんとも男運が悪かったというしかないが、きみはそういう運ぐらい引き受けられる強い女性だ。まえにも言ったが、きみにはこれから築くべき人生がある。それをどうするかはきみ次第だ」

彼女は私のほうに身を寄せた。胸が体からまえに突き出された。無防備に柔らかく。彼女の唇も柔らかかった。「それをどうやって始めればいいのかわからない。わたしはどうすればいいの?」

「一緒に来てくれ」

「あなたと? あなたと一緒ってどういうこと?」

「おれに鞍替えしようなんて考えないでくれ、ミランダ。きみは可愛い娘だし、おれはきみが好きだよ。とてもね。だけど、きみはおれの恋人タイプじゃない。ただ、一緒には来てほしい。地方検事にふたりで話すんだ。そのあとのことは検事に決めてもらおう」

「わかった。ハンフリーズのところに行くのね。彼はまえからアルバートとは親しかったのよね」

彼女は私を車に乗せると、街が見下ろせる台地まで曲がりくねった道を走った。そして、ハンフリーズのアカスギ造りの平屋のまえに車を停めた。私道に一台別の車が停まっていた。「アルバートの車よ」と彼女は言った。「お願い、ひとりで行って。彼には会いたくない」

私は彼女を車に残し、テラスに上がる階段をのぼった。ドアノッカーに手を伸ばすまえにハンフリーズがドアを開けて出てきた。その顔はこれまで以上に骸骨のように見えた。

彼はテラスに出ると、ドアを閉めて言った。「アルバートが来ている。ほんの数分前に来たんだが、サンプソンを殺したと言ってる」

「で、どうするんです？」

「保安官を呼んだ。もうこっちに向かっているはずだ」彼は薄くなった髪を指で梳いた。その身振りも声同様、不確かでどこか心ここにあらずといったふうだった。まるで現実というものが急に手の届かないところに行ってしまったかのように。「これは悲劇だよ。アルバート・グレイヴズは善人だとこれまで私は疑いもしなかった」

「犯罪というのは往々にして拡散するものです」と私は言った。「伝染病のようにね。そういう事例はあなたも見てきたはずだ」

「そういうことが自分の友達に起きたのを見たのはこれが初めてだよ」そのあとしばらく黙りこくってから彼は言った。「アルバートはキルケゴールの話をしていた。無垢《むく》に関するキルケゴールのことばを引用していた。無垢であるというのは深淵《しんえん》のふちに立っているようなものだって。無垢さを失わずに深淵をのぞくことはできない。のぞいてしまったら、もう無垢には戻れない。罪の意識に苛《さいな》まれるようになる。アルバートが言うには、彼はそういう深淵をのぞいてしまったんだそうだ。だから、サンプソンを殺すまえから自分は有罪だったそうだ」

「まだまだ彼は自分に甘いんじゃないかな」と私は言った。「彼は深淵をのぞいたんじゃない。上を見上げたんです。大金がうなっている丘に建つ家をね。一度ぐらいは大物になろうとしたんです、サンプソンの資産の四分の一を手に入れることで」

　ハンフリーズはおもむろに言った。「それはどうかな。彼は金のことなど気にする男じゃなかった。今でもそうだとは言いきれないが。どこかで彼に何かが起きたんだよ。彼はサンプソンを嫌ってた。だけど、それはアルバートにかぎったことじゃない。サンプソンの下で働く者は例外なく、自分が彼の召使いにでもなったみたいに思わせられる。サンプソンというのはそういう男だ。しかし、グレイヴズの場合にはもっと別なもの、もっと深いものがあったんじゃないかな。彼は長いこと必死に働いてきた。が、それが急につまらないものになった。彼にとってなんの意味も持たないものになった。彼にしてみれば正義も美徳も消えてしまったんだ。彼の心から。あるいはこの世界からも。だから検察を辞めたのさ。それはきみも知っていると思うけれど」

「いや、知りませんでした」

「その結果、やみくもにこの世界に突っ込んで、人を殺すことにまでなってしまった」

「いや、やみくもにとは言えないでしょう。むしろ抜け目なくじゃないかな」

「いや、やみくもにだよ」とハンフリーズは頑《かたく》なに言った。「今のバート・グレイヴズほど哀れな男を見たことがない」

私はミランダのところに戻った。「グレイヴズがやはり来ている。きみは彼についてまったく判断を誤ったわけでもなかった。どうやら彼は正しいことをすることを選んだようだ」

「白状したの？」

「しらを切るには彼は正直すぎる男だ。誰にも疑われなかったら、もしかしたらそうしたかもしれないが。どんな正直者の正直さにも限界があるからね。しかし、彼は私が真相を知っていることを知っているわけで、それでハンフリーズに話す気になったんだろう」

「そうしてくれてよかった」そのことばはそのあと彼女が発した音に否定された。彼女はハンドルにもたれ、深く震える嗚咽を繰り返した。

私は彼女を抱えて席を替え、運転を替わった。丘をくだりはじめると、街のすべての光が見えたが、その夜景にはあまり現実味がなかった。星も家屋の明かりも蛍《ほたる》の光のようだった。黒い虚空に宙吊りになった冷たい火花のようにしか見えなかった。私にとっての現実は隣りに坐っている娘だった。ぬくもりがあり、震えていて、呆然としている娘だけだった。

そんな彼女の肩に腕をまわして抱き寄せることもできなくはなかった。彼女はそれほど呆然として無防備だった。しかし、そんなことをすれば、一週間後に彼女は私を憎むようになるだろう。半年後には私がミランダを憎むようになるかもしれない。私は手をハンドルから離すことなく、自分の傷を舐める仕事は本人に任せた。彼女は私の肩にもたれて泣きはじめたが、それは誰の肩であってもよかったはずだ。

彼女の泣き声は規則正しいリズムを刻むようになり、そのあと揺れながらそれもやんだ。丘の麓《ふもと》で保安官の車とすれちがった。彼の無線車はグレイヴズが待っている家をめざして丘を登っていった。

解説

柿沼瑛子

一九六一年から六三年にかけて、当時小学生だった私は父の仕事の都合でロサンジェルスに住んでいた。一ドルはまだ三六〇円の時代で、家具付きのアパートの窓から見えるのはロサンジェルス国際空港を飛び交う飛行機、中古のおんぼろフォードの車窓から見えるのは砂漠の中に点在する鋼鉄製の水呑み鳥のような石油掘削機と、まことに殺風景な眺めのなかで暮らしていた。ディズニーランドなど高嶺《たかね》の花で、楽しみといえば一か月に一度日本人町に日本映画を見にいくことくらい、その余裕すらないときはお屋敷町をミニドライブ旅行して楽しんだ。なかでもとりわけお気に入りの町があった。町の名前はサンタ・バーバラ。私たちは車窓の外を流れるスペイン風の町並みや、咲き乱れる花々、美しい教会に見入ったものだった（今でいうなら田園調布のお屋敷を見物にいくような感覚かもしれない）。日頃暮らしている光景とはまったく違う、地上の楽園がそこにあった。もちろんその地にロス・マクドナルドという作家が住んでおり、作中でサンタ・バーバラがサンタ・テレサという名前で登場していることなど、九歳の少女には知るよしもなかった。後年、高校生になって初めて『地中の男』でこの作家に出会った私は、物語のおもしろさはもとより、アーチャーという探偵が持つ、燦々《さんさん》と降り注ぐカリフォルニアの太陽とは裏腹の、ひんやりとした翳《かげ》のような哀しみに深く惹きつけられることになる。

よくデビュー作にはその作家のすべてが詰まっているといわれる。この『動く標的』はロス・マクドナルド（便宜上ロス・マクと呼ばせていただく）のデビュー作ではないが、リュー・アーチャーのデビュー作という意味で、後年大きく変化を遂げていくアーチャー像の原型が詰まっているといってもいい。この作品を初めて読んだときは、どことなく陰鬱な印象があったのだが、今回あらためて新訳で読むと、閉塞感のなかにも、風が吹いているような、前方が開けているようなスピード感がある。

なんといってもひとりひとりのキャラクターの造形が際立っている。バツイチのアーチャーはもとより、若い娘に少年のように恋している中年の弁護士、はなばなしい軍功をたてながら戦後は身をもてあましているプレイボーイのパイロット、億万長者と結婚しながら事故で半身不随になってしまった年の離れた妻、生きている実感をスピードに求める美しい金持ちのわがまま娘、最初から失踪しっぱなしでほとんど登場しない誘拐された大富豪にいたるまで、誰もがそれぞれに壊れた夢を抱き、孤独の影を負っている。アーチャー自身も三十五歳と若く、まだ精神的な余裕を残している。その象徴ともいえるのが午前四時にひとり冷凍の牡蠣を出して牡蠣のシチューを作るシーンだ。元妻は牡蠣が嫌いな女性だったが、いまは夜だろうと昼だろうと、好きなときに台所で心ゆくまで牡蠣が食べられるのだと述懐する場面がなんともいえない。孤独でも自由なのだという気概のようなものを感じさせる。

『動く標的』の中でアーチャーは鏡にうつった自分をこんなふうに描写している。「痩せ細った略奪者の顔をしていた。鼻は細すぎ、耳は頭蓋にくっつきすぎていた。瞼は外側が垂れ下がり、それでたいていは眼の形が自分でも気に入っている三角形になるのだが、今夜の私の眼は瞼のあいだに押し込まれた小さな石の楔のようだった」。まさしく「鉄の心臓に犀の皮をかぶったような男（『魔のプール』）」にふさわしい強面《こわもて》のルックスだといえるが、その直前ではこんなこともつぶやいている――「忘れ去られていたものに息吹《いぶき》を与える助産婦役でもあるアーチャー」この当時のアーチャーはまだハメット＝チャンドラーの影響下にあったが、ロス・マクのファンとして田辺聖子氏は『ほのかに白粉の匂い』というエッセイ集のなかで、初期のアーチャーについてこう指摘している。「ちょうど悪に敏感なように、美しいもの、善きものにも鋭敏である。しかしその鋭敏さをまるで傷手のように、わがアーチャーは注意深く、かくしもっている」後年の過去にとらわれた人間を解き放つ救済者としてのアーチャーの姿はまだ見られないが、第一作で早くも自身のことを「忘れ去られていたものに息吹《いぶき》を与える」存在とみなしているのは興味深い。

ロス・マクドナルドこと本名ケネス・ミラーは一九一五年、カリフォルニア州ロス・ガトスで父ジョン・マクドナルド・ミラーと母アン・モイヤーのあいだに生まれた。ロス・マクが生まれてからすぐに両親はカナダに移るが、元ジャーナリストであり、冒険家でもあった父親は根っからの自由人だった。看護師である母親が生計を支えていたが、ケネス少年が四歳のとき父親は家族を捨て、残された母と子は親戚を頼ってカナダ中を転々とすることになる（本人が数えたところによれば高校卒業までの十六年間に五十回）。彼は自分を捨てた父親を恨むと同時に激しい憧れを抱き、その鬱屈した感情は一生ついてまわった。

不幸な家庭に育った頭のいい子供のごたぶんに漏れず、ケネス少年もかなり早熟だったようで、早すぎる性体験はもとより、飲酒や窃盗や喧嘩の常習犯でもあった。一九九九年に刊行されたトム・ノーランの伝記 *Ross Macdonald: A Biography* によれば少年時代のロス・マクは本来マグマのような激情の持ち主であり、自分の内部にともすれば悪に強く惹かれる部分があることを自覚していた。いつかそれが爆発するのではないかという恐怖を常に抱き続けていた彼は、必死に意志の力でもちこたえ、ヘミングウェイやフォークナーといった作家たちの小説に生きるよすがを求めるようになる。親戚からの援助でなんとか学業を続けながら、しだいに高校の校内誌などで頭角をあらわし、自分にとってよすがになってくれた文学を一生の仕事にしようと決意する。

ロス・マクといえば、やはり妻である作家のマーガレット・ミラーの存在を抜きにしては語れない。ケネス少年と同じ高校に通っていたマーガレットは市会議員の娘であり、マドンナ的な存在だった。当時のケネス少年にはとうてい手の届かない高嶺の花であり、声をかけるどころか、彼女の学校の行きかえりにこっそり後をつけるのが精一杯だったという。後年、父親が遺した保険金で大学に入ったロス・マクは、ヨーロッパ放浪中に偶然にもマーガレットとロンドンで再会する。当時マーガレットは自分の母親の死に精神的打撃を受け、ロンドンのおばのもとに身を寄せていたのだ。再会したとたん、彼女こそが自分の運命なのだと直感したロス・マクは猛烈なアタックをかけて、同じ作家志望という熱意で意気投合したふたりはたちまち恋におち、スピード結婚する。

ロス・マクは大学院に籍を置きながら高校で教え始めるが、マーガレットは生まれ育った環境とはあまりに異なる極貧生活に加え、娘のリンダを妊娠したストレスでほとんどベッドから出られなくなってしまう。そんな妻にせめてもの気晴らしにと夫は図書館から大量のミステリ小説を借りてきてやる。どれもつまらないと息巻く妻に、だったらきみが書けばいいじゃないかと焚《た》きつけ、それが作家マーガレット・ミラー誕生のきっかけとなった。それでも当初はロス・マクがプロットを考えてやったり、文章を直したりしてやっていたという。やがてマーガレットは*The Invisible Worm*で夫よりひと足先にデビューを果たすが、ロス・マクの協力はそれ以降も続いていく（ちなみにマーガレットがアメリカ探偵作家クラブ賞を受賞した『狙った獣』でもラストの重要な改変にかかわっている）。

そして夫もまた妻から遅れること三年『暗いトンネル』というエスピオナージュで作家としてデビューするが（当時は本名のケネス・ミラー名義）、彼にとってエンターテインメント小説はあくまで生活の資を得るための「売文」であり、本格的なシリアス・ノベルを書けるようになるまでの生計を得る手段にすぎなかった。

一方、マーガレットは『鉄の門』で成功をおさめ、ベストセラー作家としての地位を決定づける。『鉄の門』は映画化が決定し（実際には映画化されることはなかったが）貧乏な若夫婦には想像もつかないようなハリウッド・マネーが一気に舞い込んでくることになった。結婚後は夫の大学や教職の都合でカナダとミシガン州を行ったり来たりしていた夫妻だったが、たまたま車中からサンタ・バーバラを見て、ひとめ惚《ぼ》れしたマーガレットは、即金で家を購入する。それ以降、離れていた時期はあったが、サンタ・バーバラは夫妻にとって終《つい》の住処《すみか》となった（後年ロス・マクは冗談まじりに私の地獄《インフェルノ》と呼んでいる）。彼女は夫にしきりに執筆に専念しろと勧めたが、ロス・マクには妻の収入だけには頼りたくないというプライドがあった。彼としては博士号を取り、ある程度定期収入を確保してからシリアス・ノベルの創作に本腰を入れようという心づもりがあった。そこには夢を追いかけて生活をないがしろにした、自分の父親のような破綻者にはなるまいという彼なりの思いがあったと思われる。

先のノーランの伝記には『動く標的』をめぐる興味深いエピソードが紹介されている。『暗いトンネル』『トラブルはわが影法師』『青いジャングル』『三つの道』の四作を本名のケネス・ミラーで上梓したロス・マクは、本腰をいれてシリアス・ノベルを書くためにより確実な収入を求めて、私立探偵を主人公にした、後に『動く標的』となる *Snatch* という新作を用意したが、前作の売れ行きが芳《かんば》しくなかったことで、頼みとしていた出版社に新作をボツにされてしまう。そこで考え出したのがエージェントにケネス・ミラーではない、別のペンネームを使って売り込みを頼むという苦肉の策だった。そのときにペンネームとして選んだのが、かつて自分と母親を捨てた父親の名前ジョン・マクドナルドだった。だが、この名前は後にトラヴィス・マッギー・シリーズで知られることになるジョン・D・マクドナルドから紛らわしいというクレームが入り、あらたに「ロス」というミドルネームをいれてジョン・ロス・マクドナルドとなる。一九五六年にはさらにジョンが取り除かれて、ようやくロス・マクドナルドという名前が定着した。

ロス・マクの脳裏には常にシリアスな小説を書きたいという思いがあったが、ミステリという形を取りながら、本当に自分が書きたかったものをブレンドしていくことで、しだいに折り合いがつけられるようになっていく。特に大きな転換点となったのがアーチャー・シリーズ八作めの『運命』であり、この作品でロス・マクは初めてアーチャーを「解放」する。悪夢から覚めたようなラストで作家はアーチャーにこんなことを言わせている——「生れてはじめて私は何も持たなかったし、何も求めなかった」。デビュー当時は「鉄の心臓に犀の皮をかぶったような男」だったアーチャーがゼロになると同時に、まるで呪縛から解き放たれたかのようにロス・マクは失われた父親探しの旅に出る。アーチャーを過去から自由にしておきながら、逆に作者はひたすら過去へ過去へと父親を求めてさかのぼっていくのである。

だが、彼を真に解放したのはある痛ましい「事件」がきっかけだった。一九五六年当時十六歳だった娘のリンダが飲酒運転のあげく、ふたりの少年をひき逃げし（うちひとりは死亡）さらに別の車と衝突するという交通事故を起こしたのだ（実際に運転していたのはリンダではないともいわれる）。両親が奔走した甲斐もあって、リンダは刑務所送りにはならず、八年間の保護観察処分に付されることになる。皮肉なことにマクドナルドは『動く標的』で当時十歳だったリンダの未来をはからずも予言していた。この作品に登場する金持ちの若い娘ミランダは、山道を時速百五マイルで飛ばすのが好きだといい、その理由を「退屈なときにやるのよ。何かに出会えるかもしれないって自分に言い聞かせて。何かまったく新しいことにね。道路上にあって剝き出しで、きらきらしている、いわば動く標的に」とアーチャーに語っている。この事件は両親がともに有名な作家ということもあって一大スキャンダルとなり、マクドナルド夫妻も一時サンタ・バーバラから退去を余儀なくされた。ロス・マクは娘とともに精神療法を受け、その影響は作品にも色濃く現われるようになる。さらにそれから三年後、リンダは保護観察を逃れて失踪し、ロス・マクは娘の行方を求めて東奔西走し、自らテレビ局や新聞社に働きかけた。やがてリンダは無事保護されて事なきを得るが、それが彼に与えた精神的・肉体的打撃はひき逃げ事件のときよりもさらに大きかったといわれる。

リンダ失踪事件を経て二年後に書かれたのが『ウィチャリー家の女』であり、皮肉にも『縞模様の霊柩車』『さむけ』とロス・マクの三大傑作といわれる作品が続くのだが、これらはまるで父親から娘への詫び状のようにも取れる。娘がこうならないためにはどうすればよかったのか、どうすれば救えたのかをロス・マクはひたすら作品のなかで追い続けた。リンダが三十歳の若さで突然死した一九七〇年代以降の作品には、大人（親）たちの過去の犯罪に巻きこまれながらも、生き延びるために戦う娘たちが登場するようになる。そうした囚われの娘たちに対するアーチャーの感情は異常なまでに敏感になる。彼は少女たちの「はげしく強い無垢な感じと彼女を傷つきやすいものに見せている孤独な感じ（『一瞬の敵』）に激しく心を揺さぶられずにはいられない。そのまなざしは時としてエロチシズムすら感じさせるほどなまなましいが、それだけにいっそう切なさを感じる。ロス・マクは死んだ愛娘《まなむすめ》の代わりに、失われた時間と生をこれらの若い娘たちに取り戻してやろうとしたのだろうか。

かくして「鉄の心臓に犀の皮をかぶったような男」であることから解放された後期のアーチャーは、過去という牢獄から現在を解き放つ救済者となる。それをもっとも的確にあらわしているのは村上春樹氏の次の言葉だろう。「登場人物は（中略）それぞれに不幸への道をたどりつづける。誰も幸せにはなれない。でも、それでも、人は歩きつづけるし、そうしなければならぬのだとロス・マクドナルドは叫びつづけているように見える」（『象工場のハッピーエンド』より）

この「叫び」こそマクドナルド作品の本質ではないだろうか。もちろんそれは外に向けてやみくもに発散される子供の叫びとは違って、心のなかに向かう「静かなる叫び」だ。ロス・マクドナルドはそうした「静かなる叫び」の作家であり、それこそが彼の作品全体を覆っている哀しみの正体だと私は思うのだ。

晩年のロス・マクは妻マーガレットの失明や、自身のアルツハイマー病発症などに苦しめられたが、数年にわたる闘病生活ののち一九八三年サンタバーバラにて死去。享年六十七歳。

検印
廃止

訳者紹介　1950年生まれ。早稲田大学第一文学部卒。英米文学翻訳家。主な訳書、ライス「第四の郵便配達夫」、テラン「その犬の歩むところ」、スミス「チャイルド44」、ブロック「死への祈り」他多数。

動く標的

2018年3月23日　初版

著　者　ロス・マクドナルド

訳　者　田《た》　口《ぐち》　俊《とし》　樹《き》

発行所　(株)　東京創元社
代表者　長谷川晋一

162-0814／東京都新宿区新小川町1-5
電　話　03・3268・8231-営業部
03・3268・8204-編集部
URL　http://www.tsogen.co.jp
DTP　キャップス
理想社・本間製本

ISBN978-4-488-13208-8　C0197

ニール・ケアリー・シリーズ1

ストリート・キッズ

ドン・ウィンズロウ
東江一紀 訳

〈ハードボイルド〉

一九七六年五月。八月の民主党全国大会で副大統領候補に推されるはずの上院議員が、行方不明のわが娘を捜し出してほしいと言ってきた。期限は大会まで。これがニールにとっての、長く切ない夏の始まりだった……。元ストリート・キッドが、ナイーブな心を減らず口の陰に隠して、胸のすく活躍を展開する！　個性きらめく新鮮な探偵物語。

28801-3

ニール・ケアリー・シリーズ2

仏陀の鏡への道

ドン・ウィンズロウ
東江一紀 訳

〈ハードボイルド〉

鶏糞から強力な成長促進エキスを作り出した研究者が、一人の姑娘《クーニャン》に心を奪われ、新製品完成を前に長期休暇を決め込んだ。ヨークシャーの荒れ野から探偵稼業に引き戻されたニールは香港、そして大陸へ。いまだ文化大革命の余燼さめやらぬ中国で、傷だらけのニールが見たものとは？　喝采を博した前作に続く、待望の第二弾。骨太の逸品！

28802-0

ニール・ケアリー・シリーズ3

高く孤独な道を行け

ドン・ウィンズロウ
東江一紀 訳

〈ハードボイルド〉

中国の僧坊で修行をしていたニールに、父親にさらわれた二歳の赤ん坊を連れ帰れ、との指令がくだった。捜索のはてに辿り着いたのは、開拓者精神の気風をとどめるネヴァダ。不穏なカルト教団の影が見え隠れするなか、決死の潜入工作ははたして成功するのか。悲嘆に暮れる母親の姿を心に刻んで、探偵ニールの、みたびの奮闘の幕が上がる。

28803-7

ニール・ケアリー・シリーズ4

ウォータースライドをのぼれ

ドン・ウィンズロウ
東江一紀 訳

〈ハードボイルド〉

「じつに簡単な仕事でな、坊主」恋人との平穏な日々に義父という邪魔者が入った。人気TV番組ホストのレイプ疑惑事件、その被害者をまともな証人に仕立てるために、きちんとした英語を教えるというのがニールの任務だ。容疑者の事業拡大を阻もうとする一派、被害者を使って儲けようという一団……策謀入り乱れるドタバタ事件の顛末。

28804-4

ジャック・フロスト警部シリーズ1

クリスマスのフロスト

R・D・ウィングフィールド
芹澤恵 訳

〈警察小説〉

ここ田舎町のデントンでは、もうクリスマスだというのに、大小様々な難問が持ちあがる。日曜学校からの帰途、突然姿を消した少女、銀行の玄関を深夜金梃でこじ開けようとする謎の人物。続発する難事件を前に、不屈の仕事中毒にして、下品きわまりない名物警部フロストが大奮闘を繰り広げる。構成抜群、不敵な笑いが横溢する第一弾！

29101-3

フロスト日和《びより》

R・D・ウィングフィールド
芹澤　恵　訳

ジャック・フロスト警部シリーズ2

〈警察小説〉

肌寒い秋の季節。デントンの町では連続婦女暴行魔が跳梁し、公衆便所には浮浪者の死体が転がる。なに、これはまだほんの序の口で……。皆から無能とそしられながらも、名物警部フロストの不眠不休の奮戦と推理の乱れ撃ちはつづく。中間管理職に春の日和はおとずれるのだろうか？　笑いも緊張も堪能できる、まさに得がたい個性の第二弾！

29102-0

夜のフロスト

R・D・ウィングフィールド
芹澤　恵　訳

ジャック・フロスト警部シリーズ3

〈警察小説〉

流感警報発令中。続出する病気欠勤にデントン署も壊滅状態。折悪しく、町には中傷の手紙がばらまかれ、連続老女切り裂き犯が暗躍を開始する。記録破りの死体の山が築かれる中、流感ウィルスにすら見放されたフロスト警部に打つ手はあるのか……？　さすがの名物警部も今回ばかりは青息吐息。人気の英国警察小説、好評シリーズ第三弾。

29103-7

フロスト気質《かたぎ》　上下

R・D・ウィングフィールド
芹澤　恵　訳

ジャック・フロスト警部シリーズ4

〈警察小説〉

ハロウィーンの夜、行方不明の少年の捜索中に、ゴミに埋もれた少年の死体が発見される。さらに連続児童刺傷犯が犯行を重ね、十五歳の少女は誘拐され、謎の腐乱死体が見つかるなどして、デントン署はいつも以上に忙しい。そんななか、休暇返上で陣頭指揮に精出すのが、ご存じ天下御免の名物親爺フロスト警部その人だ！　待望の第四弾。

29104-4/29105-1

冬のフロスト　上下

R・D・ウィングフィールド
芹澤　恵　訳

ジャック・フロスト警部シリーズ5

〈警察小説〉

寒風が肌を刺す一月も、デントン署管内では事件が絶えない。幼い少女が行方不明なうえ、売春婦を狙う殺人者にショットガンを持った強盗、フーリガンの一団、〝怪盗枕カヴァー〟といった輩が暴れまわる無法地帯だ。われらが名物親爺フロスト警部が、無能きわまる部下に手を焼きつつ、またも休みなしの活動を強いられるシリーズ第五弾。

29106-8/29107-5

フロスト始末　上下

R・D・ウィングフィールド
芹澤　恵　訳

ジャック・フロスト警部シリーズ6

〈警察小説〉

今宵も人手不足のデントン署。運悪く署に居合わせたフロスト警部は、失踪から強姦、脅迫まで、次々起きる難事件を押しつけられる。超過勤務で身も心もくたびれはてようが、新たに赴任したスキナー主任警部により警官生活最大の危機に立たされようが、事件は決して待ってくれない。満身創痍の警部を描く、超人気警察小説シリーズ最終作。

29108-2/29109-9

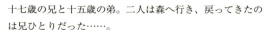

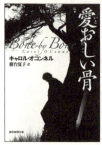

オーストラリア推理作家協会最優秀デビュー長編賞受賞作

HADES◆Candice Fox

邂《かい》逅《こう》

シドニー州都警察殺人捜査課

キャンディス・フォックス
冨田ひろみ 訳 創元推理文庫

◆

シドニーのマリーナで、海底に沈められたスチール製の収納ボックスが発見された。

１メートル四方の箱には全身傷だらけの少女の遺体が収められ、周囲から同様の遺体の入ったボックスが20も見つかった。

シドニー州都警察殺人捜査課に異動してきた刑事フランクは、署内一の敏腕女性刑事エデンと共に未曾有の死体遺棄事件を追う。

だが、以前の相棒が犯罪者に撃たれ殉職したばかりだというエデンは、何か秘密を抱えているようで——。

オーストラリア推理作家協会賞を２年連続受賞した、鮮烈な警察小説シリーズ開幕！